大仏破壊
ビンラディン、9・11へのプレリュード

高木徹

[日]高木彻 著　　　　　孙逢明 译

巴米扬大佛之劫

"9·11"的前奏

上海译文出版社

目　录

本书中的出场人物

（职务、头衔均为作者执笔时的状态）

● **塔利班干部**

前信息与文化部副部长

阿卜杜勒·拉曼·霍塔克

致力守护以巴米扬大佛为代表的阿富汗文化遗产，为让国际社会接纳塔利班而不懈努力。

前外交部部长

瓦基尔·艾哈迈德·穆塔瓦基尔

奥马尔的亲信，深受其信任，是塔利班中知名的国际派。他排斥本·拉登，想要阻止毁佛。

奥萨马·本·拉登

"9·11"恐怖袭击的主谋，躲在阿富汗，统率基地组织。

前信息与文化部部长

埃米尔·卡罕·马塔齐

霍塔克的上司，支持走保护文化遗产的路线。

前内政部副部长

阿卜杜勒·萨马德·哈克萨

他在近处观察本·拉登如何逐渐靠近奥马尔。

前外交部政治局局长

瓦希德·穆吉达

他虽然不是塔利班，却作为政府干部与本·拉登有过接触，可以为当时的情况作证。

前信息与文化部部长

昆德拉图拉赫·贾马尔

接替马塔齐担任信息与文化部部长，反对保护文化遗产。

塔利班的最高领袖

穆罕默德·奥马尔

统率塔利班，是一个有魅力的领导，但是其真容鲜为人知。

● **阻止毁佛的谈判专家**

联合国阿富汗特派团（UNSMA）前政务官

田中浩一郎

大佛被毁时，他是最熟悉阿富汗形势的外交官，与穆塔瓦基尔交往甚密。

联合国总部政治局政务官

川端清隆

在纽约总部负责亚洲及中东事务，曾直接与奥马尔谈判。

驻阿富汗前代理大使

让·伊夫·贝尔特

驻喀布尔的法国外交官，得知毁佛动向后，立即开始谈判。

巴基斯坦的前内政部部长

穆因丁·海德尔

邻国巴基斯坦的内政部部长，曾直接与奥马尔交涉。

历史学家

南希·杜普利

为保护阿富汗的文化遗产而成立的非政府组织 SPACH 的副会长。

联合国教科文组织特使

皮埃尔·拉弗朗斯

法国外交官，曾历任驻中东、南亚各国的大使。为了阻止毁佛，作为谈判专家，被任命为特使。

美国的前助理国务卿

卡尔·因达法斯

克林顿执政时期负责南亚地区事务，一直在关注阿富汗的情况。

序曲　两次劫难

那是发生在二〇〇一年初夏的事情，比纽约和华盛顿遭遇恐怖袭击早一点。

联合国阿富汗特派团的政务官田中浩一郎给我打来了电话。

"我搞到一盘很有意思的录像带，想给你看看，可是不能借给你，更不用说翻录了。请你当着我的面播放。"

我对这一年三月在阿富汗巴米扬发生的"塔利班毁坏大佛雕像"一事很感兴趣，曾联系田中，问他能否采访该事件的内幕。于是我立刻请他来我们电视台，准备播放那盘录像带。

田中带来了录像带，他进一步谨慎地说：

"整盘录像带大约一百分钟，我能给你看的只有很少一部分，大概三分钟。"

"至于录像带里都有什么，何时何地、怎样到手的，统统不能说，总之你自己看吧。"我被他说这话时的气势镇住了，赶紧找了一个能够播放 PAL 制式（欧洲和中东等地广泛采用的录像方式）的编辑室，开始播放已经调到合适位置的 VHS 录像带。

画面上出现的是从极近距离捕捉到的"巴米扬大佛被毁"的瞬间，爆破影像十分清晰，我以前从未见过。关于此次劫难的情景，CNN①已经播放过从相距数公里的位置拍摄的远景影像。那是 CNN 不知从何处购得的，各国电视台又进行了转播。但是，如今在我眼前播放的影像和它截然不同，是从大佛跟前拍摄的，收录了专业的摄影师花费心思拍摄的几个镜头，有的是从大佛的斜侧方或正下方等各种角度拍摄的，还有摄影师沿着大佛上方的悬崖朝弥漫的白烟走去的推拉镜头（移动拍摄）。很明显，他得到了实施破坏行动的人们的许可，是在得知安全地带等信息的前提下进行拍摄的。我看了影像之后，顾不上打听拍摄背后的故事，首先想到的是马上确保将它用于我们即将播出的讲述大佛被毁真相的节目中，因为它必不可少。

"这个录像可以让我们节目使用吗？"

我首先向田中问的是这句话。

然而，这盘录像带真正的意义并不在于此。

二〇〇一年三月，阿富汗遭遇了这场浩劫，在半年后的九月，纽约又将遭遇另一场更大的浩劫，田中带来的录像带在两次劫难中间，这个时间点已经表明二者存在密切关联。

不过此时我自然不知道它的真正意义，就连带来录像带的田中本人也没有理解到位。

---

① Cable News Network，美国有线电视新闻网。[本书脚注皆为译注]

有两个组织定期从伊斯兰堡飞往阿富汗的首都喀布尔。一个是巴基斯坦航空，另一个是联合国。巴基斯坦航空的机票是二百美元，联合国的航班虽然优先让联合国的职员搭乘，但只要买票，各国NGO①的负责人以及新闻工作者也可以乘坐。飞行时间仅需一个小时多一点，联合国的职员乘坐的话基本等同于免费，其他人则需要用六百美元现金购买机票。尽管也有人说这是暴利，但由于联合国的飞机很新，能够给人安全感，所以很受欢迎。

　　从伊斯兰堡机场起飞后大约三十分钟就可以眺望到巴基斯坦的田园风光，很快就开始俯视险峻的群山。飞机一直保持水平飞行，那些山峦却似乎逐渐靠近过来，出现在飞机下方，离得很近。阿富汗北半部分都是山地，被高达四千多米的兴都库什山脉所覆盖。喀布尔机场的雷达管制能力很弱，联合国的飞机要靠目视飞行进入，当它开始降落时，就以圆锥形的高峰为目标迂回飞行。时值三月，山顶依然白雪皑皑，显得格外美丽。山顶已经比机身高了，看上去距离很近，如果有人在登山，飞机上的人大声呼唤的话，对方可能会回头看。接下来飞机又开始向左回旋，一座城市突然映入了眼帘，黄褐色的泥沙与暗灰色的建筑物杂乱地混在一起。

　　这里就是喀布尔。

　　喀布尔是一个布满泥沙的城市。
　　当飞机落地后，吸一口弥漫着灰尘的空气，你就能立刻体会

---

① Non-Governmental Organization，非政府组织。

到这一点。这个城市有二百万人口，大多数道路都没有铺设好。尽管如此，塔利班政权倒台后，在国际社会的支持下，成立了卡尔扎伊政权，大量二手车流入这个城市。街上到处都是汽车和卡车，车身上还印着曾经使用该车的日本公司或商店的名字及电话号码，非常醒目。每当有车经过，就会卷起干燥的尘土，扬起浮尘。有些外国人觉得，由于下水道设施还不完善，浮尘中应该混有干燥的人类粪便的粉末，所以片刻不离口罩。当然了，当地的阿富汗人并不在意这些。不过，一旦下雨或下雪，路面顷刻间变得一片泥泞，就像在整条街上和稀泥一样。因此，在这座城市，无论多么富有的人，都不会穿名牌鞋子。

据说在二十世纪七十年代，这里是充满异域风情的城市，在整个亚洲也是屈指可数，拥有各种民族、宗教、文化背景的人们汇聚于此，曾经辉煌一时。之所以会变成现在这样，是因为在长达二十多年的岁月里，这个国家一直在经历战争和暴力。全世界都忘记了这个国家，任由其荒废下去，直到二〇〇一年。

恐怕很少有人不记得自己是在何时何地得知二〇〇一年九月十一日发生在纽约和华盛顿的事件的吧。共三架飞机通过自行爆炸达成目的的那一刻，我正在西伯利亚上空。由于工作关系，我正在飞往巴黎的途中。降落在夏尔·戴高乐机场的时候我还毫不知情，前来接机的汽车司机用带有法语味道的英语说："飞机撞上了纽约的双子大楼，引发了大火。"当时我还以为他的表达可能存在错误。到达宾馆以后，我在电视上亲眼看见事件录像的瞬间，脑海中浮现出一个人物的名字，当时他在阿富汗，我觉得他就是这件事的幕后主使。

我感到心烦意乱，不能自已，很想确认一下这个想法是荒唐无稽的呢，还是专家也这么认为。当天我就给人在日内瓦的田中浩一郎打电话问道：

"您也觉得这是奥萨马·本·拉登干的吗？"

我至今仍然记得田中的回答。

"很遗憾，我觉得是。"

他是这么说的。

由于军阀之间的内战，阿富汗形势极为混乱。田中隶属的联合国阿富汗特派团（UNSMA）是联合国派往当地的组织，任务是调停各派的纷争，给阿富汗带来和平。由于他们的工作是在谈判时居间调停，所以与PKO^①等不同，不是军事组织，成员是各国派遣的外交官。田中以前曾在驻德黑兰的日本大使馆任职，回国以后担任民间智库的研究员，由于他熟悉当地情况，外语能力突出，能够和阿富汗人自由地交流沟通，所以被外务省聘请过去，日本政府又将其派往 UNSMA。为了避开因内战而危机四伏的喀布尔，UNSMA 将总部设在了邻国巴基斯坦的首都伊斯兰堡。不过田中几乎每周都会去阿富汗，坚持与争端各方进行协商，其中包括当时占据大部分国土的塔利班组织。他将人脉扩展到了所有阶层，上到各派的首领，下至一介士兵，算是全世界最熟悉阿富汗现状的人物之一。这位田中先生尽管没有直接证据，却简单明了地回答说—切状况显示这是本·拉登的罪行。

---

① (United Nations) Peace Keeping Operation，联合国维和行动，此处指派遣维和部队。

关于这一点，我在提问之前就预料到了。我感到不可思议的是，田中说的那句"很遗憾"。

可想而知，今后美军将会用压倒性的军事力量进行报复，塔利班政权将会垮台，他是在担心这会给自己的谈判对象带来苦难的前途吗？不，不可能。针对本·拉登自不必说，即使针对塔利班政权，无论接触多少次，他也一直冷静而透彻地保持批判性目光。

在此之前，奥萨马·本·拉登和基地组织也确实有过在阿富汗筹谋惊天计划的征兆，田中可能觉得自己本应有机会识破它，却没能防患于未然。我认为，他是出于这种悔恨的心情，才会不由自主地说出了"很遗憾"三个字。四个月前的"录像带"也是征兆之一。那盘录像带收录了关于巴米扬大佛之劫的未公开影像，奥萨马·本·拉登在里面呼吁歼灭"安拉的敌人美国"，并保证自己也会为此而奋斗。

那之后过了五年多，历史的车轮沿着攻打阿富汗、塔利班垮台、本·拉登失踪、伊拉克战争这条道路滚滚前行。恐怖主义的连锁反应波及土耳其、西班牙、印度尼西亚、伦敦，如今已经扩散到全世界，"反恐战争"逐渐陷入了看不到终点的混乱局面之中。

这一切的起点存在于二十世纪末到二十一世纪初这短短数年的阿富汗。这是塔利班掌权，奥萨马·本·拉登积蓄力量、筹谋计划的时间和地点。但是，阿富汗当时处于所谓的"闭关锁国状态"，它的实际情况基本不为人所知，由于现在那些主角大多数已经死亡或逃亡，真相已成为历史的黑匣子。

巴米扬的"大佛被毁"比"9·11"事件早半年，是解开这个谜团的最重要的钥匙。塔利班及其最高领导人奥马尔为何会在此时突然决定"毁坏"大佛呢？当时身在阿富汗的奥萨马·本·拉登与此事有何关联？此事与半年后的连环恐怖袭击有何关联？

　　二〇〇一年三月巴米扬大佛被爆破之后，我紧接着开始采访，想要了解大佛被毁背后的故事。我之所以产生这种想法，首先是因为对于破坏历经一千几百年岁月的遗迹的行为，我感到发自内心的愤怒，我强烈地希望知道这种愚蠢行为的理由。

　　不仅如此，有两个疑问一直萦绕在我心头，挥之不去。毁坏大佛没有任何好处，只会招来国际社会的进一步指责，为何塔利班会走到这一步？我认为单凭宗教上的"摧毁偶像"无法解释他们的动机。而且，以前就有人提出过毁坏大佛的问题，当时塔利班声称要"保护大佛"，阻止了破坏行为，为何这次得以实施呢？我想知道这期间发生了什么变故。

　　尽管事件发生时我获得了一些表面性的消息，要想弄清这些疑问的答案，关于阿富汗社会深层情况的信息还是太少了。正因为如此，我反倒感觉这里有一些值得破解的谜题。

　　光是有这种想法的话，无法获得飞往当地采访的时间和资料。不过，在我与田中取得联系、搜集可以在日本获得的信息的过程中，发生了"9·11"事件，"大佛被毁"作为破解这次新的大劫难真相的重要钥匙，浮现在了我眼前。当波及全球的"9·11"事件带来的冲击告一段落之后，正好我被批准通过所属的 NHK[①] 节目

---

　　① 日本广播协会的简称。日本的公共媒体机构。

组向这个谜题发起挑战，我为了采访和搜集资料四处奔走，获得了宝贵的信息和证词。有人说"大佛被毁是'9·11'事件的序曲"；还有人大声疾呼"如果国际社会更加关心阿富汗的话，就能避免大佛被毁，纽约也不会遭到攻击"；也有人表示懊悔："不得不说我们与阿富汗打交道的方式很失败。"我的努力开花结果，成功制作了两档纪实节目，一个是二〇〇三年六月播出的 BS 黄金时段节目《大佛为何被毁——塔利班变化的内幕》，另一个是同年九月的 NHK 特别节目《巴米扬——大佛为何被毁》。以此次采访为基础，我新写下这本书，其中包括节目中由于时间等限制而割舍的内容。

如今喀布尔已成为遍布泥沙的城市，只有天空依然明净。在天气晴朗的日子里，那片蔚蓝几乎让人眼睛感到刺痛。当你凝视片刻，就会看到时不时地有铅灰色的金属块横穿过去，仿佛将天空撕裂了一道口子。那是飞机，将位于群山环绕的高原盆地中的这座城市与外面的世界联系在了一起。那些飞机在稀薄的空气中，看似非常吃力地缓缓上升，无论从城市的哪个角落看过去，都似乎近在咫尺，令人颇感意外。不过，对于生活在这座城市里的大多数人来说，那张机票是可望而不可即的。那些飞机从耸立在城市周围的群峰中一飞而过，即使近在眼前，也是他们高不可攀的存在。他们所住的这座城市与这个国家，如今正逐渐被世界再次忘却。

然而，短短数年前，也是在联结阿富汗与世界的纽带被斩断的时候，有些人正在策划一场左右我们命运的巨大阴谋。

第 1 章

遁 世 者

从巴基斯坦的首都伊斯兰堡向西走大约一百六十公里，就到了一座叫白沙瓦的城市。

人口大约二百五十万人。这里和其他众多南亚的城市一样，湿气很重，令人感到胸闷，到处人山人海，车辆川流不息。

在巴基斯坦的各个城市中，白沙瓦由于色彩浓郁的宗教激进主义而知名。如果你走进迷宫般错综复杂的小巷子，就会清楚地发现这一点。有的店铺销售印度或好莱坞电影的盗版产品，其中还夹杂着伊斯兰世界大名鼎鼎的宗教激进主义领导人费尽口舌煽动对美作战的录像带和光盘。还有几家小书店，摆放着歌颂奥萨马·本·拉登的杂志和书籍。

人们拿起那些商品，津津有味地端详，书店老板表示："我以支持、帮助本·拉登为荣。"

白沙瓦就是一座这样的城市。

我之所以来到这里，是因为听说这里有人知道大佛为何被毁，直接参与了整个经过，了解一切内幕。

据说，那个人就是曾经的塔利班政府信息与文化部副部长阿卜杜勒·拉曼·霍塔克。

在讲述我和霍塔克会面的情况之前，我们先来简单回顾一下本书的主题"巴米扬大佛之劫"指的是什么。

当时日本的报纸、电视台等各种媒体都曾介绍过该事件。二〇〇一年二月底，也就是说比"9·11"恐怖袭击早半年多，当时塔利班政权占据了阿富汗的大部分地区，其最高领导人穆罕默德·奥马尔突然发表震撼全世界的声明。他说位于阿富汗北部的巨大遗迹"巴米扬大佛"反伊斯兰，决定通过爆破将其损毁。

这个地区如今已成为伊斯兰教的天下，巴米扬大佛是当年佛教盛行的时候，利用天然的山崖雕刻而成。一大一小共有两尊，被称为东大佛和西大佛。较大的西大佛高五十五米，较小的东大佛也有三十八米高，都比奈良东大寺的大佛更巨大。玄奘法师也曾到访过这里，感慨于其宏伟壮观，留下了记录。这说明大佛当时确确实实就已经存在了，不过我们不清楚准确的完成年代。最近出现了新的检测结果，说是雕刻于公元六世纪。据学者们推测，西大佛的完成时间略早于东大佛。按照当时的技术，全都是手工作业，要想完成这样的巨大雕刻，估计每一尊都要花费数十年乃至上百年吧。总而言之，它是全世界最宝贵的巨型文化遗产之一。

从奥马尔发表声明到完全毁坏大佛大约用了两周时间。其间，为了保护一旦失去就再也无法找回的遗迹，各国政府以及国际机构、宗教领导人纷纷敦促塔利班政府改变主意。其中也有来自日本的国会议员团，他们曾来到阿富汗，与塔利班高层进行协商。

然而，全世界的劝说都是枉然，三月十二日爆破结束，两尊大佛消失得无影无踪。

大佛被毁以后，原本负责劝说的相关机构和各个国家都不痛不痒地谴责了几句，而且是零零星星的举动。不久以后，纽约遭遇了更大的劫难，人们几乎不再讨论巴米扬大佛被毁的事了。关于"巴米扬大佛之劫",广为人知的就是这些。

但是,"大佛被毁"背后还有更多令人惊讶的故事。据说这位霍塔克了解内幕。

我在阿富汗采访时曾多次听到过霍塔克的名字。无论塔利班的相关人员,还是从事遗迹保护活动的欧美 NGO 的员工都说,如果你要采访"大佛被毁"的事,就去问前信息与文化部副部长霍塔克,他很清楚内幕。他们都说"霍塔克是个知性的绅士,应该会说出值得信任的证词"。不仅如此,甚至我远在美国进行采访时也听过他的名字。还有消息说,他曾来到美国,就巴米扬大佛以及阿富汗的文化遗产作过热情洋溢的演说。在美国留下足迹、与大佛被毁密切相关的塔利班干部会是一个什么样的人物呢?

然而,当我问起他现在在哪里时,大家异口同声地说:

"'9·11'事件之后,美国开始空袭阿富汗,他就不知去向了。"

有人说"在伊斯兰堡见过他",甚至还有人说"他在喀布尔的一家宾馆当服务员"。

每一条信息我都确认过了,却没能追寻到霍塔克的踪迹。因此,我原计划在阿富汗逗留的天数用完了,只好放弃。出境来到巴基斯坦,在白沙瓦采访完当地的一名记者之后,我抱着试试看的想法问了一句:

"你知道塔利班的前信息与文化部副部长霍塔克吗?"

"他其实就在这附近。"

当我听到这句回答的时候,感觉像是见到了多年来苦苦寻找的昔日恋人。

据这位记者说，霍塔克在白沙瓦过着避人耳目的生活。

"请您想办法让我采访一下他吧。"

这位记者和霍塔克同属普什图人，他答应了我的请求，替我交涉，最终对方同意接受采访。

霍塔克住在白沙瓦郊外的住宅区。我去了一看，感觉那里是比较富裕的人居住的区域，小别墅鳞次栉比，整齐划一。白沙瓦住着很多从阿富汗流亡过来的人，有很多难民，而在这种高级住宅区，则住着很多政府高官等在阿富汗担任重要职务的人物。

究其原因，首先有地理位置上的因素。白沙瓦靠近边境，位于开伯尔山口巴基斯坦一侧的山脚下，可以说是通往阿富汗的要塞。

另外还有民族方面的原因。巴基斯坦有各种民族混居在一起，在白沙瓦一带，普什图人的势力最强大。在边境另一侧的阿富汗也居住着众多普什图人，形成了阿富汗最大的民族。也就是说，普什图人居住在巴基斯坦与阿富汗的边境两侧，在文化和宗教方面已经融为一体。如果像霍塔克这样，居住在阿富汗的普什图人由于某种原因在阿富汗待不下去了，首选的逃亡地就是白沙瓦。

当我来到霍塔克的住宅前，对面的空地上有一群当地的孩子，衣着光鲜，正在喧闹玩耍，一派欢乐祥和的气氛。房子是一栋二层小楼，虽然朴素，倒也洁净。我叩响小门，里面走出来一名看上去聪明伶俐的少年，似乎负责照顾霍塔克的日常起居。当他明白我们是从日本来采访的人之后，就用手势示意我们跟他走。

我们拾阶而上，进入玄关，穿过两间宽敞的房间，来到一个十多平米的房间，铺着地板，没有家具。在一个角落的地上铺着一块小地毯，霍塔克孤零零地坐在那里。

他身材矮小，大约有一米六，年龄据说是四十八岁。他任由胡子恣意生长，下颌的胡须长达二十公分左右，证明他忠实地信奉教义，遵守清规戒律。他头上裹着穆斯林头巾，衣服也是阿富汗常见的普什图人的民族服装，这样的装扮表明他是一个典型的塔利班成员。我心中自然而然地涌出一股感慨："终于得见真正的塔利班了。"

"9·11"事件之后，采访塔利班变得非常困难。美国宣布，本·拉登和基地组织以及窝藏他们的塔利班按同罪论处，因此，原本隶属塔利班的成员，尤其是干部遭到了追捕。巴基斯坦也有很多CIA和FBI的特工在秘密活动，他们不断抓捕原塔利班的重要人物，将其和基地组织成员一起押送到位于古巴的关塔那摩美军基地。霍塔克原本在塔利班政府担任副部长这样的要职，按说被逮捕也不奇怪。不过，信息与文化部和军事活动以及基地组织的关联不大，应该没有直接参与连环恐怖袭击，即使要追究霍塔克的责任，优先度也较低，只要他老老实实地过隐居生活，就不用担心被拘捕。

霍塔克处于这样尴尬的立场，却将外国电视台的记者邀请到自己家里接受采访，应该需要很大的勇气。一旦采访内容被美国或巴基斯坦官方知晓，惹怒了他们的话，他们可能会改变主意将其逮捕。

我在忐忑不安中开始了采访。

"请问塔利班为什么要毁坏大佛？"

霍塔克给了我出人意料的回答，而且没想到他的嗓音有些尖。

"毁坏大佛不是塔利班的本意，也不是我们的策略。我们大部分人都发自内心地反对这件事。"

塔利班竟然反对毁坏大佛，这个回答让我感到意外。确实，大佛被毁一事存在难以解释的谜团，正因为如此我才开始的采访，不过我一直觉得最后佛像被毁这事无疑是因为塔利班的意志极为坚定。全世界的媒体和学者都相信这一点。

关于大佛被毁的逻辑，霍塔克本人这样解释道：

"伊斯兰教是一神论的宗教，任何偶像都是有异心的表现，会遭到严禁。大佛就相当于一个偶像，因此必须毁掉。有人这样解读此事。"

塔利班那些人从内心深处相信那种过激的逻辑。正因为如此，他们才会执迷不悟地拒绝接受来自世界各地的各种劝导吧？正因为他们是那种狂热的激进主义者，才会一直窝藏本·拉登、抵御美国的攻击、经历同生共死的命运吧？

我又问："既然如此，为什么要毁掉大佛呢？"

"这话还要从头说起。"

霍塔克开始讲述塔利班初登历史舞台时的故事。

他的意思是，要想解开大佛被毁的谜团，就需要理解一九九四年塔利班诞生后笼罩整个阿富汗的动荡年代。

第 2 章

隐形的超凡领袖

在破解大佛被毁之谜时，有四个重要的关键词，分别是"塔利班"及其领导人"奥马尔"、"基地组织"及其领导人"奥萨马·本·拉登"。"9·11"连环恐怖袭击事件发生后，布什政权为了给攻击阿富汗一个正当的理由，有意将二者混为一谈，将它们作为"罪恶的恐怖组织"大肆宣扬。不知道是不是受其影响，我感觉媒体也很少深究"基地组织"和"塔利班"的关系及其区别。

这两个组织，无论是成立经过，还是成员和目的，原本都是截然不同的。

塔利班大约一九九四年出现在世间，至少在最初阶段它和恐怖毫无关联，对于阿富汗的民众来说，它可以被称为救世主般的存在。

霍塔克表示："塔利班是真正的伊斯兰运动组织。"

鲁宾·拉斐尔当时在美国国务院担任助理国务卿，负责南亚事务，曾和初期的塔利班谈判过，她作证说："塔利班获得民众的支持，是水到渠成的事。"

这究竟是怎么回事呢？纳赛尔·巴巴尔是当时邻国巴基斯坦的内政部部长，据说非常熟悉塔利班诞生的经过，他这样解释道：

"他们让阿富汗恢复了和平与秩序。人们可以在国内旅行、做生意、开店，不必担心遭到匪徒袭击。多亏了塔利班，人们才能重新做那些理所当然的事情。"

在塔利班出现之前，阿富汗事实上处于无政府状态。苏联于一九七九年进攻阿富汗，一九八九年撤军。其间，为了驱逐苏联军队，阿富汗各地有权势的人物纷纷率领民兵组织进行战斗。他们把这场战争定位为伊斯兰对抗苏联的圣战，自称圣战者。战争取得了胜利，苏联撤军以后，圣战者们失去了共同的敌人，开始同室操戈。有权势的人物各自形成了军阀，为了扩张自己的势力范围开始争斗。这场内战的悲惨程度，更甚于与苏联军队的战斗。

当你来到喀布尔，就会看到城市大半已经化为废墟，大部分都是苏联撤军后内战造成的破坏。喀布尔市区不大，却也被分得七零八碎，各派军阀在自己的领地安营扎寨，互相射击。市内各地都设置了关卡，出门走两三公里，就要出示身份证五六次。民兵随意在关卡征收高额"通行税"，放入自己的腰包。

全国的主要干道都有这种征收"通行税"的设施，大部分国民被剥夺了出行自由。而且，无论在城市还是山村，民兵在手无寸铁的百姓面前无法无天，肆无忌惮地烧杀抢掠，却没有人管。

当时霍塔克在喀布尔，他说：

"这个时代的阿富汗，每天都在上演全世界史无前例的非人道的行为。比如，将无辜的人按住，往他头上钉钉子将其杀掉，这种事几乎每天都会发生，他们毫不在意。你在别的地方不怎么听说这样的事吧？"

对于这种状况，国际社会基本上漠不关心。联合国确实设立了办事处，人权机构也曾调查后发出警告。针对苏联的入侵，美国和西方各国甚至通过抵制奥运会以示对抗，但是苏联撤出了军队，后来苏联解体，冷战结束，他们就觉得阿富汗不再重要了。

结果，对于陷入最坏的混乱状态的阿富汗民众来说，眼前最需要的是能给他们带来稳定的势力，哪怕对方行为有些强硬。

塔利班正是如此。

塔利班一开始只有十几名青年。

阿富汗南部的古城坎大哈郊外有一个很小的伊斯兰宗教学校，由一名叫奥马尔的普什图人担任校长。他曾经参加过反苏战争，有用枪的经验。奥马尔对于周围过于糟糕的状况感到心痛，与一些关系较好的宗教学生商议，考虑组建自卫团，帮助老百姓讨伐那些不法之徒。

一九九四年秋，发生了一件事，造就了奥马尔等人的华丽"出道"。十月三十日，三十一辆卡车组成的部队从邻国巴基斯坦朝阿富汗进发。那是巴基斯坦政府派去支援中亚国家土库曼斯坦的车队，上面满载着生活物资。他们早就预料到这种大规模的运输队比较招人耳目，有被盯上的危险。果不其然，他们刚刚穿越边境进入阿富汗境内，就遇到了全副武装的劫匪，强逼他们交出物资。司机们感到束手无策，已经做好可能性命不保的思想准备。正在此时，出现了一群胡子拉碴的男人，穿着破旧的民族服装，扛着枪，与劫匪展开了斗争。他们虽然衣着简陋，却善于野外作战，经过一番激战，打败了劫匪，保住了卡车和物资，还有司机的性命。

这便是奥马尔的英雄事迹。

这次派遣车队，作为巴基斯坦的重大外交活动，得到了广泛宣传，因此遇袭和得救的情形被巴基斯坦的报纸大书特书，那些英姿飒爽的年轻人一夜之间成了无名英雄，这个消息也传到了阿富汗。当时的报道将奥马尔等人称为"神学学生"，因此后来"塔利班"（"塔利部"的复数形式，"塔利部"即神学学生）便成了这个群体的名字。

由于这件事过于巧妙，有人怀疑这是巴基斯坦政府按照全权负责派遣车队的内政部部长巴巴尔的吩咐安排的"表演"。巴巴尔和奥马尔同属普什图人，后来身在巴基斯坦的普什图人又大举前往阿富汗，加入了塔利班。出于这两个原因，有人说这是邻国巴基斯坦的策略，想要在阿富汗建立受自己庇护的政权，这才是塔利班的真面目。这种阴谋论的真伪至今尚不明确。

有一点非常明确的是，此时阿富汗人民对塔利班持欢迎态度。奥马尔和十数名伙伴救助了车队，他们不断召集新伙伴，短短一个月时间就征服了坎大哈，成为两千人的势力。他们讨伐周边的匪徒，当即处刑，并将其尸体在坎大哈市内示众，人气进一步高涨，有志之士陆陆续续加入进来。据说数月之间已有两万人，成为一方大势力。无论巴基斯坦政府是否提供了援助，如果没有市民的热烈拥护，根本无法实现如此快速的扩充。

关于当时热情洋溢的场面，田中浩一郎的前任政务官、隶属联合国阿富汗特派团的高桥博史这样说道：

"那些马上要加入塔利班的士兵，丝毫不顾危险，一副兴高采烈的样子。他们一个接一个地跳上卡车，每个人都喜笑颜开地说'我们现在也要去打坏人了'。"

他们受欢迎是有原因的。在塔利班占领的地区，治安确实比以前好了，生活变得方便了。

而且，塔利班内心充满了高洁的理想。他们在打倒那些欺压百姓的军阀司令之后，也不肯索要或收受任何东西。他们说，无论与敌人作战，还是占领城市，全都是遵照"真主的意旨"。

后来，塔利班政府的美国代表部副代表努尔拉·扎德兰表示，塔利班的具体目标是"简单的三项政策"。

"分别是，将随便持有武器的人解除武装，借此恢复治安，统一群雄割据状态下的阿富汗国土。"

他宣布：目标实现以后，我们就会把权力移交给别人。

田中浩一郎也记得，塔利班的成员曾经双目炯炯地说：

"我们不想要权力。一旦达到目的，这个国家恢复和平以后，我们就会把政权交给有政治经验的人，回归宗教学校。为真主祈祷的生活才是我们真正的姿态。"

塔利班通过各种各样的声明和法特瓦（宗教指令）表达了这种无欲无求、一切为了真主和民众的态度，还印刷出来散布。我在采访过程中拿到了一份带有奥马尔亲笔签名的声明。上面写道：

"当塔利班站在阿富汗人民最前面时，并不是靠武力实现的。归根结底，因为民众对塔利班感到满意、赞许，我们才能做到。说到底，最重要的还是普通百姓。"

那些军阀利欲熏心，不停争斗，使国家变得荒废，与塔利班形成了鲜明的对照。人民狂热地支持并追随揭竿而起的塔利班。塔利班以南部的坎大哈为据点不断进攻，控制了各地的主要城市。两年后，即一九九六年，他们兵临首都喀布尔。

对于塔利班的快速进攻，美国以及国际社会最初非但没有敌意，甚至还有些期待。

当时美国还不知道塔利班是何方神圣。

"我们当时的政策是暂且观望（Wait and See）。"

克林顿执政期间负责该地区的助理国务卿卡尔·因达法斯作证说。

他坦率地承认没有塔利班的相关信息：

"我们对于塔利班一无所知，不了解他们是一股什么样的势力、有什么企图，也不知道他们是否会对这个地区的和平与稳定做出贡献。所以我们决定暂且观望。"

一九九四年塔利班诞生时，鲁宾·拉斐尔担任助理国务卿，是因达法斯的前任。她坦白说：

"有些人认为阿富汗对美国来说已经不重要了，我们努力抵制这种想法，却以失败告终。"

随着苏联撤军，他们的经费被削减，人员也减少了，美国对于这个地区的信息搜集能力降低了。关于这一点，美国独立调查委员会关于"9·11"事件所做的调查报告中严厉地指出：在塔利班诞生之初，"某外交官作证说，国务院和政府内部低估了阿富汗的重要性"，"另一位外交官表示，对于阿富汗，联邦政府处于'No Policy'（无政策）状态"。

在这种严峻的状况下，助理国务卿拉斐尔努力奔走。在塔利班控制坎大哈数月之后，她多次飞往当地，与塔利班干部进行会谈。拉斐尔身为女性，又是异教徒，要想和塔利班进行协商，想必经历了重重困难。国务院一位杰出的女外交官闯入混乱不堪的坎大哈，与胡子拉碴的塔利班对话，光是想象一下这幅光景就知道她有多么不容易。尽管如此，拉斐尔还是建立了人脉，于一九九六年和后来成为信息与文化部部长的得力干部马塔齐进行会谈，成功将克林顿总统写给塔利班的信交到了他手上。

结果，美国的外交当局虽然嘴上说"暂且观望"，实际上却向塔利班投去了期待与善意的目光。拉斐尔在与马塔齐会谈之后，对记者说："美国对阿富汗的关注度正日益提升。"一九九六年十月，时任国务院发言人的尼古拉斯·伯恩斯曾在记者招待会上公开表示：

"与塔利班保持接触，我想今后对于美国来说依然很重要。"

有的媒体甚至报道说，美国近期有可能会正式承认塔利班政权。阿富汗的稳定对于美国来说也不是坏事。从地缘政治学角度来看，阿富汗也是东西南北的交通要塞，自从亚历山大大帝从阿富汗攻入印度时起，就是世界历史上重要的战略据点。近年来，人们在里海发现了巨大的油田，阿富汗作为输油管线的必经之地也备受关注。美国的想法是，虽然不知道塔利班的来路，如果他们能用武力统一阿富汗，给这个地区带来稳定的话，那也可以接受。

实际上，塔利班是否能不负所望？塔利班到底是个什么样的组织？恐怕就连当时加入塔利班的成员也说不清楚吧。

只要对塔利班的想法产生了共鸣并宣誓忠诚的人都可以加入他们，不会被严格盘问身世来历。其中，有原本属于军阀势力后来投降的人，也有从巴基斯坦长途跋涉而来的大批宗教学校学生，还包括没有体验过战争的地方政府官员。成员身份过于复杂，很难说清塔利班是何种存在、想要去向何方。

将这群杂牌军统率到一起的便是最高领导人奥马尔。

奥马尔是隐形的超凡领袖。他是毁坏大佛的罪魁祸首，他窝藏奥萨马·本·拉登，使其引发了连环恐怖袭击，从这个意义上说，在二十世纪末到二十一世纪初的世界历史上，他算是一个最重要的人物。美国的助理国务卿因达法斯一提到奥马尔，言辞就变得犀利起来：

"如果不逮捕本·拉登和奥马尔两个人，使其受到法律的制裁的话，反恐战争就不会结束。"

他断言奥马尔与本·拉登罪行完全相同，都是美国的敌人。

然而，这个人物的形象却几乎完全不为人所知。

就连原塔利班干部霍塔克都说：

"我只见过一次奥马尔老师。在他家中发生了暗杀未遂事件，炸弹炸死了他的家人。我在葬礼上见过他，只有那一次。"

首先，基本没有留下他的照片，所以人们不知道他的长相。虽然有几张照片据说是奥马尔，但是它们各不相同，全都不是一个人，不可能都是本尊。比较可靠的是BBC[①]持有版权的录像带里的影像，那是从数百米外的地方拍摄的，而且是塔利班的大型集会，碰巧被拍到的人群中有个人据说就是奥马尔。使用数码技术将影像放大以后，确实能看到有个人在远处的台上正要站起身，但是面部模糊不清，基本无法辨别。

———————————

① British Broadcasting Corporation，英国广播公司。

奥马尔认为被照相机拍摄是极度反伊斯兰教的行为，无论录像还是拍照，一律拒绝。据说他甚至不让人画肖像画。他说这会引起偶像崇拜。这种想法在宗教激进主义中也比较特殊，众所周知，本·拉登反倒喜欢被电视台拍摄或者接受采访，他的录像以各种形式在全世界传播，有时候他甚至召开记者招待会。这与奥马尔的顽固形成了鲜明的对照。

　　关于这一点，塔利班内部成员的态度也存在偏差，霍塔克可以坦然接受电视台的采访，奥马尔身边的亲信穆塔瓦基尔外交部部长也不介意。另一方面，也有很多塔利班干部和奥马尔一样，回避照相机。由于这个原因，对于全世界的记者来说，采访塔利班变得很困难。尤其是那些电视台的人，如果没有影像，根本没法播出。

　　不仅不让拍摄采访，除了极少数例外，奥马尔根本不在人前现身。

　　这使他作为"幕后英雄"被人们神话了。奥马尔在与苏联军队的圣战中两次负伤，失去了右眼，这个战斗经历被人们口耳相传，他成了活着的传说，他的形象在人们的心目中不断变得高大起来。我们不清楚不现身是不是他故意"做戏"。估计应该不是。但是，这无疑成就了他的非凡魅力，使他成为掌握国际政局关键的人物。

　　究竟他的真实面貌是什么样子的呢？

　　田中浩一郎一直坚持做侧写分析，他把多年来在阿富汗和平谈判时遇到的人，以及听说过的人物数据存在电脑里，积累所有信息，让每个人的人物形象浮现出来。他积攒了参与阿富汗内战的各个阶层人员的数据，文件多达约一千零七十份，从高层领导到下级官员，包括他们的年龄、外貌、所属民族、详细的出身部落、具体到村的出生地、亲戚关系、发言内容，甚至还有性格和习惯。光是与塔利班相关的人员便分析了三百人，排在首位的自然是奥马尔。

据说奥马尔是个瘦高个，身高至少一米八五，这一点跟本·拉登有些像。正如传闻所说的那样，他右眼失明。他是一个安静的人，说话声音很小，就像说悄悄话，这一点也跟实际见过他的人的证词一致。

而且，田中的文件里有一份关于奥马尔的极为重要的物证。

文件各页的上方都贴着分析对象的面部照片，而奥马尔的文件中没有照片，而是放了一行文字，这是田中在谈判过程中获得的奥马尔的亲笔签名，非常宝贵。

田中很擅长通过笔迹鉴定人物。只要能拿到对方亲笔写的文件，就能了解很多信息。关于奥马尔，他说：

"就像幼儿园小孩的笔迹。不是说他写的字难看，而是看上去像是没受过教育的人写的字。阿富汗人特别讲究签名的字体，越是有学识的人越是千方百计地把字写得更帅气。奥马尔的签名，设计也很糟糕，显得幼稚而拙劣。我感觉基本接近文盲。奥马尔肯定没有接受过一般意义上的教育。"

按照田中的分析，奥马尔不过是一个乡村小型伊斯兰学校的管理人员，年轻时终日忙于跟苏联打仗，所以连在伊斯兰学校的宗教教育都没修完。因此，他非但没有一般的文化知识，就连是否掌握了伊斯兰教的宗教知识也很可疑。从性格上说，他算是一个单纯朴素的乡下人吧。也就是说，他并不具备成为统帅一国的领导人所需的素养和意志。

田中的前任高桥博史也和很多阿富汗人谈判过，他也有类似的看法。

"奥马尔原本只是像电影《七武士》^①中的人物那样，背着一杆步枪，沿着山路无精打采地走到了战场上。也是造化弄人、机缘巧合，他竟然成了塔利班的领袖。"

后来奥马尔不断谴责超级大国美国，成了美国的头号敌人，与本·拉登和侯赛因并称为"恶的化身"，但是最初他对美国没有丝毫敌意。奥马尔的注意力全部集中在阿富汗国内形势上，完全没把其他国家放在心上。如果摊开世界地图，问他美国在哪里，恐怕他没办法指出来。据说他一生中从未踏足境外，非但如此，就连在国内，他也基本没有离开过坎大哈。即使在掌控阿富汗的大部分领土以后，他顶多也就去过一次首都喀布尔。更何况他几乎没有办法接触国际新闻。

奥马尔极度讨厌与外国人见面，尤其是异教徒以及女性。他之所以采取如此极端的态度，据说是因为他信奉伊斯兰教的一个流派——德奥班德教派，遵从其教义。不过我们并不清楚该流派的教义具体是什么。他信奉的一定是非常狭隘的教义，只有这一点是确定无疑的。

奥马尔在成为阿富汗事实上的统治者之后，迫于所需，曾和联合国以及周边国家的重要人物面谈过数次。那些与他交涉过的

---

① 日本著名导演黑泽明的代表作之一。讲述日本战国时期一个村庄聘请七名武士抵御山贼的故事。

人发现，奥马尔头脑里根本没有"与他国的外交""国际社会"等概念，也不具备世界地理的基础知识。

一九九八年和一九九九年，阿尔及利亚前外交部部长拉赫达尔·卜拉希米曾作为联合国阿富汗特派团的代表与奥马尔会面，他表示：

"他完全没有经验。他根本不理解，国家到底是什么、应该如何管理、对国民负有何种责任、对外国负有何种责任。"

卜拉希米是伊斯兰教信徒，关于奥马尔的宗教知识，他贬斥道："非常狭隘，看来他根本不理解伊斯兰教的教义。"

但是，说到奥马尔的人品，卜拉希米却转而大加赞扬："虽然他没有知识，但是非常虔诚，是个极为谦恭的人，很有诚意。"关于这一点，其他人基本也持相同意见。

关于奥马尔人性的一面，一九九八年十月卜拉希米代表与奥马尔会谈时，作为部下陪同前往的川端清隆给我讲了一段很有意思的小插曲。多年来，川端一直在纽约的联合国总部政治局担任政务官，负责亚洲及中东事务。

卜拉希米代表与川端政务官等一行人乘坐联合国专机从伊斯兰堡前往坎大哈机场。落地以后，看到奥马尔的一名亲信与四名身穿制服、骑着白色摩托车的警官在机场等候。他们乘坐的汽车便跟在这些白色摩托车后面。

原以为会直接去市内的谈判会场或者迎宾馆，结果白色摩托车穿过市区，朝着远离喧嚣的郊区驶去。

"究竟要把我们带到哪里去呢？"

心中感到不安的时候，车子已经驶入沙漠地带，这时才发现这一带稀稀落落地分布着一些疑似纪念碑的石头。

"原来是一片墓地。而且是刚建成的新墓地。"

从外交礼仪的常识来看，根本想不到会有这种特殊的"欢迎仪式"，正在瞠目结舌的时候，那几名警官从白色摩托车上下来，走过来示意"请下车"。

一行人从车上下来，在墓地伫立良久，陪在旁边的奥马尔亲信突然开口说：

"这里是那些在战争中倒下的塔利班士兵的墓地，他们向北方联盟（军阀势力组织起来反塔利班的军事同盟）发起挑战，被杀死了。这些是我们没收的北方联盟用过的武器，请你们仔细看一下。"

他向我们展示了战利品。本以为他的解说会没完没了地持续下去，正在此时，那名亲信携带的对讲机中突然传出了声音。

亲信说："是奥马尔老师给各位的欢迎词。"

接着对讲机中又传来奥马尔的声音：

"那些牺牲的士兵，都是为了和平而战的烈士。我们赞扬他们的勇敢，才会像这样在这里凭吊他们。我希望各位首先看一下他们。"

川端万万没想到事情会这样发展，他听着奥马尔的声音，感到有些不可思议。这名亲信现在使用的是小型对讲机，信号的传输范围有限，顶多只能发送到几百米之外。

这样看来，奥马尔应该离此地不远。但是，周围是一片荒野，也没有藏身之处。

这究竟是怎么回事呢？他再次环顾四周，发现远处停着一辆越野车，车窗上贴着黑膜，看不到车内。在机场没有看到过这辆车。

"我立刻明白过来，奥马尔肯定在车里。"

奥马尔一开始就在这片墓地附近，等候一行人到来，从车里观察这边的情形，并通过对讲机喊话。

他为什么要这样做呢？

川端不由得质问了一句，那名亲信回答道：

"你们有随行的摄影师，为了避免被他们拍摄到，我们的奥马尔老师不能在此处出现在你们面前。"

确实当时卜拉希米一行人在墓地参观的影像被保存至今，我在制作节目的过程中也曾拿到过。里面可以看到负责带路的塔利班，还有被带到出乎意料的地方、心神不安的一行人。如果奥马尔毫无戒备地靠近他们，摄影师应该能拍到他的特写影像。

奥马尔如此小心翼翼地奔赴现场，给一行人发送信息，估计是有想要传达某些想法的强烈愿望吧。

然而，川端等人不仅没有被拼命为和平而战的塔利班所感动，反倒因为刚到坎大哈就遭遇这件事而陷入了深深的不安。

回顾当时的心情，川端说道：

"他导演的这出戏实在出人意料，根本不符合外交常识。奥马尔是个极为古怪的人，和他谈判或者协商会顺利吗？即使开始谈判，我也担心他的言行会像这样莫名其妙，根本无法沟通。"

不过，等到换了场所，协商开始以后，一行人对他的印象有了很大改观。

谈判会场设在坎大哈省长的官邸中，是一间宽敞的长方形屋子，地上铺满了地毯。由于没有椅子，一行人便席地而坐，仆人端来了茶和水果，他们边吃边等，过了一会儿，房间对面角落处的小门打开了，塔利班谈判团鱼贯而入。

走在最前面的男人身材瘦长，他首先向坐在离门较近处的川端伸出了手。这是从墓地来到这里之后初次见面的人。川端心想着"这是谁呢"，也伸出手握了一下。

片刻之后，在那名男子与联合国谈判团的其他成员握手时，川端突然想起来，该男子的外貌跟以前传闻中的奥马尔一致。

"我这才发现，原来他就是奥马尔。印象中他非常稳重，完全没有狂热的宗教集团首领的样子。"

他率领塔利班以破竹之势不断进攻，身上却没有火药味儿，也没有宗教的气场。他并没有因为自己是领导就摆出一副高高在上的架子。因此，川端一开始没有发现他是奥马尔。

谈判持续了三个半小时，主要议题是如何解决与邻国伊朗之间日益紧张的局势。在此之前不久，发生了塔利班杀害伊朗外交官的事件。而且，他们还以间谍嫌疑为名在阿富汗国内拘捕了五十名伊朗的卡车司机。

一步走错，便会酿成一场大战，塔利班也将面临被一举歼灭的危机。伊朗位于阿富汗西侧，拥有长达七百公里的边界线，是这片地域的大国。伊朗政府对这两个事件感到震怒，沿边境集结了大部队，摆出一副马上就要进攻的架势。塔利班虽说在国内所向披靡，但毕竟是个民兵组织，装备主要是步枪、便携式武器和四驱越野车。而伊朗的正规军用坦克部队做先锋，如果他们动真格的，塔利班根本无力与之抗衡。

在此剑拔弩张的严重局面下，奥马尔究竟有没有能力担任谈判负责人呢？他会不会一个劲儿地说"一切都是真主的安排"，根本谈不下去呢？联合国谈判团的成员心中充满了不安。

但是，那都是杞人忧天。川端说道：

"奥马尔是名副其实的塔利班最高领导人。在谈判过程中，塔利班方只有奥马尔一个人发言，他根本不和其他成员商量，全都是自己思考后作出回答。"

而且，出人意料的是，奥马尔作为谈判者发挥了坚韧不拔的一面。

谈判的要点首先是针对杀害外交官事件公开道歉。只要接受伊朗提出的道歉要求，这件事还是有希望解决的。但是，奥马尔表示拒绝。他阐述了自己的逻辑：

"如果我们在这件事上承认错误并道歉的话，那就不只是杀人事件这么简单了。那就意味着我们迄今为止开展的所有活动都错了。所以不能道歉。"

联合国谈判团苦口婆心地劝说道：

"不，并非如此。您只要对于丧失了一条人命这件事表达'遗憾之意'就行。这在国际政治场合是常有的事，并不稀奇。您这样做并不等于否定塔利班的活动本身。这是处理国际关系的惯例。"

但是，奥马尔的态度很强硬。

如果你了解这个地域的人们的心理状态，就不难理解奥马尔的主张了。他们把"面子"看得比生命还重要，被迫在公众面前道歉，对他们来说是难以想象的屈辱。而且，一旦有人道歉了，那他将会失去周围人的一切信任，谁都不会再搭理他。

经过长时间的争论，双方各退一步，达成了一致。

联合国谈判团表示：

"明白了，既然如此，我们回到伊斯兰堡之后，替您对媒体声明'塔利班在谈判时表达了遗憾之意'。我们以此来说服伊朗。"

这个提案是说无需塔利班出面，由联合国传达奥马尔的歉意。奥马尔表示可以接受。

另一件是关于卡车司机被捕一事，伊朗方态度更加强硬，要求立刻释放所有人。在这一点上没有调和的余地。

关于这件事，奥马尔也不肯松口。

"那绝对不行。他们是间谍，所以我们才抓捕的。如果非要我们放人，我们的人也被（伊朗援助的）北方联盟抓了，得交换才行。"

川端等人向奥马尔施压道：

"那绝对行不通。请您当机立断，释放所有人吧。只有这样，才能避免战争。"

但是，奥马尔没有点头。

果然无法避免战争吗？紧张的气氛达到了顶点，此时，奥马尔突然说：

"我们休息一下吧。"

谈判暂停十分钟，塔利班方谈判团离开了房间。

短暂的休息过后，双方谈判团再次对峙，奥马尔开口道：

"好吧，我保证，在几天内释放所有伊朗人。"

伊朗方听说这个决断以后，将部队撤离了边境地带，危机得以避免。

一旦爆发战争，很多人将会丧失性命。奥马尔不但拯救了塔利班，也拯救了那些平民百姓。

关于此次谈判的感想，川端陈述说：

"最重要的目的是塔利班运动能够继续下去，为此，奥马尔有时候可以改变原则，作出必要的妥协。我发现他就是一个这样的人。"

如此看来，至少在这一时期，奥马尔绝非一个无能的人，虽然他存在缺乏知识与素养的大问题。他将联合国谈判团带到墓地时，预计会有摄影师随行，事先采取手段，用声音传递信息，避免被拍摄到。虽然做法不合常理，但是通过这件事也能看出来他小心谨慎、计划周密。

而且，只要他弄清了状况，就能逻辑清晰地谈判，即使面对外国人，也能充分沟通并谈妥。联合国谈判团的卜拉希米代表后来曾担任联合国驻伊拉克特别顾问，可见他是联合国最信任的外交官之一。作为谈判者，他可以说是全球屈指可数的老江湖了。奥马尔坦然地与这样的人物周旋，最后拿出了对双方来说最好的结论。

但是，这次谈判过了数年之后，围绕阻止大佛被毁问题，奥马尔再次登上国际舞台时，他似乎已经判若两人。他丝毫不肯让步，净说一些异想天开的话，导致塔利班走向了崩溃。

不过，这些是后话。

一九九六年四月，最前线的塔利班部队逼近喀布尔时，奥马尔迎来了转机。他当时留在坎大哈负责指挥，一群不速之客带着出人意料的提议来找他。

他们是坎大哈最有名望的伊斯兰教法学家。

"我们打算推举您为穆民的埃米尔。"

那是宗教里特别尊贵的地位，意思是"虔诚穆斯林的首领"，事实上，是指可以全权领导整个阿富汗的穆斯林的人。

这个称号长期以来一直空缺，大约时隔七十年，是时候选奥马尔出任了，这种呼声日渐高涨。

阿富汗的政治中心是喀布尔，伊斯兰教的宗教权威的中心却在古都坎大哈。

据后来担任塔利班外交部部长的瓦基尔·艾哈迈德·穆塔瓦基尔以及曾任驻巴基斯坦大使的赛义德·哈卡尼说，为了讨论此事，不只是坎大哈，伊斯兰教法学家从塔利班控制下的阿富汗各地赶来参加集会。与会总人数多达三千五百人，就奥马尔是否与该地位相配的问题，商议了三天。

奥马尔本人并没有被邀请参会。他连最低限度的神学院中的宗教教育课程都没有修完，没有资格加入法学家们的讨论。

最后一天的讨论终于结束了，奥马尔被请到了会场。法学家们的代表告诉他：

"我们经过深思熟虑，得出了结论。无论领导气质、智慧，还是勇气，以及迄今为止与不信仰真主的人展开的圣战中取得的战绩，您在各方面都无可挑剔。请您登上穆民的埃米尔之位。"

奥马尔听了这话，感动得嚎啕大哭。

我们作为"不信仰真主的人"，确实很难体会他有多么激动。

奥马尔前不久还待在乡下的一所小型神学院里，对于他来说，法学家们都是高高在上的存在，对方让他"担任所有穆斯林的领导人"，这种体验恐怕远远超乎我们的想象。

奥马尔坚决推辞道："除了我之外，应该有好多人适合这个职务。请重新考虑一下。"

法学家们再次说道："这是全体与会人员一致作出的决定，无法推翻。"

面对三千五百名法学家，奥马尔已经无法推辞。

奥马尔答应了，法学家们宣告："只要您坚持走真主和先知指引的道路，我们就会追随您。"

本来塔利班受到狂热的支持是因为他们给战乱中的阿富汗带来了秩序。人们并非支持宗教激进主义的信条，而是赞许他们成功恢复了治安。但是，阿富汗原本就是伊斯兰教国家，亲苏政权持续了十年之久，后来又处于军阀的控制之下，他们手上沾满了血，那些暴力行为与伊斯兰教的教义相背离，在人们眼中，高歌伊斯兰教理想的塔利班无疑闪耀着光辉。就连那些法学家都把希望寄托在了奥马尔身上，这件事便是最好的证明。

新的穆民的埃米尔走马上任了，对于阿富汗来说，至少对于坎大哈的百姓来说，是个久违的好消息。

人们聚集在坎大哈郊外的一座大型清真寺里，那里供奉着一件斗篷，据说伊斯兰教的最后一位先知穆罕默德曾穿过它。当数万名群众的激动情绪达到顶点时，奥马尔身披那件斗篷，出现在清真寺的屋顶上。

这一举动宣告奥马尔登上了穆民的埃米尔的宝座。人们疯狂地向这位新英雄送上了喝彩。这几乎是奥马尔唯一一次在大众面前现身的机会。

不久后，塔利班的部队攻陷了首都喀布尔。从政治角度来看，奥马尔也成了这个国家的领导人。除了比喀布尔还往北的几座城市以及躲在山里的军阀势力控制的少数地域外，已经没有人违抗奥马尔的命令了。

奥马尔迎来了他的巅峰时期。

大约同一时期，一个男人从非洲来到了贾拉拉巴德，一个位于喀布尔东部一百公里左右的城市。他以前也来过阿富汗，这次是时隔七年故地重游。这个男人出生于沙特阿拉伯，和奥马尔一样，曾经与苏联作战，如今他的内心正针对新的敌人蕴育着巨大的仇恨。

奥马尔根本没有意识到，这个男人今后将给阿富汗、全世界以及奥马尔本人的命运带来多大的影响。

他的名字叫奥萨马·本·拉登。

第 3 章

奥萨马·本·拉登

据说奥萨马·本·拉登于一九九六年五月现身阿富汗。

追溯本·拉登的前半生，就会让人觉得，如果他投身于影视行业，那他可能会成为非常著名的制片人。毋庸置疑，他极富远见，拥有很强的策划能力和指挥能力。

奥萨马·本·拉登是阿拉伯人，生于沙特阿拉伯。他的父亲通过承包王室的建筑工程，积累了万贯家财，成为一代大富豪。他在沙特第二大城市吉达的名牌大学阿卜杜勒·阿齐兹国王大学读书时，受到恩师的影响，热衷于宗教激进主义。一九七九年，苏联进攻阿富汗时，他作为志愿兵参加了"吉哈德"（圣战）。此时，本·拉登的主要据点是邻国巴基斯坦的白沙瓦。本·拉登虽然也曾多次实际持枪作战，但是他在圣战中更大的贡献是成立了后勤组织，为从世界各地奔赴阿富汗的阿拉伯志愿兵提供援助。与其说他是一名战士，他反倒更像企业家。父母给他遗留了巨额财产，他又发挥了与生俱来的才能。

本·拉登的业务之一是为志愿兵提供临时住处并登记姓名。那些年轻人怀着满腔热忱，从中东、中亚乃至菲律宾、印度尼西亚前往阿富汗参加圣战，大多数人会来到阿富汗的国门白沙瓦，但是他们人生地不熟，不知道怎么去阿富汗，也不知道该去哪里，感到束手无策。本·拉登建立了设施，为那些战士提供可以临时逗留的场所，向他们传授前往阿富汗的入境方法以及在当地的注意事项，甚至组织军事训练，将他们送上战场。本·拉登能注意到这些方面，足见他的目光之远大。人们将这个组织称为

"卡伊达"，在阿拉伯语中表示"基地"，再加上定冠词"al"，就是"阿尔卡伊达"。

本·拉登让这些逗留在基地的穆斯林战士留下姓名和家里的联系方式。结果本·拉登手里掌握了阿富汗圣战士的名单，这成为一笔巨大的财富。名单中血气方刚的年轻人，以及通过他们建立的庞大人脉，是实战经验丰富的士兵，随时准备着响应本·拉登的号召。他们的存在以后将会具有很大的意义。

一九八九年，苏联撤军之后，本·拉登也回到了沙特阿拉伯。如果他直接继承父亲的部分事业，也就不会成为恐怖组织的首领，当今世界的形势也许会大不相同。但是，次年（一九九〇年）爆发的海湾战争成了他人生的转折点。沙特阿拉伯政府同意让与伊拉克作战的美军在国内驻留。本·拉登对此极为抵触。

我们不是穆斯林，很难体会他为何如此难以忍受此事。不过在本·拉登那样的宗教激进主义者看来，阿拉伯半岛拥有麦加和麦地那两大圣地，决不容许其被基督教徒的军靴玷污。而且其中还包括女性士兵，她们在休班的时候身穿比基尼在沙滩上尽情戏水，据说此事惹怒了本·拉登：女性在外出时要裹住全身，尽量不露出肌肤，那些女兵的行为简直罪孽深重，竟敢在神圣的阿拉伯半岛做这种事！

本·拉登公然与政府让美军驻留的方针唱反调，很难在沙特容身，于次年（一九九一年）移居非洲的伊斯兰国家苏丹。他在苏丹广泛开展他擅长的建筑业和农业业务，为国家建设做出了贡献，一开始和政府也保持着良好的关系，但是不久后迫于沙特政府与美国的压力，苏丹政府也开始觉得本·拉登是个累赘，最终总统于一九九六年决定将本·拉登驱逐出境。在此期间，他被故乡沙特阿拉伯政府剥夺了国籍，也丧失了护照。

本·拉登走投无路，最后只剩下阿富汗这一个选择。

一九九六年五月，邀请流离失所的本·拉登来阿富汗的并不是塔利班。

向本·拉登抛出橄榄枝的反倒是与塔利班敌对的军阀势力。本·拉登以前在对苏作战时为圣战的胜利贡献了力量，因此在此时发动内战的各派军阀中也有广泛的人脉。他认识大多数有权有势的人。其中一个军阀的首领名叫尤尼斯·哈利斯，向本·拉登发出了邀请。他的据点位于贾拉拉巴德，在喀布尔东部，是通往白沙瓦的沿线城市。

伊萨克·盖拉尼是普什图人，于二〇〇四年参与竞选阿富汗总统，是很有竞争力的政治家。关于当时的事情经过，他作证说：

"哈利斯给本·拉登提供了安全的住所，位于托拉博拉。哈利斯和本·拉登原来在对苏作战时就曾合作共建托拉博拉的地下基地。当时本·拉登被苏丹驱逐出境，在哈利斯的帮助下，再次来到托拉博拉定居。"

托拉博拉是位于贾拉拉巴德南部的山区。五年后的连环恐怖袭击事件发生以后，美军怀疑本·拉登躲在这里，于是展开了大规模清剿行动，新闻中几乎每天都会出现"托拉博拉"的名字，估计很多人还记忆犹新吧。

然而，没过多久，哈利斯的根据地贾拉拉巴德被塔利班轻易攻陷，本·拉登所在的地域也沦落在了塔利班的控制之下。

"塔利班和本·拉登此时初次相遇，以前没有任何瓜葛。"

正如盖拉尼所说，对于本·拉登来说，塔利班是一伙完全陌生的人。相比较而言，本·拉登与塔利班的敌对势力的渊源更深，得到了他们的暗中保护。此时他正面临着生死攸关的紧要关头。

我们不清楚他是怎样化解危机的。有人说奥马尔的使者拜访了本·拉登。不难想象，本·拉登发挥了他与生俱来的谈判能力。总之结论是本·拉登暂时可以继续留在阿富汗。

塔利班以及奥马尔最关心的是攻打喀布尔，此事迫在眉睫，至于本·拉登，并没有引起他们的太多关注。和以前战斗中的做法一样，只要本·拉登有意投诚，就将他收入麾下，可能他们内心的小算盘是本·拉登能够动员的阿拉伯士兵也会形成一股战斗力量。但是，后来人们发现，这是一个具有重大意义的选择。

一九九六年九月，又发生了一件事，后来给阿富汗的命运造成了巨大的影响。塔利班在这个月攻陷了喀布尔。人们觉得此事原本就是时间问题，并不值得大惊小怪。当塔利班兵临城下时，之前为所欲为的各派军阀势力都争先恐后地逃走了，基本没有展开巷战，塔利班就顺利入驻首都了。

问题在于塔利班占领喀布尔之后设立了"劝善惩恶部"这个部门。

阿富汗的首都喀布尔有各种政府部门，如外交部、财政部、卫生部、公共工程部、信息文化部等。大多数办公大楼在内战中未遭破坏。虽说基本丧失了统治功能，以前还是有形同虚设的部长的，但当塔利班打进来时，这些部长就和大多数高层领导一起逃亡了。

塔利班虽然曾说过"待实现全国统一之日，我们会回到神学院"，可占领了喀布尔才发现，以前的掌权者都逃得不知去向，即使想移交政权也没办法。而且，敌对势力逃到了比喀布尔还往北的边境地带，准备在那里重整旗鼓，塔利班虽说掌控了大部分国土，却还没有真正实现全国统一。于是，奥马尔决定，自己不离开坎大哈，从塔利班中派遣干部接管喀布尔无人坐镇的各个政府部门，组建塔利班的内阁。霍塔克也在此时担任了塔利班政府的职务，很快就升为信息与文化部的副部长。顺便说一下，所有部门都安排了部长，正式名称叫"代理部长"。这一举动表明了塔利班成立之初的态度：塔利班的内阁归根结底只是暂时的，等到时机成熟，就会把政权移交给他人。

塔利班新内阁的大多数部门都是沿用以前的组织机构，不过其中新设立了一个部门，名字有些陌生，那就是"劝善惩恶部"。

当时谁也没有预料到，奥马尔决定设立这个部门，最终会导致他本人的灭亡和塔利班的崩溃。

关于这股势力的强大程度，曾任塔利班政权内政部副部长的阿卜杜勒·萨马德·哈克萨表示："劝善惩恶部拥有过大的权限，无人敢违抗它。"

另外，曾在外交部担任政治局局长的瓦希德·穆吉达描述这个部门的性质时说："劝善惩恶部的那帮家伙，比基地组织的思想还要激进。"

霍塔克指出，该部门是直接导致大佛被毁的罪魁祸首，他说："毁坏大佛并非所有塔利班的意思，而是其中一个部门——劝善惩恶部的夙愿。"

"劝善惩恶部"在英语中叫 Ministry for Promotion of Virtue and Prevention of Vice，直译过来就是颂扬美德、防止不道德的部门。

使用这个名字的组织在其他伊斯兰国家有先例。沙特阿拉伯虽然没有设立这个部，却有负责"劝善惩恶"的政府机构。该机构奖励那些遵守伊斯兰教教义行为端正的市民，惩戒那些劣迹昭彰的人。沙特阿拉伯在阿拉伯世界中属于宗教色彩很浓的国家，设立那样的部门，让国民在生活中贯彻伊斯兰教的宗旨。

奥马尔从某个亲信那里听说了沙特阿拉伯的这个先例，在占领喀布尔之前就在坎大哈设立了"劝善惩恶局"，让下属按照伊斯兰教教义管理所占领的地域。占领喀布尔之后，组建内阁时，他把"局"升级为"部"。

该部门的办公大楼位于喀布尔的心脏位置，附近全都是政府机关的办公楼。它是一栋绿色的建筑，紧挨着总理官邸，虽然不算新，却很气派。据说当时墙上写着几行大字，都是些狂热的标语，诸如"理性都拿去喂狗吧"之类。如今这栋建筑由美军接管使用，正全面戒严。无论在伊拉克还是阿富汗，出于对恐怖组织的警惕，美军的相关设施总是充满了非同寻常的紧张气氛。虽然我们节目组想要拍摄，却顶多只能开车从门前经过，一旦停车，站岗的美军士兵就会走过来。当然他们不可能允许我们用相机拍摄。不过我们还是躲在相距数百米的隐蔽处，用远摄镜头进行了拍摄。毕竟这个建筑在"大佛被毁"故事中承担了相当于主角的角色，如果没有它的照片，就没办法编辑节目。即使离这么远，万一被巡逻的美军发现，就有可能被逮捕，录像带自然会被没收。那样一来，我们就会上新闻，东京那边恐怕会闹翻天。我们听说曾经有外国的摄制组因为偷拍被逮捕了，所以在拍摄的一分钟时间里一直胆战心惊地环顾左右。

劝善惩恶部的成员无一例外都是塔利班中的强硬派，排在美国抓捕名单的最前列，现在要么死了，要么在逃，或者已被捕，我们不可能采访到他们。

不过，众所周知，这个机构雇用了数千名年轻人，让他们在街上巡逻，称之为"宗教巡警"。他们手持长鞭和 AK - 47 自动步枪，一旦发现市民有违背伊斯兰教教义的行为，就会毫不留情地施暴，然后逮捕、拘禁。田中浩一郎也在当时的备忘录中记载道：我亲眼看到劝善惩恶部的职员在公众面前殴打两名身穿布尔卡（包裹女性全身和面部的民族服装）的女性。喀布尔的市民对他们又怕又恨，称之为"宗教警察"。

究竟做什么会被劝善惩恶部揭发呢？

司法部至今仍保存着一些文件，记录了塔利班统治时期颁布的法律。

其中记载的劝善惩恶部的法令很奇怪，我在其他任何一个国家都没有见过。

首先，全面禁止吸烟。不只是在公共场所，无论在家里还是外面都不允许。这并非出于健康方面的考虑，理由是吸烟违背伊斯兰教教义。

他们还禁止"男子剃胡须"。按照这个法令，塔利班当政时期的男性都留着几十公分长的胡须。天生胡须少的人外出时必须携带证明，因为不知道什么时候会碰到劝善惩恶部的宗教巡警。

跟女性相关的规定也很多。如"禁止女性在服装店定做衣服""禁止女性外出时露出面部"。这些规定蔑视女性的权利，成为引发塔利班与国际社会之间摩擦的重要因素。

歌舞音乐之类的东西也被禁止了。"禁止携带音乐磁带""禁止用车载音响播放音乐"。电视被视作"恶魔的箱子"，也被禁止了，因此"喀布尔广电局"被迫改名为沙里亚（意思是伊斯兰教法）广播台，只做广播节目，禁止播出任何音乐节目。收音机里传来的只有《古兰经》的吟诵和新闻，而且都是播报塔利班在各地的英勇事迹以及其赫赫战功的新闻。

另外，还有"禁止放风筝""禁止养鸽子""禁止魔术，魔术师必须改行""禁止夫妇在路边交谈""禁止将头发剪成披头士发型（原文就是这样写的）"……总而言之，在他们眼里，哪怕稍微有点享乐主义或者沾染欧美文化气息的东西都要禁止。

这个关于发型的规定，我还要多说几句。"披头士发型"被禁后没过多久，年轻人中间开始流行"泰坦尼克号发型"——模仿电影《泰坦尼克号》中的主演莱昂纳多·迪卡普里奥的发型。虽然电影院禁止上映，根本不可能在公共场所观看好莱坞电影，但是该电影以"盗版录像带"的形式在市民之间流通开来。新的发型刚开始流行，劝善惩恶部赶紧规规矩矩地附加了一条："禁止泰坦尼克号发型"。

他们还禁止人们穿短裤。这条规定引发了一场意外事件。有一次，与塔利班关系最好的国家巴基斯坦派来一支俱乐部足球队，踢一场友谊赛。双方展开了一场酣战，面对这场久违的娱乐活动，市民也卖力地加油助威。然而，比赛结束后，劝善惩恶部逮捕了巴基斯坦队的选手。理由是比赛过程中他们穿着短裤队服。阿富汗的选手身穿一种特制的长裤，紧贴着肌肤。巴基斯坦的外交当局大为震惊，派遣特使去坎大哈交涉，好不容易才让他们释放了选手。但是，选手们恢复自由时已经全被剃成了光头。那是对他们穿短裤踢球的惩罚。

这些规定可谓荒唐至极，大多数与伊斯兰教原本没有关系。例如他们禁止的电视，现在阿拉伯世界中以半岛电视台为首的卫星电视台取得了长足的发展，正逐步形成与BBC、CNN等欧美电视台抗衡的势力。当初创立伊斯兰教的穆罕默德生活的时代里没有电视机，因此《古兰经》中不可能有这种禁令。自不必说，关于放风筝和魔术的规定也和伊斯兰教的信仰没有任何牵连。

那么劝善惩恶部的官员为什么要这么做呢？

曾任塔利班政府外交部政治局局长的瓦希德·穆吉达这样解释道：

"劝善惩恶部的成员都是乡下出身。他们没有接受过教育，也没有伊斯兰教的宗教相关知识。他们误以为自己故乡的村子里流传下来的古老习俗就是伊斯兰教的全部教义，自作主张地认为像喀布尔这样的城市中的日常行为全都违背伊斯兰教的宗旨，所以会加以限制。"

他们从阿富汗的山区走出来，以破竹之势攻城略地，打进大城市喀布尔之后，接触到了以前从未见过的各种文化。喀布尔原本就是一个时尚的城市。在被苏联进攻之前，女性学习外国的流行趋势，穿着超短裙在大街上昂首阔步。由于长期内战带来的混乱，在被塔利班攻打时，往日的繁华景象虽然已经消失不见，但是对于来自乡下的他们来说，还存在一些前所未见的城市习俗。他们认为那些都是违反伊斯兰教的恶习，是受到了基督教徒的欧美文化所毒害，所以才加以禁止。

从西方世界的价值观来看，劝善惩恶部是历史的罪人。在欧美媒体人的眼中，它成了疯狂的宗教激进主义压制人权思想的象征。

后来他们出台的法令中有一条，规定在阿富汗占极少人数的印度教徒"（外出时）必须穿用藏红花染色的衣服，以便劝善惩恶部的巡警一眼就能认出"。某家通讯社报道了此事，令人联想到纳粹迫害犹太教徒的历史，引发了热议。随着塔利班政权的垮台，劝善惩恶部也被撤销了，不过后来也经常有媒体报道说："卡尔扎伊政权中残存的宗教激进主义者正试图恢复劝善惩恶部，作为垫脚石，他们在政府内部成立了秘密的委员会。"在媒体看来，他们简直是阴魂不散。

不过，这并不意味着他们本质上都是十恶不赦的人吧。

让·伊夫·贝尔特是法国外交部的外交官，在塔利班当政时期曾任驻阿富汗代理大使，他基本上算是唯一一个与劝善惩恶部部长面谈过的西方人。他记得当时的体验颇有意思。

"我也没有什么特定目的，就是很感兴趣，想知道劝善惩恶部的人到底能不能跟我们正常对话。于是我多次提出申请，有一天这个愿望终于实现了。"

贝尔特大使进入房间以后，看到名叫卡拉迈迪的部长不自然地扭动身体，视线朝向斜前方。他保持着那样的姿势，两个人互相寒暄了一下。

"我一个西方人进入他的视野，光是这样就让他感到肮脏，他似乎觉得被违反伊斯兰教的东西给玷污了。看到他的那副姿态，我并不生气，反倒觉得有些好笑。"

贝尔特大使想和他展开讨论，故意挑衅地说道：

"在我们西方国家，我们很尊敬女性，她们的权利受到了尊重，她们活跃在社会各界的各种岗位上。阿富汗今后必须重建，现在正是需要借助女性力量的时代，不是吗？"

部长平心静气地听着，他似乎觉得如果反驳对方、展开激烈讨论的话，便会受到西方人的不良影响。

不过，在贝尔特大使热情洋溢地侃侃而谈时，他逐渐转过身体，不知不觉间开始正面朝向大使。虽然直到最后他也没有表示认同大使的支持女性的言论，却在临别时发出邀请：

"方便的话，一起吃顿饭怎么样？"

贝尔特大使觉得，该部长是一位极朴实的人，也没有对他充满敌意，嘴上说着"不能和西方人打交道"，心里却很好奇，想了解以前从未见过的西方人是什么样的，似乎在两者之间左右摇摆。

总而言之，他们身上存在的问题是无知。就拿他们要给非伊斯兰教徒做标记这件事来说，他们甚至没有听说过纳粹和希特勒。"不应该按宗教区分或歧视别人"，这种观点本身已经超出了他们的理解范畴。

奥马尔将查禁违反伊斯兰教行为的权限全部交给了这个劝善惩恶部。

他们没收并焚烧了大量音乐磁带和录像带，他们甚至动用了宝贵的坦克，将收集起来的电视机碾压得粉碎。阿富汗人很喜欢放风筝，无论孩子还是大人，几乎每天以此为乐，现在却连这点乐趣都没了。喀布尔的市民皱起了眉头，那些曾经歌颂塔利班的人心中也萌发了疑问。

不过，如果那些规定仅限于生活中的琐碎小事，即使多少有些受拘束的感觉，也是没办法的事。毕竟塔利班确实恢复了治安，结束了军阀混战时期战乱与暴力的日子。

但是，劝善惩恶部后来与来到阿富汗的本·拉登联合起来，将会引发更为严重的问题。

塔利班占领喀布尔之后过了没多久，本·拉登与奥马尔进行了第一次面谈。

关于面谈形式的资料很少，估计美国有一些。因为关塔那摩监狱关押着一些塔利班以及基地组织的干部，他们应该参加或安排过此次会见。但是，美国并没有公开具体情况：逮捕了哪些人？关押在哪里？

田中浩一郎说："我想对美国说几句。攻打阿富汗时，美国将塔利班以及基地组织留下的宝贵资料一股脑儿地拿去了，其中大多并未公开。被捕人员的证词也是如此，不明不白的内容太多了。明明应该公开信息，与全世界的研究人员共享，弄清塔利班当政时期阿富汗的真实状况，作为历史教训，现在却根本不具备这样的条件。"

接受我的采访时，他一副坐立不安的样子。

二〇〇四年七月，美国独立调查委员会公布了《"9·11"调查报告》，公开了部分相关信息。在长达五百六十多页的厚厚的报告书中，详细记载了实施恐怖行动的罪犯如何劫持民用飞机等机舱内的具体经过，分析了他们如何潜入美国、在航空学校学习驾驶技术等详细情况。至于基地组织如何在本·拉登的带领下，在阿富汗怎样培养他们的仇恨情绪，怎样发展壮大，却仅占了寥寥几页。

为了防止恐怖组织再次使用劫机自爆的战术，报告中充分探讨了这次教训，然而这个庞大的国际恐怖组织成立于何时、成立的原因是什么，相关的战略性分析还很不够。宗教极端分子的思维方式、基地组织诞生的背景等等，美国似乎至今仍在回避认真面对这些本质的部分。

美国只是简单地说"决不允许恐怖行为""本·拉登的本性很恶劣"，把这些说法作为一切讨论的前提，思维就此停止。我总觉得，这种风潮甚至扩散到了美国的领导层之中，其实他们需要冷静的判断与分析。如果他们一直保持这种态度，即使能够防止劫机自爆的恐怖行为，还会出现其他形式的恐怖事件吧。

众所周知，太平洋战争时，美国对敌方日本做了彻底的研究。政府鼓励人们学习日语，针对日本人的研究也取得了进展，这些成果都应用到了战争中。日本目光短浅，只是高呼英美国家灭绝人性，拒绝学习欧美文化和英语，两者形成了鲜明的对照。这样想来，美国如今面对反恐战争的敌对方，失去了冷静的视角，真是令人感到意外。美国自建国以来，本土的中枢第一次遭到攻击，也许"9·11"事件带来的打击太大了吧。但是，基地组织也好，塔利班也罢，既然出现在这个世上，就有历史的必然性。

关于这两大组织的最高领导人奥马尔与本·拉登的初次会面，《"9·11"调查报告》中只有数行文字。

"塔利班的领导人奥马尔老师'邀请'本·拉登来坎大哈。表面上说是考虑到本·拉登的安全，恐怕是一种计谋，想要把他放在更容易控制的地方。"

正如这段文字记载的那样，这次会见的方式是把本·拉登叫到坎大哈。本·拉登从贾拉拉巴德出发，首先去了喀布尔。在那里，他拜访了时任塔利班内阁总理的穆罕默德·拉巴尼的私宅。当时的内政部副部长阿卜杜勒·萨马德·哈克萨作证说：

"我和本·拉登在那里针锋相对。我坦率地建议他不应该待在这个国家，我说：'我很感谢你在和苏联作战时帮助了我们。但是圣战结束了，我觉得你已经没有用武之地了。'本·拉登听了显得很不高兴。"

哈克萨如今在受美国援助的卡尔扎伊政权的保护之下，如果他说"我和本·拉登关系很好"，那将等同于自杀行为。因此，我们不能完全相信哈克萨本人的说辞。不过，此时拉巴尼总理深受奥马尔的信任，本·拉登先去拜访他，请他帮忙疏通一下，这一点毫无疑问。

然后，本·拉登前往坎大哈，见到了奥马尔。总部设在阿联酋的阿布扎比电视台驻伊斯兰堡通讯记者贾马尔·伊斯迈尔说，时间是一九九六年十一月，塔利班占领喀布尔两个月以后的事。

伊斯迈尔是阿拉伯人，出生于巴勒斯坦，自与苏联打仗时起就活跃在巴基斯坦和阿富汗，他说："我从二十岁那时候就在白沙瓦结交了很多阿拉伯战士。"我估计他的潜台词是因此他能搞到别人拿不到的独家新闻吧。事实上，全世界只有三名记者既见过奥萨马·本·拉登，又见过奥马尔，他便是其中之一。

不过，他的思想基本可以算是伊斯兰激进派。关于毁坏大佛的对与错，他说：

"当我听说大佛被毁的消息时，当然是举双手赞成了。"

我追问他为什么这么想，他振振有辞地说："在穆斯林看来，那东西是不能保存的，真主是不会容许的。"

当我们在伊斯兰国家采访时，也经常从当地记者那里获取信息。而且，他们大多和我们使用类似的器材、类似的方式进行报道或传播。我想虽然使用的语言不同，但是他们拥有的常识和逻辑应该和我们一样，于是不由自主地想和他们接触，就像和 BBC 或 CNN 的记者交换信息那样。但是，仔细一聊才发现，有时候他们的经历和想法与那些身经百战的伊斯兰圣战士没什么两样。正因为如此，他们才能获得我们绝对拿不到的信息，进入我们无法深入的现场。从这个意义上说，他们在伊斯兰激进派和我们之间架起了桥梁，可以说是很重要的存在。

伊斯迈尔记者用流利的英语说，安排奥马尔与本·拉登初次会面的人，是本·拉登最初投靠的军阀首领尤尼斯·哈利斯。哈利斯和奥马尔同属普什图人，他见识到了塔利班的压倒性力量，于是向奥马尔表达了恭顺之意。

那次会面的地点是位于坎大哈市中心的奥马尔的办公室兼住处。

哈利斯当时恳求道："请您把本·拉登当作国家贵宾来对待。他在圣战时期为了阿富汗拼命与俄罗斯人作战，如今却走投无路前来投奔我们。"

奥马尔说："明白了，我们阿富汗的男人，以善待来访的客人为荣。不过，你要答应我一件事。请不要给我们惹麻烦，安安静静地生活吧。"

我们不知道本·拉登是如何回答他的。

不过，毫无疑问，本·拉登应该是接受了他提出的这个条件。因为后来奥马尔宣布："本·拉登答应不给我们惹麻烦，老老实实地过日子。"

总之，奥马尔同意本·拉登留在阿富汗。

此时奥马尔作出了一个重大决断，将会关系到塔利班以及阿富汗乃至全世界的命运，然而他本人却浑然不觉。他完全没有注意到本·拉登的真面目和野心。

田中浩一郎还记得，后来国际社会要求阿富汗驱逐本·拉登时，塔利班的干部说："为什么外国那么在意本·拉登呢？他不就是个流氓地痞之类的人吗？他只是被别的地方赶走才逃到这里来的啊。"

田中分析道："我没感觉到他们对本·拉登怀有敬畏之心。

当时在奥马尔眼里，本·拉登只是一个来历不明的流浪汉，就跟随处散落的石子儿差不多。"

本·拉登在奥马尔面前彻底化身为披着羊皮的狼，这是他的战略。

一旦掌握最高权力的奥马尔说"本·拉登的行为已经超越客人的范围，请他离开吧"，就不会有人出面阻拦。那样一来，世界之大，却再也没有一个国家肯收留本·拉登，他就会走向灭亡。反过来，只要能够博得奥马尔的欢心，就能在这块土地上为所欲为。他心里很清楚这一点。

就这样，本·拉登面见了阿富汗的新统治者，正式获得了安居之地。此时，塔利班的士兵已经成功占领首都喀布尔，仍在继续进军，要把那些负隅顽抗的敌人一举歼灭。

其中，有一支部队从喀布尔沿山路向西前进，他们的目标是一百三十公里以外的城市——巴米扬。

第 4 章

大佛的第一次危机

巴米扬大佛正面临被毁的危机。一九九七年二月初，确切说是五日，这一消息第一次传到了阿富汗境外。大约是大佛实际被毁的四年前。

SPACH（阿富汗文化遗产保护协会，Society for the Preservation of Afghanistan's Cultural Heritage）是一家非政府组织性质的办事处，位于邻国巴基斯坦的白沙瓦。这天它接到了巴米扬居民的举报。

那名提供信息的人说道："塔利班的部队正朝巴米扬攻打过来，距离我们还有六十公里。部队的司令官就像被什么恶鬼附身了似的，一个劲儿地对年轻的士兵说'我们占领巴米扬之后，第一个任务就是把那两座大佛炸个稀巴烂'。"

SPACH 的目标是保护阿富汗各地的文化遗产。随着内战日益加剧，各地的遗迹濒临危机，为此忧心忡忡的欧美考古学家及文化人类学家还有联合国的相关人士共同发起，于一九九四年成立了 SPACH。发起人请驻伊斯兰堡的法国、希腊、意大利以及日本的大使担任会长或负责人。第一任会长是法国驻巴基斯坦大使皮埃尔·拉弗朗斯，他回国以后，此时担任会长的是意大利的大使。

实际上掌管协会事务、来回周旋的人是副会长南希·杜普利。她是一位历史学家，四十多年前，即一九六二年，她与身为外交官的丈夫来到了阿富汗。她激情洋溢，在这里与著名的考古学家路易斯·杜普利坠入爱河，重组婚姻。她将热情献给了阿富汗人民，毕生都致力于研究阿富汗的文化和历史，除了躲避战乱期间移居他国之外，一直生活在这片土地上。现在她被人们称作"Grandmother of Afghanistan"（阿富汗祖母）。她为了研究在各地奔波，也培养了很多一起工作的阿富汗工作人员，因此阿富汗各地都有仰慕她的人，他们组建的圈子越来越大，从巴米扬及时发出第一声警报的人便是其中之一。她来自地球另一侧的国家，宗教和文化都不相同，却在亚洲国家阿富汗深深扎根，还收获了这么多尊敬，同时又具有国际性的政治能力。这样人才辈出的国家果不其然是美国，真是令人羡慕，也让我很感兴趣。

这是我在拿同属亚洲国家的日本作比较时的感想。无论是内战期间，还是塔利班统治期间，日本的 NGO 工作人员或者志愿者中当然也有一些人长年在阿富汗开展活动，也受到了当地人的敬重，他们的努力值得称赞。不过，当我观察杜普利时，发现她能迅速捕捉当地的信息，如有需要就会向国际社会敲响警钟，动用全球众多人士的力量，这些能力恐怕是日本人望尘莫及的吧。按照日本人的思维方式，那些非常热心地在当地开展人道援助活动的人是令人尊敬的，他们挥洒汗水，付出努力。另一方面，也能看出来他们有时候过于强调现场主义的心理状态。而杜普利坚持在当地开展活动的同时，又打造了一种体制，带动各国外交官，也向联合国、专家学者、各种非政府组织发出号召，虽然他们之间的关系未必十分融洽，却能在必要的时候为了同一个目的互相协助。发达国家的大使们平时偶尔会出席会议，并不负责实质性工作，但是一旦发生什么事，他们的地位就会发挥作用，能够推动各自国家的政府以及联合国，以巨大的组织力量来应对事态。

当大佛遭遇第一次危机时，这股力量便派上了用场。

扬言要毁掉大佛的人叫阿卜杜勒·瓦希德，是塔利班的一名野战司令官。巴米扬一带居住着哈扎拉人，他们是构成阿富汗的民族之一，一直强烈反抗塔利班。哈扎拉人虽然也信奉伊斯兰教，却属于什叶派。所谓什叶派，简单说来，就是将穆罕默德的女婿阿里奉为圣徒的教派，认为他是传达真主意旨的先知的继承人。在伊斯兰教中占多数的逊尼派不承认阿里的地位，塔利班是虔诚的逊尼派信徒，将什叶派的哈扎拉人视为仇敌。

据说哈扎拉人是成吉思汗率领的蒙古大军的后裔，长着一副东方人面孔，跟日本人极为相似。他们因勇猛果敢而知名，不肯投降塔利班，利用熟悉地形的战术与之作战。因此，瓦希德司令官的部队虽然已经逼到巴米扬近前，却裹足不前。

由于战况不尽如人意，"炸毁大佛"宣言中也有泄愤的成分。自古以来，两尊大佛就一直俯瞰着巴米扬。哈扎拉人怀着敬爱之心称他们是"父亲的雕像"和"母亲的雕像"。瓦希德司令官之所以想要毁掉大佛，不只是要破坏伊斯兰教禁止的偶像崇拜的对象，也是要粉碎巴米扬和哈扎拉人的象征，估计有这层意思。

SPACH向各国的外交当局及媒体通报"毁佛宣言"后，法国通讯社AFP的记者前往当地，成功采访到了瓦希德司令官。

当时瓦希德司令官就像对手下的年轻士兵讲话时那样，不假思索地说："我们一定要把大佛炸个稀巴烂。"

他完全不明白对国外的大型通讯社说这句话意味着什么。

"塔利班意欲损毁那两尊宝贵的大佛。"

AFP 向全世界传达了这个消息。从这一瞬间开始，毁佛的意愿就不再是内部消息，而变成了塔利班的正式宣言，引起了国际社会的巨大反响。

联合国秘书长安南发表了谴责声明："对于塔利班的毁佛计划，我深感忧虑。"紧接着，联合国教科文组织自不必说，周边的大国印度、斯里兰卡等拥有众多虔诚佛教徒的国家的政府，甚至伊斯兰国家伊朗、国际性穆斯林组织世界穆斯林大会也纷纷向塔利班及其领导人奥马尔发出警告，敦促其打消毁佛的念头。

这场风波传到了奥马尔的耳朵里。在此之前，估计奥马尔并不知道巴米扬大佛，应该是第一次听说它的存在。奥马尔一生中从未去过巴米扬，也没见过大佛的照片。他应该也没有见过佛教徒，甚至无法想象佛教以及大佛都是些什么样的东西。

当时的塔利班政权外交官曾和奥马尔有过直接接触，他作证说："奥马尔原本对大佛丝毫不感兴趣，所以他没必要介意佛像会变成什么样。"

比起奥马尔来，日本人对大佛更熟悉，也经常看到它们的照片，所以感觉与"巴米扬大佛"的联系更紧密。

马扎尔谢里夫是阿富汗北部的中心城市，位于巴米扬后方，是顽抗塔利班的势力最大的据点，瓦希德司令官要想攻下它，攻打巴米扬的作战非常关键。比起大佛来，奥马尔更加关注的是战况如何。

二十八日，设在巴基斯坦首都伊斯兰堡的塔利班政府大使馆召集了各国的媒体，宣布道：

"现在阿富汗没有佛教徒，因此没有人叩拜佛像，所以不算偶像崇拜。只要这个状态不发生变化，我们就不打算毁坏大佛。这是最高指挥部的意思。"

大使馆的工作人员身在阿富汗境外，会与别国的外交官及媒体人士打交道，他们明白毁佛问题的严重性，迅速作出了回应。

这样一来，这场风波看似平息了。

哈扎拉人的抵抗非常顽强，瓦希德司令官的部队被死死困在原地，无法进入巴米扬。因此，人们认为大佛面临的威胁暂时不会变成现实。

外国媒体再次询问瓦希德司令官："塔利班的最高指挥部说不打算毁坏大佛，你有什么看法？"

这次他的回答值得称赞："我会奉命行事。"

然而，第二年，事态的发展方向有些出人意料。

巴米扬海拔高度二千米，到了冬天，就会被冰天雪地封闭。这期间会停止战斗，等冰雪消融后再次开打，不只是在巴米扬，这是整个阿富汗北部山区的作战惯例。

第二年，也就是一九九八年，冰雪融化之后，塔利班部队再次攻打巴米扬，哈扎拉人依然顽强抵抗，大佛雕像附近平安无事。杜普利等SPACH的成员走访了当地，确认大佛安然无恙之后，与哈扎拉人的族长商议，打算在大佛周围建造"遗迹公园"，制订了相关计划。

因为大佛雕像已经受到了内战的影响。

雕刻着大佛的悬崖上方修筑了高射炮阵地，因为这里是能够俯瞰整个巴米扬的位置。不过，在进攻方看来，这是绝好的目标。很明显，万一这里遭到炮击或轰炸，正下方的佛像将会面临灭顶之灾。

另外，大佛雕像的脚下以及雕刻着佛像的山崖周围的墙面上有很多石窟，大约是与大佛在同一时期开凿的。较大的那尊大佛的双足之间正好有个石窟，被安上了门，成了弹药库。

哈扎拉人表示："这里四周都是岩石，很安全，而且有大佛雕像的庇护，敌人应该没办法攻击。"

但是，如果储存的弹药由于某种原因发生爆炸的话，大佛雕像就会被炸得灰飞烟灭吧。

此外，因内战流离失所的难民住进了周围的石窟中。石窟内壁上残留着一千多年前的珍贵壁画，由于难民做饭而被烟熏火烤，或者遭到了乱涂乱画。

为了避开这些危险状况，SPACH打算挪走弹药库和高射炮阵地，让难民也搬到别的地方，整顿环境，确保大佛免遭破坏。

至于当地的哈扎拉人如何看待这项计划，很难说。

他们之所以作出如此安排，也有他们军事上的理由，而难民为了生活下去，需要一个能够遮风挡雨的场所。SPACH虽然提议要给难民建造住宿设施，此事却还没有眉目。另一方面，毫无疑问，大佛及壁画非常宝贵，一旦失去就再也无法挽回了。要想找到解决这些事情的办法真是个大难题。

不管怎样，哈扎拉人非常敬爱大佛，大佛被毁的危机也没有迫在眉睫，无需担心。杜普利心想，建造"遗迹公园"的计划多花点时间慢慢推进就行。

然而，这一年秋天，塔利班部队突然加强了攻势，之前曾多次击退塔利班的哈扎拉人部队一下子节节败退，九月上旬，巴米扬沦陷了。巴米扬位于高原中的盆地，形成了天然的要塞，之前无论遭受多么猛烈的攻击都巍然不动，此时塔利班似乎突然获得了某种力量。

　　其实，事态急转直下的背后，是有一股新势力加入了塔利班部队。

　　巴勒斯坦记者贾马尔·伊斯迈尔作证说：

　　"阿拉伯人加入了巴米扬之战，因此塔利班部队一下子力量大增。塔利班虽然习惯了在山里打游击战，却不擅长攻打需要高级战术的城市据点。阿拉伯人曾在自己国家的军事学院或阿富汗境内的训练基地接受过军事训练，他们熟练掌握了各种攻击城市的战术，这才造成了巨大的差异。"

　　阿拉伯士兵基本上指的是基地组织成员。不言而喻，是奥萨马·本·拉登把他们带来的，也是他组建的军事训练营。

　　本·拉登于一九九六年面见奥马尔，向他表达了投诚之心，之后就从贾拉拉巴德近郊移居到了奥马尔所在的坎大哈。这样一来，不只是口头上的承诺，他还用行动表明了归顺奥马尔的决心。他就这样赢得了奥马尔的信任与庇护，同时利用他与生俱来的策划能力与财力逐步从境外召集士兵，在阿富汗境内为他们建造了基地。大约过了一年半之后，他的努力终于初见成效。

　　关于这期间的情况，美国独立调查委员会在《"9·11"调查报告》中指出："奥萨马·本·拉登在一九九八年二月发布的法特瓦中高调宣布，经过一年半的努力，基地组织复活了，而且变得更加强有力。”

报告另外还写道："基地组织通过和塔利班结盟，在阿富汗拥有了训练参战人员和恐怖分子的避难所。（中间略去）据美国的情报机构推断，一九九六年以来，从本·拉登的训练营'毕业'的战士多达一万到两万人。"

本·拉登在反苏战争时曾经关照过的圣战组织（伊斯兰圣战士）的联络方式以及在此基础上在苏丹扩展的人脉发挥了作用。再次被召集起来的士兵及其伙伴往往被称为"阿拉伯士兵"，实际上他们不只是来自中东的伊斯兰国家，也有人来自俄罗斯的车臣共和国或克什米尔，甚至有人来自遥远的菲律宾和印度尼西亚。

美国的调查报告显示，训练基地中不仅实施严格的训练，还会观察每个人的能力，作出严密的鉴定。其中，只有极少数被选中的战士才会正式成为基地组织的成员。换句话说，基地组织是一支精锐的精英部队。

本·拉登将这支精英部队提供给奥马尔，让他们与塔利班共同作战。这支基地组织的部队出现在了巴米扬。

要想攻下群山环绕中的巴米扬，需要高明的战术。塔利班与阿拉伯战士一起逼近巴米扬，采取的战术是兵分三路，从三个方向同时发起进攻。无论是在战术方面还是在战斗力方面，这支进攻部队都发挥了前所未有的强大力量，突破了整整一年多都固若金汤的防线，瞬间席卷了巴米扬市区。

数日后，大佛雕像遭遇了变故。

部队占领市区后，向较小的那尊大佛连续数次开炮。有人说是火箭炮，也有人说是坦克炮。也许两者兼有。总之，这种程度的爆炸力不足以让整个巨大的佛像崩塌，不过下腹部出现了难看的缺口，而且裟裟那里也剥落了一部分。

大佛雕像跨越了一千数百年的岁月，将它的生命延续至今，这是第一次受到伤害。以前虽然也曾有过一定程度的损伤，但是没有这么严重。

是谁干的呢？其目的何在？

曾任外交部政治局局长的瓦希德·穆吉达说道："那一定是基地组织强逼士兵干的。阿富汗人不可能做那种事。"

SPACH 的南希·杜普利也表示："我长期跟阿富汗人打交道，包括塔利班。出于自身经历，我确信是阿拉伯人干的。"

当然了，关于此次毁佛行动，司令官瓦希德无疑应当负首要责任。他沉浸在胜利的余韵和激昂的情绪中，很大意义上可能是为了惩戒一下那些曾让他束手无策的哈扎拉人吧。总之，用手中的火箭炮轰击一下，这种做法让人联想到临时起意的冲动型"犯罪行为"。

此次炮击事件过后，又发生了一起毁佛事件。没过多久，同样是那尊较小的大佛，头部被安放了炸药，通过远程操作进行爆破，后脑勺被炸掉了一大块。这种毁佛方式与随意炮火轰击的性质不同。

这次行动有可能与阿拉伯士兵，也就是基地组织密切相关。

贾马尔·伊斯迈尔这样说道：

"除了枪击、炮击，基地组织还会接受如何使用炸药的训练。

而塔利班根本没有掌握这些技能。"

　　大约在"9·11"事件爆发之前，基地组织制作了征兵录像带，我们可以从中获知训练内容。录像中包含多方面的训练内容，还记录了在建筑物中安放炸药、通过远程操作点火并爆破的训练情形。他们不只是为了在阿富汗作战，甚至将包含欧美城市在内的大范围破坏行动列入了长远计划，因此需要设置这些课程。

　　塔利班作战时，和其他阿富汗军阀一样，一般是扛着轻型武器翻山越岭、伏击敌人，即使使用榴弹炮，也只是从一个山头向另一个山头发射，至于安放炸药、有针对性地进行爆破，并不在他们的战术范畴中。后来正式"毁佛"时，塔利班也不懂如何爆破巨大的佛像，白白浪费了很多时间。

　　尽管如此，这次却在高数十米的大佛头部用炸药进行爆破，和用巧妙的战术成功占领巴米扬一样，让人强烈怀疑有阿拉伯士兵协助他们。

　　但是，我们很难证明此事。基地组织基本不同外界接触。田中浩一郎整理了一千多人的"犯罪档案"，和数不清的塔利班交谈过，就连他都压低声音说：

　　"我印象中没有和基地组织的成员交谈过，也许在不知情的情况下聊过也说不准。"

　　只有像破解推理小说的谜题那样，通过事实与证词的"碎片"组装拼图，才能了解他们实际做过什么，除此之外别无他法。从"大佛第一次被毁事件"来看，在爆破技术方面存在基地组织的影子。

"这次大佛真的可能会被毁掉。"

事发突然，令杜普利感到惊慌。要想让大佛完全崩塌，需要好几吨炸药。准备这些炸药并安置好应该要花很多时间。但是，一旦想要毁佛的人开始认真收集炸药，事情就糟糕了。

此时，塔利班内部出现了强烈反对毁佛的动向。

核心人物是塔利班内阁信息与文化部副部长阿卜杜勒·拉曼·霍塔克。

加入塔利班的人各种类型都有，鱼龙混杂。

关于塔利班成员的实际状况，田中浩一郎作证说：

"有的人像奥马尔那样，只是在伊斯兰学校（神学院）学过一段时间的宗教知识，有的人不仅修完了神学院的课程，还接受过小学之类的正规的世俗教育，还有人没上过宗教学校，只接受了世俗教育。"

关于塔利班成员的层次复杂程度，最好的例证就是阿富汗前总统哈米德·卡尔扎伊。他本人也是塔利班的成员之一。关于详细情况，田中这样解释道：

"卡尔扎伊是普什图人，出生于坎大哈郊区。当塔利班出现时，他正在喀布尔，在当时的拉巴尼总统（军阀首领之一，虽然没有统治全国，却在喀布尔执政，也拥有代表阿富汗参加联合国的权利）的政府中担任外交部副部长。他听说了塔利班的英勇事迹，同为普什图人令他深感兴趣，悄悄与他们保持联络。结果被拉巴尼政权发现了，卡尔扎伊以间谍嫌疑被捕入狱。然而，塔利班攻打进来后打开监狱放人，于是卡尔扎伊加入了塔利班。当时卡尔扎伊也觉得只有塔利班才能拯救阿富汗。"

卡尔扎伊出身于名门望族，有丰富的学识，也精通英语，在国外的人脉很广。塔利班看中了他这一点，在纽约设立办事处时，邀请他出任"大使"。据联合国知情人士说，卡尔扎伊本人似乎也有意接受邀请。

然而，这事还有下文。卡尔扎伊最终没有成为"大使"，而是与塔利班分道扬镳。若非如此，他也不可能坐上总统的宝座。至于他为什么脱离塔利班，后来他对田中浩一郎这样说道："塔利班变成了无法自行决策的集体，一些外来的不明底细的人、志愿兵之类的势力混了进来，一切决定都会受到他们的影响。我不喜欢这样，所以脱离了塔利班。"

结合事情后来的发展，我发现这份证词很有意思。

前信息与文化部副部长霍塔克也和卡尔扎伊一样，在塔利班中属于最有学识的类型。他在喀布尔的阿拉伯语神学院学会了阿拉伯语。阿拉伯语是伊斯兰教的圣典《古兰经》使用的语言，对于全世界的穆斯林来说具有非凡的意义，需要努力学习才能掌握。霍塔克后来又考入了喀布尔大学的神学系，读书期间遭遇苏联军队的入侵，由于参加圣战而没能毕业。尽管如此，他在塔利班中也属于顶级学历。

信息与文化部分为"信息"部门和"文化"部门。副部长分别负责其中一个部门，上面有一位部长。霍塔克分管"文化"部门。

霍塔克说："我以前就对阿富汗文化的独特与伟大之处很感兴趣。"

他到各地视察文化遗产，目睹了阿富汗丰富的历史遗产以及战火下满目疮痍的现状，还有人为了私利趁乱将文化遗产走私到国外、廉价出售。他想，文化遗产就是阿富汗人民的财产，必须加以保护，决不允许有人毁坏大佛。

也就是说，在涉及巴米扬大佛的问题上，比起宗教激进主义，阿富汗的国家主义在他的意识中占据了优先地位。

是把伊斯兰教的教义放在第一位，还是把阿富汗这个国家及其人民放在第一位？这两个命题是塔利班从成立之初就面临的矛盾。

究其原因，归根结底伊斯兰教是超越国家的宗教，应当优先考虑全世界穆斯林的团结、共同的信条、利害关系。而且，塔利班的目标是向全世界推广伊斯兰教。这种想法被称为"泛伊斯兰主义"。

田中浩一郎说道："塔利班中有两个流派，其中一派站在阿富汗国家主义的立场上，认为应该重视阿富汗的利益，而另一派则坚持泛伊斯兰主义。一开始泛伊斯兰主义的势力较小，没有形成对立。"

简单说来，塔利班的基本思想就是："建立忠于伊斯兰教教义的国家，让阿富汗恢复和平与秩序。"两个立场微妙地并存于这句简短的口号中。

在塔利班节节胜利时，这并不是什么问题。

但是，后来这一矛盾日益凸显出来。本·拉登巧妙地钻入了这个裂缝中。大佛第一次被毁就是这一矛盾表面化的最初场面。

据说伊斯兰教的圣典《古兰经》是一本直接记录真主启示的书。虽然同是一神教，基督教的《圣经》记录的是耶稣的弟子讲述的上帝的故事。两本书的构成不同。《古兰经》中记录的真主启示有这样一条：远离偶像的污染。

圣地麦加的卡巴神龛有三百六十尊神像，都是伊斯兰教诞生之前原住民宗教所信奉的神，最后一位先知穆罕默德将其悉数清除，亲自践行了真主的启示。尽管如此，在全球范围内的很多穆斯林看来，没必要把已经成为文化遗产的佛像都毁掉。

不过，站在宗教激进主义立场上的人认为应该毁掉。假如选择了这个立场，就会产生问题。因为大佛遗迹经历了漫长的历史，是阿富汗人民共同的宝贵财产，这是任何人都无法否认的事实。最终就要面临选伊斯兰教还是选阿富汗的问题。

霍塔克在参照伊斯兰教的教义之后，认为应当为阿富汗人民守护大佛。他对这一点持有坚定的信念，毫不犹豫。

从巴米扬到喀布尔，开车需要半天多的行程。大佛遭到炮击和爆破的消息立刻传到了信息与文化部。

霍塔克听到汇报后感到惊讶："去年不是说好了不毁大佛吗？"

巴米扬的大佛雕像有多宝贵呢？霍塔克又去咨询了喀布尔博物馆的副馆长奥马拉·马士迪，听取了他作为专家的意见。

马士迪回答道："阿富汗各地之前发掘出来的遗迹或文物有的在内战中遗失了，有的被盗后走私到了国外，但是我不太担心。因为阿富汗还有无数未发掘的遗迹，文物都在地下埋着。等到了和平年代，还能挖出来数不清的文物。我想那些文化遗产足以再次塞满博物馆。但是，巴米扬的大佛雕像不同，它无可替代，一旦毁坏就没办法补救了。"

霍塔克下决心无论如何都要守护大佛。但即使去找现场的司令官也无济于事，这次只能请最高领导人奥马尔以声明的形式发布明确的指令，让他们停止毁佛行为。

回顾当时的情景，霍塔克说道："我让我的上司信息与文化部部长关注这个问题，强烈建议他应该向身在坎大哈的奥马尔老师汇报。"

部长名叫埃米尔·卡罕·马塔齐。他是个彻头彻尾的武斗派，很早就加入了塔利班，立下了赫赫战功。他是在战场上步步高升的彪形大汉，留着长长的胡须，简直就像一头熊，和读过大学的知识分子霍塔克形成了鲜明的对照。

但是，马塔齐还有另一面。在占领喀布尔之前，美国的助理国务卿鲁宾·拉斐尔来与塔利班交涉，作为代表负责接待的正是马塔齐。这位女外交官是白人，又是异教徒，塔利班中很少有人愿意和她交谈。而马塔齐没有逃避，而是出面与她会谈。

马塔齐原本丝毫不了解阿富汗的文化遗产，当上信息与文化部部长后，激发了他与生俱来的好奇心，邀请考古学家做讲座，掌握了一定的相关知识。他倾听了霍塔克的呼声，说道："试试吧。"

坎大哈的政权中枢中，还有一位霍塔克的得力伙伴。

那就是奥马尔的首席助理瓦基尔·艾哈迈德·穆塔瓦基尔。

穆塔瓦基尔是塔利班中最重要的人物之一。

他于一九六八年在坎大哈郊区出生，此时刚刚满三十岁，还很年轻。在塔利班仅有数十人的时候他就加入了，是奥马尔最亲信的部下。田中的文件中写道，他在奥马尔进餐之前负责试毒，足见其深受信任。他父亲是阿富汗的知名学者，他本人在邻国巴基斯坦奎达市的伊斯兰学校学过神学。在校期间曾自学英语，口语流利。

拉斐尔助理国务卿也和他见过几面，她也说："我一看就知道他是个极聪明的人。"

他身材矮小，微胖，因为是塔利班成员，自然是满脸胡子，总是戴着眼镜，镜片背后的眼睛甚至可以说有些可爱，双目炯炯有神。他是田中浩一郎的主要谈判对手，两人曾正面交锋过数十次。田中在这个穆塔瓦基尔身上感受到了与其他武斗派塔利班明显不同的东西。

他评价说："我在和塔利班交谈时，发现他们有两种类型。一种是整天打仗、一有问题就轻易采取暴力手段的类型，另一种是想通过对话解决问题的类型。暴力派的人性情极为急躁，出席谈判时稍有不顺，表情立刻变得僵硬，还会恶言相向。在外交谈判的场合，无论怎样针锋相对，一般都会注意用词，尽量不惹对方生气，但是他们却做不到。而穆塔瓦基尔一旦打开话匣子，属于能够持续交谈好几个小时的类型。我估计他没有杀过人吧。"

从年龄上看，穆塔瓦基尔可能没有参加过反苏战争，在塔利班占领坎大哈之后，他很快就成了奥马尔的亲信，因此他也许没有实际参战的经历。

如此看来，他和奥马尔是大不相同的人。奥马尔非常看重穆塔瓦基尔拥有的自己欠缺的能力，让他常伴左右。穆塔瓦基尔也以绝对的忠心来回报奥马尔。

穆塔瓦基尔反对毁掉大佛。

霍塔克对穆塔瓦基尔赞不绝口："塔利班中大部分人都反对毁佛，穆塔瓦基尔无疑也是其中之一。他是个非常理性、博学多识的人。"

首席助理穆塔瓦基尔和信息与文化部部长马塔齐都反对毁佛，他们二人肯定劝说过奥马尔，让他发出停止毁佛的命令。

霍塔克准备的逻辑是：伟大的伊斯兰先祖曾经将伊斯兰教带到了阿富汗这片土地上，甚至远征印度，他们应该也亲眼见过那令人瞩目的大佛雕像，却没有毁掉它。如果此时毁佛，就等于说伟大的伊斯兰先祖做错了。估计是这个逻辑打动了奥马尔。他已经成为穆民的埃米尔，在他眼里，伟大的伊斯兰先祖是不容置疑的存在。

奥马尔发布了带有亲笔签名的通告，下令保护大佛。该通告被分发到塔利班的各个部门，同时也交到了要求停止毁佛的SPACH负责人手上。

该文件的标题是《25号通告》，开头的署名是："伊斯兰的仆人　奥马尔"。

内容分条列出，共计十条，前几条强烈呼吁保护阿富汗的所有遗迹：

"阿富汗人民的遗产几千年前就存在了。无论我国还是外国的人们都认为这些遗迹是从先祖那里继承的遗产。因此，阿富汗的伊斯兰行政官员和普通百姓都必须珍惜它们。"

为此，"遗迹附近的军队、清真寺的领袖、警察必须对普通百姓讲述其重要性"。

　　随后，有两条内容专门针对巴米扬大佛，陈述了好几条保护大佛的理由：

　　"巴米扬的大佛雕像闻名遐迩，是阿富汗开始信奉伊斯兰教之前雕刻的。如今不存在膜拜佛像的佛教徒。自从阿富汗成为伊斯兰国家，直到现在，我国的穆斯林并未毁坏该佛像。我们的政府也对大佛雕像充满了敬意，今后也会继续保护它。"

　　"我们注意到，该佛像吸引了国外游客，会给我国带来利益。另外，国外的佛教团体最近发出警告，如果巴米扬大佛被毁，他们也会破坏他们国家的清真寺。"

　　这份通告很关键。穆民的埃米尔是塔利班的最高领导人，也是阿富汗所有穆斯林的领袖，一旦他作出判断，就绝不会发生改变。

　　保护大佛成了塔利班的官方意见。

　　阿富汗的知情人士告诉SPACH的副会长杜普利："瓦希德司令官被塔利班自己的人逮捕了。"因为他在现场擅自做主，毁坏了大佛，所以被追究责任。

　　全世界放心了。此刻人们心想，大佛免遭大面积破坏，一千数百年前的巨大雕像在千钧一发之际被保住了。

第 5 章

奥 马 尔 大 怒

奥萨马·本·拉登是个善于操控人心的人。

曾任驻巴基斯坦大使的法国外交官皮埃尔·拉弗朗斯，是欧洲最熟悉塔利班的人物之一，他在接受采访时回答说：

"塔利班原本只是南亚局部地区的问题，在本·拉登的影响下，完全变成了全球规模的革命运动。"

SPACH 的南希·杜普利近半个世纪以来一直在近处观察阿富汗，她更加明确地断言：

"塔利班的领导人奥马尔只不过是基地组织的提线木偶。"

两人都认为塔利班被本·拉登篡权了。

一九九六年，本·拉登刚逃亡到阿富汗，至少那段时间他的命运肯定掌握在奥马尔手中。后来反过来了。

邀请本·拉登来阿富汗的人并不是奥马尔。所以奥马尔不欠本·拉登任何人情，是杀是放，还是驱逐，都是他的自由。

不过，奥马尔还是收留了本·拉登。

究其原因，田中浩一郎分析道："阿富汗有一种礼节。如果外来者申请庇护，就会予以接纳并藏匿，这在阿富汗的历史长河中时有发生。他只是遵循这个习惯，采取了极为自然的举动。"如果有人前来求助，你却将他赶走，那么作为阿富汗人会遭人唾弃。仅此而已。如果奥马尔因为什么事情改变了主意，随时有可能翻脸不认人。

本·拉登也很清楚这一点。因此，为了防止奥马尔变卦，他拼命地采取措施。

首先，本·拉登抓住一切机会，对奥马尔和塔利班极尽赞誉之词。本·拉登曾数次面向国外媒体发言，例如，他曾说：

"这个国家正在实施真正的沙里亚（伊斯兰教法）。"（一九九六年，澳大利亚穆斯林杂志《尼达乌尔伊斯兰》）

当记者问及塔利班压制人权的问题时，他否定道：

"你们是受到了欧美反塔利班宣传的影响。"（一九九七年，英国杂志《权利》）

一九九九年，他又向 ABC[①] 称赞奥马尔的领导能力：

"穆民的埃米尔（奥马尔）是阿富汗唯一的合法统治者。伟大的真主在这里为穆斯林指引前进的道路。（中间略去）阿富汗人民几十年来都以为不可能恢复治安，如今却能享受太平盛世了。"

这种令人倒牙的发言不胜枚举。不只是针对国外媒体，他还到阿富汗各地"游说"，同样对奥马尔赞誉有加。这些话应该都传到了奥马尔的耳中。

本·拉登是发自内心地尊敬并称赞奥马尔吗？

从年龄来看，本·拉登略微年轻，和奥马尔属于同一代人。但是，他们的经历与素质天差地别。

首先，文化水平有天壤之别。本·拉登生于富豪之家，自幼接受高素质教育，在名牌大学主修经营学，同时掌握了伊斯兰教的宗教知识。他在一系列反美、煽动恐怖的声明中，大量引用了

---

① Amecrican Broadcasting Compang, Inc.，美国广播公司。

《古兰经》等伊斯兰教的古典著作。

另外，本·拉登是少有的国际派。他生于沙特阿拉伯，曾在巴基斯坦、阿富汗、苏丹闯荡，还在伦敦亲自主持成立了宗教激进主义团体，有人说他甚至前往菲律宾支援伊斯兰教激进派。他的亲戚关系网遍及全球，"9·11"事件爆发时，据说他有几名兄弟住在美国，这是广为人知的事。

奥马尔不具备本·拉登的这种"文化水平"和"国际性"。而且，本·拉登生于沙特阿拉伯，那里是伊斯兰教的发祥地，拥有两大圣地。相比之下，阿富汗是后来普及伊斯兰教的边塞之地。本·拉登讲的阿拉伯语才是神圣的语言，奥马尔只会说一丁点儿阿拉伯语。

这样一想，就很难天真地相信本·拉登对奥马尔的赞誉之词。奥马尔掌握着自己的命运，需要博得他的欢心，更多是为了"拍马屁"。

反过来，在奥马尔眼里，本·拉登无论知识、门第，还是阿拉伯语，哪方面都比自己强，越深入了解越觉得他是光芒四射的存在。被这样的本·拉登如此奉承，他不可能不高兴。

本·拉登逐渐开始显露本性。

那是一九九八年二月发生的事。

编辑部设在英国伦敦的阿拉伯语报纸《阿拉伯圣城报》收到了一份传真。

那是本·拉登向全世界穆斯林发布的"杀光美国人指令"。

上面以法特瓦的形式写着："无论你是平民还是军人，无论你在天涯还是海角，杀死美国人都是所有穆斯林的义务。"

理由大致分为三条：

"美国占领伊斯兰教最神圣的地域长达七年之久。"

"尽管十字军和犹太复国主义者联盟造成众多伊拉克人死亡，美国人仍打算再次重复恐怖的残暴行为。"

"美国发动这些战争的背后目的是帮助犹太人的国家（即以色列）。"

这份宣言可以说是用文字的形式赤裸裸地表达了本·拉登的"思想"和接下来要实现的"野心"。

这里有几个要点。

首先，所谓"占领了长达七年之久"，指的是海湾战争结束以后，美军部队继续驻留在沙特阿拉伯这件事。当然了，美军只是待在极小范围的基地中，并非占领着沙特阿拉伯。不过，在本·拉登看来，阿拉伯半岛拥有麦加和麦地那两大圣地，身为基督教徒的美军穿着军靴践踏了这片土地，单凭这一点，就和圣地被"占领"所体会到的屈辱感不相上下。

其次，所谓"伊拉克人死亡"，指的是一九九一年爆发的海湾战争。"打算再次重复"这一句说的是之后的历史。

他的意思是，这一切都是美国的阴谋，为的是让世人不再关注以色列"占据"耶路撒冷、迫害巴勒斯坦人的事实。

至于为什么选择将传真发送到伦敦的报社，那是因为伦敦有好几家"泛阿拉伯"报纸的编辑部，那些报纸不只面向伦敦，还面向所有阿拉伯国家广泛发行，影响力很大。在中东编辑的报纸，会接受各国政府的严格审查，不大可能刊登本·拉登的激进声明。而相传这家《阿拉伯圣城报》可能对基地组织持同情态度。如果将传真发到这里，他们估计会刊登他的声明，也会把"杀死美国人"的口信传达给中东的广大穆斯林。这应该就是本·拉登心中的盘算。

如今这份"杀光美国人宣言"被认为是本·拉登的重大转折点，受到了重视，但是当时国际社会并没有意识到它的重要性，基本没有引发议论。估计在中东的阿拉伯各国引起了很多人的关注，但是毕竟只是贸然在一家阿拉伯语报纸上刊载，效果并没有波及到欧美的主流报纸和电视台。

阿富汗的统治者奥马尔虽然就在发出声明的地方，却也完全没注意到这份声明。尽管它刊登在面向中东的阿拉伯语报纸上，但由于阿富汗的语言不同，信息并没有传到塔利班手中。因此奥马尔没有作出任何反应。

然而三个月后发生了一件事，让国际社会和奥马尔都不得不将视线转移到本·拉登身上。

本·拉登突然召开了大规模的记者见面会。

召开记者见面会的地点位于阿富汗的东部山区，一个叫霍斯特的地方，是本·拉登的训练基地之一。

来自国外的电视台、报社和杂志社的十数名记者被召集到邻国巴基斯坦一个绝密的集合地点，乘坐基地组织准备的汽车，所有人被蒙上眼罩带走了。中途没有遇到任何阻碍，大家甚至不知道什么时候跨越的国境。记者们到达霍斯特的训练基地之后，又被迫等了三天。其间，虽然食物和茶水绝对算不上丰盛，却也受到了殷勤款待。只是由于氧气稀薄，大家等待的时候喘息都很急促。正当大家实在等得不耐烦的时候，本·拉登突然出现了。

随行的电视台摄制组拍摄了当时的情景。

本·拉登从荒野中走来，数名基地组织的便衣保镖扛着AK－47自动步枪围在他身边，威风凛凛，一副压轴演员登台的阵势。虽然走在十几人中间，由于身高接近两米，他的身影十分醒目。他身边还带着他的心腹，埃及人艾曼·扎瓦希里。给人感觉就像是近藤勇和土方岁三①（不过，这么一比扎瓦希里太胖了）。

见面会安排在一个特设的帐篷里，能容纳五十人左右。那场面和我们平时看到的记者见面会完全一样，前面是一张长条桌子，本·拉登坐在中间，旁边是扎瓦希里，另外有数名干部分列左右，本·拉登面前还竖着一支麦克风。他们背后挂着一幅巨大的世界地图，似乎表达着基地组织征服世界的野心。

记者们历尽千辛万苦来到这里，拼命竖起了耳朵，一句话都不想漏掉。本·拉登此时再次强调了二月份通过传真发送的声明内容：

"美国正在蹂躏神圣的土地。"

"我们要和犹太复国主义者（认为犹太教至高无上的人）与十字军（攻击穆斯林的基督教徒）的盟军死战到底。"

"我们不区分穿着军装的人和普通百姓。他们（美国人）全都是这条法特瓦（杀光美国人的宗教指令）的对象。"

---

① 日本幕末时期亲幕府的武士组织"新选组"的局长和副长。

与此次见面会大约在同一时期，美国三大商业广播电视公司之一 ABC 的记者约翰·米勒成功实现了对本·拉登的独家专访。采访过程通过 ABC 的招牌报道节目《晚间世界新闻》（*World News Tonight*）播出，本·拉登的名字轰动了整个美国。

尤其是那句"不区分普通百姓"的发言，是本·拉登的电视发言中最有名的"金句"（从电视采访等发言中截取数秒至数十秒编辑而成）。后来，这句话被全球各家广播电视台的各种节目反复使用。我本人在编辑自己的节目时也曾多次使用。从这个意义上说，也许可以说多亏了本·拉登，ABC 才能拿到绝佳的素材，借此长期从全球的广播电视台收取巨额版权费。

不只是美国的观众对本·拉登的"记者见面会"感到吃惊，阿富汗的统治者、塔利班的最高领导人奥马尔也惊呆了。

巴基斯坦白沙瓦的记者优素福扎伊也参加了此次见面会。他是巴基斯坦的英文报纸《新闻报》的记者，和阿布扎比电视台的巴勒斯坦记者贾马尔·伊斯迈尔一样，是为数不多的采访过奥马尔和本·拉登两人的新闻工作者之一。

伊斯迈尔是阿拉伯人，与和本·拉登并肩作战的阿拉伯伊斯兰圣战士关系密切，而优素福扎伊和奥马尔同属普什图人，因此在塔利班那边交际很广。优素福扎伊赢得了奥马尔的高度信任，与他定期保持联系，有时候奥马尔还会主动打电话过来。可以说他是全世界离奥马尔最近的新闻工作者。可能奥马尔觉得用普什图语交谈会有安全感吧。

记者优素福扎伊参加完一九九八年五月举行的本·拉登的"记者见面会"，刚回到位于白沙瓦的自己家中，手机铃声就响了起来。

奥马尔开门见山地拜托他："希望你如实回答我的问题。"

优素福扎伊说："好的。"

他便问道："记者见面会是在哪里举办的？"

听说是在霍斯特之后，奥马尔又问："谁邀请的你？办签证了吗？"

"没有签证，是偷渡过去的。"

"本·拉登真的对报社记者说了那些报道内容吗？"

奥马尔这次似乎已经掌握报道的内容。

"是的，我当时在场，也录音了。"

奥马尔瞬间火冒三丈，大喊道："不经过我的允许就召开记者见面会，竟然还向其他国家宣战，真是胡闹！"说完就把电话挂断了。

很明显，本·拉登在召开这次记者见面会之前没有向奥马尔请示。

奥马尔立刻把本·拉登叫到了坎大哈。

本·拉登乘坐越野车花了一整天才赶到。奥马尔厉声逼问他：

"阿富汗有一位统治者就够了。你觉得是我还是你？统帅塔利班的人是我。你难道不是客人吗？客人就应该有客人的样子。"

本·拉登不停地道歉，再次表示愿意追随奥马尔。

紧接着，本·拉登给记者优素福扎伊打电话，告诉他："我承认奥马尔老师是领袖，今后我会坚决遵守塔利班的方针。未经塔利班允许，我不再随便发布声明。"

这件事完全是本·拉登操之过急了。

果然本·拉登在内心深处有些瞧不起奥马尔，没把他当回事儿。他肯定在心里想：要想对无知的奥马尔解释见面会的内容，就要谈及海湾战争以及美军驻留沙特阿拉伯等，跟他谈这些国际政治也是对牛弹琴。

实际上，本·拉登的副官艾曼·扎瓦希里曾对记者优素福扎伊说：

"奥马尔是个头脑简单的人，根本不懂什么外交知识。"

本·拉登内心的真实想法传到了奥马尔那里，差点丢掉救命稻草，无法继续在阿富汗安居。

但是，本·拉登的精明之处在于，先是低头认错应付过去，再经过深刻反省，绝不重蹈覆辙。非但如此，他还会瞅准时机，巧妙地创造条件，最终可以像原来一样对媒体发表声明。

其证据就是，同一年的年底，他把记者优素福扎伊请到阿富汗，再次接受采访。和五月的见面会不同的是，此次采访获得了塔利班政府的认可，优素福扎伊申请了签证，搭乘联合国的班机来到坎大哈。负责接待他的不是基地组织成员，是塔利班的士兵将他带到了本·拉登的亲信那里。

本·拉登在采访过程中说："这次我获得了奥马尔老师和其他塔利班领导的正式批准。虽然等了很长时间。"

奥马尔责备本·拉登不该擅自召开记者见面会，曾向他表明了强烈的愤怒。但是，从那以后，他似乎再也没有对本·拉登发火或者严词责难。

此事绝非偶然。后来本·拉登为了博得奥马尔的欢心，极尽各种手段布局，毫不吝惜地投入了他的能力和资产。

与此同时，美国以及国际社会投向奥马尔和塔利班的言辞逐渐变得严厉、冰冷。

第 6 章

本 · 拉登的礼物

自从一九九六年塔利班占领喀布尔，到一九九八年本·拉登召开记者见面会，以美国和欧洲为中心的国际社会看向塔利班的目光越来越严峻。

我不由自主地写下了"以美国和欧洲为中心的国际社会"，"欧美"或者"基督教"世界正无限近似于"国际社会"的同义词，这便是当今世界的现实。美国成了唯一的超级大国，虽说是联合国，事实上却由安理会常任理事国主导，五大国中有四个，说到底都是欧美国家或基督教国家。

更何况，其中根本没有一个伊斯兰教国家。所谓"国际社会"，终究只不过是欧美打造的冒牌货。本·拉登的主张一针见血地戳中了这一点。对于住在伊斯兰社会的人们来说，自然具有强大的说服力，对于我们日本人来说也是无法忽视的问题。

如果日本能够听取那些国家以及当地人民的呼声，面对本·拉登的质疑，可以说"不，国际社会绝不只属于欧美人"，那将是一件有很大价值的事。但是，要想这样，有时候就需要给美国投反对票。这并不意味着要反美，是在与美国保持友好关系的同时这样做。这项工作很难，不过专业人士应该可以圆满完成。但是，日本的外交能力没有那么强，无法胜任如此高难度的工作。

言归正传，"国际社会"开始将严峻的目光投向塔利班的最大诱因，是劝善惩恶部实施的压制女性政策。劝善惩恶部严格限制女性外出，说这是伊斯兰教的宗旨。他们命令女性外出时必须有父亲或丈夫陪同，还强制她们穿上一件名叫布尔卡的衣服，将身体从头到脚包裹起来，面部也看不到。另外，还严格限制女性上学和就业。

恐怕没有人能为这种女性政策作辩护。熟悉当地情况的人当中，也有人指出："阿富汗的国土已经荒废不堪了，首要任务是恢复治安，近代化的女性政策多少落后一些也是没办法的事。""布尔卡是民族服装，即使塔利班不强制，也会有人穿。"

确实，穿布尔卡不只是出于宗教方面的原因，很多时候因为它是民族服装。当塔利班消失以后，没有了劝善惩恶部的限制，我们到访喀布尔时，仍有三成左右的女性身穿布尔卡。但是，有人自己愿意穿和被人强制穿是两码事。劝善惩恶部派手持皮鞭与AK－47自动步枪的部队在街上巡逻，一旦发现有人违反法令，即使是女性，也会用暴力加以制裁。

更为严重的是，由于长年内战，出现了大量战争遗孀，据说光是喀布尔就有三万多人。由于她们找工作受限制，便断绝了收入来源。对于她们来说，这意味着"死亡"。为了生存，很多女性成了站在路边的乞丐。喀布尔的街头到处都是身穿布尔卡乞求施舍的女性。

即使现在，如果你驱车行驶在喀布尔的街道上，就会不断有那样的女性靠近过来，身体裹在罩袍里，眼睛被纱网遮挡住，用细若游丝的声音诱发你的怜悯之心。这是塔利班留下的负面遗产之一。

至于女性教育的落后，也是塔利班相当严重的问题。

塔利班采取的政策是"不允许七岁以后的男孩和女孩同桌"，他们把女学生从教室里赶出去，实现了这一目标。

就连本·拉登也认为伊斯兰教原本很重视女性教育，他在某次采访时回答说："先知穆罕默德的妻子曾亲自主办学习会，与那些伊斯兰教法学家共同学习。我们不能做出反对女性教育的行为。"

关于女性教育，可以说塔利班比本·拉登还要教条主义。

针对塔利班的这些女性政策，国际上知名的三位女性率先站出来发难。

其中一位名叫艾玛·博尼诺，是意大利人。她是前欧盟委员会的委员，是在欧洲家喻户晓的女权主义运动活动家，也曾担任ECHO（欧洲共同体人道主义办事处）的处长，给阿富汗提供了巨额援助。一九九七年九月，为了视察阿富汗女性所处的生存环境，她乘坐红十字会的小型飞机，访问了喀布尔。当她来到正在建设的女性专用医院（目的是为了实施男女分别去不同医院就诊的政策）时，劝善惩恶部的巡逻人员赶过来，殴打了随行的翻译人员，用枪指着博尼诺，强行把她带走关进了监狱。由于是外国人，不穿布尔卡也情有可原，可是让他们无法容忍的是，身为女性竟然光明正大地来"视察"和"调查"。

数小时后，原本计划在这一天和博尼诺会谈的卫生部副部长拼命周旋，总算让他们把人释放了，可是博尼诺勃然大怒。对于塔利班来说糟糕的是，CNN 的摄制组也跟随这一行人，将整个过程都拍摄下来了。而且克里斯汀·阿曼普也在场，她是 CNN首屈一指的明星记者，之前曾去过波斯尼亚和伊拉克等地，几乎可以说全世界任何地方只要有大事件发生，她就一定会出现在报道画面中，堪称大腕级记者。

此次事件发生之后，CNN 马上给劝善惩恶部官员打人的录像配上阿曼普的解说，多次播出。

博尼诺刚一回国，就大张旗鼓地开始了反塔利班宣传活动。

"我走遍了欧洲的各大城市，每到一个地方，我都会大声地警告人们，阿富汗不仅在侵犯人权，还有恐怖分子的训练基地，还在种植鸦片。"

说这话时，她的眼中仍含有怒色。女性问题是博尼诺亲身体验过的事，至于鸦片和恐怖分子的训练基地，她并没有亲自视察过，而是从别人那里获取的信息，属于道听途说。但是，由于她过于憎恨塔利班，在开展宣传活动时就一股脑儿地都说了出来。

另一位叫马德琳·奥尔布赖特，她是美国历史上第一位女性国务卿，于一九九七年上任，当时是前总统克林顿的第二任期。

塔利班出现以后，美国采取了"暂且观望"政策，属于带着些许期待而守望的姿态，觉得新的势力终于上场了，也许会给阿富汗多年的混乱状态画上句号。

奥尔布赖特明确改变了这种态度。博尼诺和 CNN 的记者阿曼普的发言及报道点燃了导火索，此时欧美媒体开始争先恐后地报道"塔利班压迫女性的政策"的其他各种实例。另外，基督教女青年会以及美国护理联盟都已加盟的美国最大的女性团体"女权多数"（FM，Feminist Majority）开始举办大型宣传活动。一九九七年十一月，奥尔布赖特访问了巴基斯坦的白沙瓦，她问那里的阿富汗难民，塔利班怎样对待女性。其中有位少女，泪眼婆娑地控诉曾被塔利班施暴，打动了这位国务卿。

她在演讲中说："我们必须与塔利班为敌的理由十分清楚。"

这次演讲从根本上改变了美国对塔利班的政策。关于其中蕴含的意义，分管南亚的前助理国务卿卡尔·因达法斯作证说道：

"国务卿奥尔布赖特用'卑劣的行为'来形容塔利班的女性政策。她使用'卑劣'这样一个强烈谴责的词语，意味着'暂且观望'政策的终结，相当于明确宣布我们已经充分观望过了。在之后长达四年时间里，这个词决定了克林顿政权针对塔利班实施制裁政策的基调。"

第三位是前总统夫人希拉里·克林顿。众所周知，希拉里也十分热衷于女性运动。一九九八年三月，在庆祝"国际妇女节"的典礼上，以联合国前秘书长安南为首，各国政要以及国际机构的代表们齐聚白宫，希拉里和奥尔布赖特在他们面前摆开了谴责塔利班的阵势：

"很多女性被塔利班逼得面临死亡的危险，我们必须为她们发声。"

三人的主张将人权问题特别是女性权利的问题摆在了前面，让人很难反驳。毋庸置疑，从此以后，国际社会与塔利班之间对话的余地变得极为有限。

例如，美国石油公司巨头优尼科与塔利班之间，已经就建设石油管线问题开始了初步谈判，美国国务院也知道此事。不过，前助理国务卿因达法斯说：

"塔利班的本性被暴露以后，管线建设的事就告吹了。"

因为对于石油公司来说，与希拉里、奥尔布赖特以及女性团体作对并不是明智之举。

美国以及欧洲与阿富汗属于不同的文化圈，无论是谁都能看清这一点吧。既然如此，把"女性的权利"放在第一位，用这种思维方式来推进针对阿富汗的政策似乎不太妥当吧。我认为有必要考虑一下"文化的差异"。

关于这一点，博尼诺的想法很明确。她说："我不反对文化或者习惯之类的东西。但是，要有限度。人权的价值是全世界普遍认同的，这一点毋庸置疑。奴隶制度曾经也是某个文化圈中的习俗，然而现在不是了。错误的习俗是可以改变的，这就叫进步。"

估计希拉里和奥尔布赖特也是同样的想法。

而长年在当地开展活动的 SPACH 的南希·杜普利的想法略有不同。

"我感觉博尼诺的那种想法有些令人厌倦。女权主义者的行事作风总是有些强加于人，靠这种方式无法拯救阿富汗的女性。"

杜普利大力支持女性在社会上活跃，也坚决支持在阿富汗发展女性的权利，身体力行地做了很多工作。她的意思是，应该多考虑一下当地的状况，采取灵活的处理方式。

我觉得杜普利的想法基于她在阿富汗的经历，很有说服力，而博尼诺那种不容妥协的想法有时候拥有改变事物的力量，很难说谁对谁错。

不过，希拉里和奥尔布赖特等人属于国际社会的"名流"，在全球有很大的影响力，她们此时发声，一下子增强了国际舆论批判塔利班的风潮，各国政府也很难再对塔利班采取灵活的态度了。

塔利班、奥马尔和劝善惩恶部一开始就没考虑过面向国际舆

论的公关策略，他们在国际公关方面犯的大错，给塔利班的形象
造成了难以估量的损伤。此事后来在很大程度上推动了现实中的
国际政治，改变了塔利班自身的命运。

　　期间，阿富汗的战场上也发生了巨大变化。
　　一九九六年攻陷首都喀布尔的时候，塔利班已经掌控了一半
以上国土，大概占六成左右，之后进入了争取统一全国的阶段，
进攻速度却一下子减缓了。塔利班出身于普什图族，南方是他们
的地盘，此时战线转移到了北方，也有这方面的原因。另外，周
边国家不希望塔利班在全国称霸，他们的举动也给塔利班带来了
很大障碍。
　　阿富汗有几股对抗塔利班的势力，主要有以喀布尔北部地域
为根据地的塔吉克人，以位于西北部的大城市马扎里沙里夫为活
动据点的乌兹别克人，还有巴米扬的哈扎拉人。在塔利班出现之
前，他们互相敌对，但是共同的敌人出现以后，他们也很现实，
不计前嫌，携手组建"北方联盟"，共同对抗塔利班。塔利班瓦
解之后，以这个北方联盟为基础，建立了后来的卡尔扎伊政权。
　　与阿富汗北部接壤的塔吉克斯坦的人们和塔吉克人属于同一
民族，乌兹别克人也和邻国乌兹别克斯坦的人们属于同一民族。
两国各自援助同一民族的势力，向他们赠送武器和物资。西边的
邻国伊朗与哈扎拉人都信奉什叶派，于是暗地里支援他们，因此
塔利班不得不面临前所未有的苦战。
　　此时，还是本·拉登帮他们走出了困境。
　　本·拉登的援助力度有多大呢？曾任塔利班政权内政部副部

长的阿卜杜勒·萨马德·哈克萨接受了我们的采访，留下了宝贵的证词。内政部是主要的政府机关，哈克萨算是身居要职，之前还曾负责情报机构。他对塔利班的治安警察部门以及军事局面了如指掌。

他回答说："我也曾无数次与奥马尔老师见面，职责所在，也是理所当然的事。"

这样的人物为何能够接受采访呢？

当时哈克萨身为塔利班政权的高官，在与奥马尔保持日常性接触的人物当中，他几乎是唯一的自由之身。因为在"9·11"事件以后，塔利班政权行将瓦解，哈克萨在内部与敌对的北方联盟私通，在塔利班放弃喀布尔的当天，他就立刻投降了。后来他成为卡尔扎伊政权的顾问，在其保护之下生活在喀布尔。

我们来到哈克萨的私人住宅进行采访，看到门口是气派的铁大门，对面有几名年轻的警卫守候在那里。他们似乎在估量我们是否真的是来自日本的电视台摄制组，将我们从头到脚仔细审视了一番，这才请我们进去。在塔利班眼里，哈克萨就是叛徒。刺客有可能扮作新闻工作者混进去。事实上，杀手伪装成电视台摄制组成员，引爆藏在摄像机中的炸弹，这种事在阿富汗时有发生。

车库里停着一辆沾满了泥浆的越野车，我们从车旁边穿过去进入家中，被带到了铺着地毯的十几平方米大小的客厅里。和在阿富汗其他地方受到的款待一样，我们盘着腿席地而坐，喝着他们准备的热茶，哈克萨便迈着沉重的脚步出现了。

哈克萨此时四十一岁，满脸络腮胡子，戴着一副浅色太阳镜，身材肥硕。他面相不太好，以前有些像凶犯，可能是因为如今生活稳定了，他的表情很柔和。但是，他的眼神偶尔却会遽然大变，露出利箭般的视线。只有此时，他才会释放出一个久经沙场的男人的霸气。一问才知道，几天前他一直待在坎大哈，调解了一场郊外发生的小冲突。说小也不算小，有一方发射了迫击炮，出现了人员伤亡。因为他在坎大哈周边的部落中有一定的影响力，所以政府出面委托他想办法妥善解决。据说他为了接受我们的采访，不顾道路艰难，连夜赶了回来。

但是从他的脸上却丝毫看不出通宵赶路后的疲惫。哈克萨的一位朋友现在是国际红十字会的员工，也是阿富汗人，他在中间牵线搭桥，促成了本次采访。他看出来我脸上流露的疑问，笑着说："哈克萨先生是个永远不知疲倦的人。"

哈克萨开始给我们讲述本·拉登帮助塔利班的具体细节。

"当我们塔利班的部队蒙受了巨大的损失、陷入困境时，本·拉登批量购买了四五十辆越野车送给我们。据我所知，类似的事情有过三次。那些援助给战况带来了决定性的变化。"

我通过全球广播电视台的数据库检索了塔利班战斗场面相关的影像资料，邮购过来以后发现，塔利班驾驶的大多都是四驱越野皮卡。有时候是将机关枪安放在车厢里，有时候十几个人挤在一辆车上。山里没有像样的道路，有的地方坦克都无法通过，而越野车却翻山越岭、畅通无阻，将其强悍的性能发挥得淋漓尽致。多数情况下，车身后方都写着"TOYOTA"（丰田）或"NISSAN"（日产）的字样。

估计本·拉登动用了他的财力，在海湾的自由贸易城市迪拜购买了这些车，从海路运往巴基斯坦，再走陆路输送到阿富汗。迪拜取消了对贸易的一切限制，才发展成了一座繁华的都市。不管是谁，出于何种目的，购买了什么，运到哪里去，都没有人盘问。

越野车部队成了塔利班的代名词。塔利班发挥了越野车的机动能力，神出鬼没地出现在敌军背后搞突然袭击，取得了辉煌的战果，成功逆转了战局。

本·拉登的礼物还不止如此。

哈克萨说："本·拉登总是把阿拉伯士兵派到最前线。无论是弹药和装备的补给，还是军粮的运输，他们的部队都可以做到自给自足，而且主动前往战斗激烈的地方。"

"他们的存在是无可替代的。在战场上，如果有援军，将会在提高士气方面发挥巨大的作用。例如，如果最前线来了二百名阿拉伯士兵，那就不只是增加了二百人的兵力。剩余的塔利班士兵就能拿出百倍的勇气来战斗。这种协同效应是难以估量的。"

不愧是在战场上亲自指挥作战的人，他的这番话很好地表达了阿拉伯士兵的力量。

阿拉伯士兵的战斗状态非常人可比拟。他们不怕死。

阿卜杜勒·瓦基尔司令官作为北方联盟的部队指挥官，曾与塔利班和阿拉伯士兵的联军作战长达五年时间，期间负伤两次。讲到与阿拉伯士兵战斗时的恐怖情形，他一副至今仍梦魇缠身的表情，这样描述道：

"他们满不在乎地实行不计后果的作战方式。他们的战术是根本不考虑防御或者撤退。在一百人的部队里，即使我们杀掉了八十人，剩下的二十人也会毫不犹豫地冲上来。阿富汗人打仗的时候不会那么拼命，阿拉伯士兵却不一样。杀死他们以后，我看了一下尸体，发现大多都是十六七岁的青年。他们死的时候高声喊着'殉教者去天堂！'。"

阿拉伯士兵不仅自己不怕死，在杀敌时也毫不留情。

关于在喀布尔北方进行的重要战斗，阿布扎比电视台的记者贾马尔·伊斯迈尔曾经直接采访过作战双方。

"那场战斗，是马苏德（塔吉克人的指挥官，北方联盟中首屈一指的魅力型司令官）的部队想要从塔利班手里夺回喀布尔。"

艾哈迈德·沙阿·马苏德是一位出色的指挥官，在被赶出喀布尔之后，他重新整顿北方联盟军，制订了周密的作战计划，再次发起攻势。塔利班部队被打了个措手不及，在各地都吃了败仗，一听到马苏德的名号，就吓得逃之夭夭了。

马苏德的部队来到了一个峡谷，此时离喀布尔只有一步之遥了，本·拉登命令他的心腹穆罕默德·阿提夫司令官率领数十名阿拉伯士兵前往阻击马苏德。阿提夫是埃及人，负责基地组织的军事战略，是一名天才战术家，据说一九九三年曾指挥过索马里战争，偷袭了美军，此次事件后来被改编为电影《黑鹰坠落》。

按照阿提夫的战略，他们将逃跑的塔利班士兵作为诱饵，把马苏德的部队全都引到了山谷深处，隐藏在两侧山上的阿拉伯士兵用大炮和火箭弹发起了攻击。

当然，马苏德也一直对山上保持着警惕，但是没想到阿拉伯士兵一夜之间就登上了山顶，所以没发现。马苏德原以为重型大炮和火箭弹发射器无法轻易搬运上去。塔利班士兵确实做不到，不过阿提夫的部队却圆满完成了任务。

马苏德的军队在山谷中进退两难，被大炮轰击得狼狈不堪，遭到了毁灭性的打击。此时，阿拉伯士兵从山上冲下来，打算赶尽杀绝。

马苏德部队的士兵对袭来的阿拉伯士兵说道：

"想要钱的话就给你们，想要护照的话也给你们。想要难民资格的话我们也保证帮忙，这样你们就可以去任何一个国家了。可是，求你们行行好，不要再插手阿富汗的问题了。我们阿富汗人自己解决。这是马苏德和奥马尔、塔吉克人和普什图人之间的问题，和你们外国人没关系，不要参与别人的战斗。"

结果阿拉伯士兵没有停止战斗，而是大喊道：

"我们不是阿拉伯人，是穆斯林，这和国家或者民族无关，我们是为了真主而战，我们不会停止圣战！"

马苏德死里逃生，他的部队却几乎全军覆没。

伊斯迈尔作证说："后来马苏德曾三次迫近喀布尔，每次都是同样的情形。塔利班士兵逃走了，只剩阿拉伯士兵阻挡马苏德夺回喀布尔。"

奥马尔对此感动不已。

奥马尔的亲信穆塔瓦基尔等人进言说："本·拉登会给阿富汗带来灾难。"

奥马尔却严词责备道："我们塔利班之所以能守住喀布尔，也是多亏了本·拉登。他们本来可以说'对啊，这是阿富汗人的内部争斗，所以我们别管了'，但是他们没有这样说。既然本·拉登没有背叛我们，那我们也不能辜负他们。"

阿拉伯士兵在战场上说的话，道出了基地组织的本质。

本来本·拉登和基地组织就没有和马苏德战斗的动机。确切地说，在塔利班出现之前，马苏德与本·拉登是共同对抗苏联的老战友。他们同属穆斯林，同样都是圣战士。

基地组织的一名干部甚至还曾对当时担任外交部政治局局长的瓦希德·穆吉达说道：

"和马苏德战斗不是我们的本意。但是，我们想在阿富汗建立训练基地，所以也是情非得已。"

虽然马苏德等北方联盟是曾经的战友，但是如今自己在奥马尔的庇护之下，需要支援奥马尔作战，送他一个人情，于是本·拉登将马苏德认定为"敌方"，将他们之间的战斗当成了"圣战"。一旦作出了这样的判断，基地组织的士兵们就会心甘情愿地为了"圣战"拼命杀敌。而且他们相信，死了之后可以去天堂。

他们梦想中的天堂，被描述得活灵活现。在我们的印象当中，无论佛教还是基督教所描绘的天堂，一般都是恬静舒适的仙境，让人们从人世间的各种欲望中解脱出来。而他们说的天堂有些不同。那里有堆积如山的美食，好几名肌肤裸露的美女在身边侍奉。而且无论你想做什么，她们都会满足你。正因为他们相信有这样的天堂，所以才会在人间过着极为禁欲的生活，也能够忍耐这种生活。

但是，如果只顾自己能够去天堂，而杀害并没有深仇大恨的人，难道不会受到良心的谴责吗？

关于这个问题，答案取决于被杀的那个人是不是虔诚的穆斯林。如果对方是穆斯林，为了圣战这一崇高的目的，也是情有可原的，反正对方也会去天堂，那就没什么大不了的。

那么如果对方是异教徒怎么办？不信真主的人就会下地狱。在他们心里，那些人是死是活都无所谓，他们不在乎。我觉得这大概就是他们的真实想法。

他们（不是所有穆斯林，只是一部分）潜意识中对于非穆斯林的轻蔑非常独特，非同寻常。他们觉得"异教徒是无法被伊斯兰教教义唤醒的下等人"。我在采访过程中有时候也有亲身体会。

我没有接触过基地组织的成员，不过曾数次采访与他们有相同思想并支持其暴力行为的人。我在伦敦和一名标榜这种教义的伊斯兰宗教团体的领导交谈时，他对本·拉登狠狠地歌颂了一番之后，笑眯眯地说：

"我们不怕'歧视'。我们不会因为人种或民族而差别对待，但是我认为以宗教来区分人是理所当然的事。"

听了他的这番话，当时那种复杂的心绪至今无法忘怀。

因为我觉得他笑容背后的意思是，现在我们虽然这样心平气和地聊天，一旦情况有变，如果按照他们宗教上的逻辑，需要杀掉我的话，他眼睛都不会眨一下，因为我们毕竟属于下等生物。

这和自杀式恐怖袭击的逻辑一样。双子塔里死了数千人，飞机中的乘客也跟着撞向了大楼，估计那些实行犯根本没把他们的性命当回事。死者中应该有一部分穆斯林，只有他们，也许会让实行犯有些挂怀吧。

让我们再次回到奥马尔的话题吧。

奥马尔一方面对大显身手的阿拉伯士兵感恩戴德，同时又对陆续逃亡的塔利班士兵感到头疼。塔利班部队一直通过吸收投降的敌人来增强兵力，是所谓的大杂烩。当进攻势如破竹之时，并没有这种情况。但是北方联盟开始顽强抵抗之后，逃兵瞬间增多了。

以前奥马尔只靠主动请战的志愿兵来组编部队，但是苦于兵力不足，只好在统治地域施行征兵制。

没想到各地爆发了反对征兵的叛乱。就连塔利班的大本营坎大哈附近，也有小股势力揭竿而起。

人们原本相信塔利班会给阿富汗带来稳定与和平，让国民过上幸福的生活，所以才会支持他们。如今竟然要引入征兵制，那就等于是言而无信，人们当然会感到愤怒。

奥马尔万般无奈，只能越来越倚仗基地组织的军事力量。

本·拉登在建立"训练基地"、从国外召集"阿拉伯部队"时，并没有获得奥马尔的批准。

其实，奥马尔最初曾考虑要想办法解决这个问题。

前内政部副部长哈克萨说："奥马尔也曾打算限制本·拉登叫来的士兵在阿富汗国内的活动。"

但是，这种想法逐渐变得有名无实。

奥马尔把本·拉登叫到了坎大哈。

哈克萨作证说："他邀请本·拉登来到自己的会客厅，商议了阿富汗各地的军事形势以及如何对待阿拉伯士兵等细节问题。"

本·拉登请求道："听说您想限制我们士兵的行动，拜托您不要那么做。"

奥马尔答应了。

以前都是奥马尔掌控本·拉登的命运，如今两人的关系明显发生了蜕变。这才是第一步。

本·拉登一看机不可失，又给奥马尔送上了一份大礼。

那便是钱。

美国独立调查委员会在《"9·11"调查报告》中提到了具体的金额："本·拉登每年大约送给塔利班一千万到两千万美元。"

前政治局局长穆吉达是个官场老手，从和苏联打圣战时开始，到塔利班当政期间，他一直待在位于喀布尔的外交部。

他说："阿拉伯人通过反苏圣战时的经验，获悉了在阿富汗站住脚的方法。那就是钱。"

前内政部副部长哈克萨表示："本·拉登经常和奥马尔单独会面，每次直接给他现金。"

在田中浩一郎之前担任联合国阿富汗特派团政务官的高桥博史作证说："听说奥马尔的床底下藏着一摞摞的钞票，必要时就会拿出来交给部下。"

有些人亲眼见证了奥马尔经济情况的变化，邻国巴基斯坦的前内政部部长穆因丁·海德尔便是其中之一。

海德尔明里暗里都在支援塔利班，他曾与奥马尔见过三次面。如果对方同样是穆斯林，即使是外国人，奥马尔也会露面。

一开始，奥马尔的形象太寒碜了。几乎可以说是衣衫褴褛，根本没有迎接外宾的礼仪。会客室里也没有任何家具，只是地上铺了地毯，客人与奥马尔面对面席地而坐，进行会谈。

然而，在大佛被毁之前，海德尔拜访了奥马尔，想让他打消毁佛念头。据说奥马尔的变化之大令他感到吃惊。

　　他作证说："府邸前停着好几辆昂贵的汽车。其中一辆是崭新的丰田陆地巡洋舰。见到奥马尔之后，发现他胸前的口袋里插着一支钢笔，带有白色的星星标志，闪烁着光泽，以前从未见过。我不太了解，一问部下才知道，那是欧洲最高级的名牌产品。我从未见过奥马尔身上有这种奢侈品，不由得瞪大了眼睛。"

　　不知从何时起，会客室里也摆上了高级沙发，奥马尔坐在那里，以俯视的姿态看着来客。

　　再后来，坎大哈近郊建成了一座巨大的宅邸，奥马尔在二〇〇一年搬过去居住，也开始在那里办公。那是一座砖瓦结构的深宅大院，拥有数十间房屋。不过这座宅邸后来在美国的空袭之下已荡然无存，那片废墟至今仍暴露在原野中。

　　另外，市中心开始建设"奥马尔清真寺"。地基差不多快建好了，塔利班却垮台了。按照当初的规划，这里原本会成为全球最大的清真寺。

　　这样一连串的、突如其来的穷奢极欲的变化的背后，必定有本·拉登的作用。奥马尔和塔利班既没有那么多钱，也没有那些想法。

　　因为他们说过："等恢复和平以后，我们要回到神学院继续学习伊斯兰教经典。"

　　关于清真寺的建设资金，人们纷纷传说是巴基斯坦的宗教激进主义福利团体拉希德信托公司直接提供的。正如前内政部副部长哈克萨所说："归根到底，钱还是出自本·拉登那里。"即使不是本·拉登直接交付的，也一定是因为有本·拉登的存在，才会有那笔钱。

武力与金钱。本·拉登巧妙地将塔利班缺少的东西送给了奥马尔。

一九九八年八月七日，发生了一件大事。

远在非洲的两处美国大使馆发生了爆炸事件，事件地点分别位于肯尼亚的首都内罗毕和坦桑尼亚的前首都达累斯萨拉姆。上午十点半左右，一辆皮卡试图闯入位于内罗毕的美国大使馆，一辆伪装成冷藏车的卡车冲向位于达累斯萨拉姆的美国大使馆，各自装满了数百公斤的炸药，两起爆炸共造成二百二十四人死亡。

死的大多是当地人。但是，这很明显是针对美国的恐怖袭击。国际社会一致认为，正如本·拉登亲自颁布的"杀光美国人法特瓦"那样，他们开始执行杀害美国人的作战计划了。

前总统克林顿决意对本·拉登展开报复性攻击。爆炸事件过后第十三天，也就是八月二十日，几艘美国军舰在海上一字排开，发射了七十多发巡航导弹。

目标有两个，一个是本·拉登曾经待过的苏丹的一家制药工厂，另一个是位于阿富汗霍斯特的训练基地。

苏丹的制药工厂和本·拉登有牵联，其实在制造化学武器。美国中央情报局以前就掌握了相关证据。工厂被毁以后，其主人在美国的资产被冻结了。然而，攻击结束后，媒体报道了各种疑问，怀疑那家工厂是否真的为本·拉登生产化学武器。最终，司法部于次年解除了对工厂主人资产的冻结。这件事有点像后来的伊拉克大规模杀伤性武器问题的前奏。

阿富汗遭到攻击的霍斯特是五月份召开"记者见面会"的地方，无疑是跟本·拉登有关联的训练基地。攻击目标是杀死被认为就在那里的本·拉登。然而，本·拉登毫发无损。死亡二十八人，基本都是来自巴基斯坦的宗教激进主义组织的成员。别说是本·拉登，就连基地组织的干部级别的人也不在那里。

普什图族记者拉希穆拉·优素福扎伊身在白沙瓦，此次攻击前后，他从阿富汗接到两通卫星电话，令人颇感兴趣。

"首先，距离导弹攻击仅有三十分钟的时候，本·拉登打来了电话。他说了两三句阿拉伯语，我听不懂。于是，副官艾曼·扎瓦希里（埃及人）拿起电话说道：'我们没有参与位于非洲的美国大使馆爆炸事件，美国在撒谎。'

"攻击结束后，本·拉登和扎瓦希里又打来电话，表示他们还健在，然后说：'告诉他们，战争开始了，这次轮到美国人承受报复了。'"

关于导弹攻击，我估计本·拉登等人事先获知了大量信息，虽然不清楚他们是如何做到的。美国的突然袭击以失败告终。

奥马尔对这件事持何种态度呢？

按照正常的思维，可能有两个选择吧。

首先是谴责美国突然往阿富汗的领土上发射导弹。站在美国的立场上说，此次攻击并非针对塔利班，而是瞄准了本·拉登，因此使用了精密制导武器，进行定点攻击。不过，美国事先并未发布通告。如果告知塔利班，马上就会被本·拉登发现，所以这也是理所当然的事。然而美国的做法就像是冷不防往别人家院子里扔石头的行为。

但是，如果本·拉登是两周前在非洲发生的美国大使馆恐怖袭击事件的真凶，奥马尔愤怒的矛头也应该指向本·拉登。明明当初拍着胸脯保证会遵守"客人"的本分，老老实实待着，如今却惹出天大的麻烦，连累了阿富汗，这就违反了约定。

然而，奥马尔的怒火却只朝向了美国。

事件发生以后，奥马尔紧急发表了演讲，出言攻击道："美国才是最大的恐怖组织。"

似乎在响应他的号召，阿富汗各地都爆发了反美游行，一些民众化身暴徒，闯入联合国的设施和办事处。美国和联合国当然是两码事，可是对于不了解国际政治的塔利班来说，美国和联合国大同小异。

联合国派驻阿富汗的一名意大利军官被射杀，一名法国外交官遇袭，受伤严重。事态发展到这一地步，联合国将其援助机构悉数撤离了阿富汗。以女性政策为诱因，美国及国际社会与塔利班的关系逐渐恶化，由于此事而陷入了最糟糕的境地。

优素福扎伊作证说，本·拉登对奥马尔解释说："非洲发生的事不是我干的。"奥马尔也相信他的清白。

"奥马尔说：'本·拉登不可能在非洲发动恐怖袭击，他并不是什么恐怖分子。基地组织没有那么庞大，不可能在其他国家攻击美国。'"

此时，在阿富汗内战过程中，奥马尔已经在借助本·拉登的力量了，知道阿拉伯士兵在战场上十分强大，然而他仍然想象不到，基地组织作为国际恐怖组织的实力。

在这一阶段，本·拉登仍然在奥马尔面前极力掩饰自己的真正意图和组织的实际情况。

两个月后的十月，塔利班与联合国在坎大哈进行谈判。联合国代表团强烈主张，如果塔利班同意交出本·拉登，将会得到国际社会的认可，一切问题都好解决。联合国政治局的前政务官川端清隆参加了此次谈判，他还记得当时奥马尔的回答。

"奥马尔毅然决然地说：'本·拉登是参与我们圣战的同胞，从抗击苏联时就与我们并肩作战。因此，他不只是我个人的客人，还是全体阿富汗人民的客人。我们岂能将宾客驱逐到境外？'"

代表团寸步不让地反驳道：

"您说是客人，客人一般不会从邀请自己的人家里的院子往隔壁家扔石头吧？本·拉登如今的所作所为正是如此。他是从阿富汗的领土上往其他国家和国际社会扔石头。"

川端回忆道："但是，奥马尔没有对此作出回应。"

其实，当时奥马尔心中也在摇摆不定。周围的人也看出了他犹疑不决的态度。

前内政部副部长哈克萨作证说：

"奥马尔虽然嘴上说着'本·拉登是虔诚的穆斯林，是参与圣战的战士。如今他招来了全世界异教徒的反感。正因为如此，我们必须保护他。除了我们，没有人保护他'。但是也很在意他造成的影响。因为奥马尔也隐隐约约地感觉到，为了他一个人而将阿富汗的国家利益置之不顾，最终可能会导致自己的政权垮台。"

但是，美国及国际社会针对塔利班的政策已经没有了选择的余地。他们没有发现奥马尔内心的举棋不定，即使发现了，也不具备采取"阳光政策"的外部环境。

一九九九年二月，美国前助理国务卿因达法斯访问了巴基斯坦的首都伊斯兰堡，与塔利班政府的外交部副部长贾利尔进行了会谈。这是自导弹攻击以来，美国与塔利班的首次高官级别会谈。

因达法斯说："当时我们向塔利班明确传达了非常重要的信息。"

那是美国对塔利班下达的最后通牒。

"塔利班必须尽全力将奥萨马·本·拉登驱逐出境，使他接受法律的制裁。

"今后，如果我们确信本·拉登及基地组织针对美国采取了某种行动，到时候我们会认为是塔利班给本·拉登提供了'安全的避难所'，从而追究塔利班的责任。因此，今后如果我们遭到本·拉登的攻击，我们就会攻击塔利班。"

据因达法斯说，当时他们交给塔利班代表团一摞厚厚的文件，里面记录的证据可以证明肯尼亚和坦桑尼亚发生的恐怖袭击系本·拉登所为。他们还提议：

"如果贵方需要更多证据，我们这边多的是，随时可以提供。如有需要，还可以邀请贵方代表团来纽约，与起诉本·拉登的司法部负责人以及负责审判的法官进行会谈。"

证据文件就摆在眼前，贾利尔的表情变得僵硬起来。他语无伦次地回答道：

"哎呀，本·拉登也是让我们感到头痛的根源呀。我们也尽力了，没收了他的手机，也一直对他进行监视，可是……您刚才的提议我们会考虑的，请给我们一点时间好吗？回到坎大哈以后，我们需要召集伊斯兰教的神职人员开会讨论。"

因达法斯立刻严肃地宣布：

"贵方做什么都无所谓，那都跟我们无关。但是，最终的结论是将本·拉登驱逐出境，没有其他选择。只有这样，才能让他受到法律的制裁。"

因达法斯接受采访时说："于是谈判结束了，贾利尔回到了阿富汗。关于这件事，他再也没有跟我联系。"

回到坎大哈以后，贾利尔是否诚实地将美国的这份严厉通告汇报给奥马尔了呢？这是一个永远解不开的谜题。

"话说回来，贾利尔已经死在我们美军的轰炸之下了。"

因达法斯补充道，一副只是顺口一提的表情。正如他所说的那样，贾利尔在"9·11"事件之后不久就被杀掉了。

美国就这样逼着塔利班作出极为严酷的选择。

但是，与此同时，美国又从阿富汗邀请了一位出人意料的人物。

那便是塔利班政权的信息与文化部副部长，阿卜杜勒·拉曼·霍塔克。

第 7 章

美国带来的冲击

一九九八年春天，霍塔克接到了一名美国女性打来的电话。

打电话的人正是SPACH的副会长南希·杜普利，这是一个以保护阿富汗的文化遗产为宗旨的非政府组织。

霍塔克与杜普利简单地互相寒暄之后，他的巴基斯坦助手接过电话进行口译。

"杜普利女士说想请您去美国。据说美国那边有些人想邀请您。"

突如其来的邀请令霍塔克有些吃惊。他首先产生了警惕之心。美国的什么人、究竟出于何种目的邀请自己呢？他们的居心何在？

没等他问，助手又说："说是请您务必光临纽约的大都会艺术博物馆。您不想亲眼看看全世界最高级的文化遗产和美术作品吗？"

听了这话，霍塔克忘掉了几秒前的戒心，情不自禁地问道："可以再详细说说吗？"

霍塔克的访美之行当天就定下来了。

美国是一个包容力很强的国家。

此时，宣传"塔利班是剥夺女性权利的团伙"的运动正进行得如火如荼，美国与塔利班的关系如同从坡道上滚下来一般急剧恶化。

美国驻非洲大使馆遭遇恐怖袭击、美国用导弹攻击位于阿富汗的训练基地进行报复，事态日益严峻，以至于因达法斯向塔利班下达了最后通牒。与此同时，霍塔克却被邀请到了美国。

其实在霍塔克之前，美国已经邀请过几名塔利班高官。一九九七年十二月，塔利班的八名部长级官员访问了美国。其中有霍塔克的上司即信息与文化部部长马塔齐、计划部部长丁·穆罕默德·阿巴斯等人。仅在数年之前，他们还都是来自阿富汗神学院的战士。虽然现在成了各个部的"部长"，但其文化水平和奥马尔差不多，能否读懂文字也很难说。他们也几乎没有什么出国经历。美国的用意在于，把他们一下子带到现场，炫耀其先进与强大程度。

我们很难弄清楚是谁最先策划的这一系列塔利班访美之旅。以杜普利为代表的 NGO 成员、石油公司巨头优尼科、美国的阿富汗问题研究中心——内布拉斯加大学阿富汗研究中心等，各种机构和人员牵涉其中，很难看清该项目的全貌。感觉是有人故意给其蒙上了一层神秘的面纱。

事实上，不只是民间的组织，我还获得了一份匿名证词，爆料说美国政府是背后的策划者："那是国务院下属的 USIS（美国新闻处）的项目。"提供这份消息的是一名美国人，他曾直接参与塔利班访美计划。另外，曾任 SPACH 喀布尔分会长的荷兰人罗伯特·克鲁伊波曾明确表示：

"此次访美项目是美国情报机构的一次探索，为了摸清受邀的塔利班干部能否与欧美人进行交涉、将来万一发生什么事的时候能否联系得上。"其实，国务院的职员也参与了此次行程，访美的塔利班部长们与副国务卿及助理国务卿等国务院干部曾当面交流。

迈克尔·摩尔导演的《华氏911》是一部强烈批判前总统布什的电影，引发了热议。该片中有一个塔利班部长访问团到访休斯敦的场景，当时布什担任得克萨斯州州长，那里是他的地盘。此次访问期间，得克萨斯的石油公司优尼科与塔利班就铺设输油管线问题进行了谈判。参与谈判的人员中有人加入了后来的布什政权。由于布什一家与石油行业渊源颇深，才会促成此事。

"9·11"事件发生以后，布什政权将塔利班和基地组织一同视为"恐怖分子的头目"，仿佛有不共戴天之仇，勇猛地宣称"拒绝谈判"，说得好像一开始就以攻击对方为使命一样。而且，他摆出一副"站在反恐战争前线的领导人"的面孔，然而仅在四年之前，他不是充满善意地接受了塔利班吗？导演摩尔通过这部影片强调的正是这一点。

我对这部影片的解读不太一样。我认为这正是美国包容力强的表现。一方面严词谴责塔利班，下达了最后通牒，另一方面在塔利班之中培养将来能为美国"所用"的领导人。由此可见美国的战略性思维很强。

而且，并不存在一个作为首脑的决策机构，在其统筹规划之下巧妙地实施软硬兼施的政策——绝非如此。

此时，国务院的干部因达法斯助理国务卿、他上头的副国务卿陶伯特以及更上头的国务卿奥尔布赖特的政策是彻底打压塔利班。邀请塔利班高官来美国，是国务院相关情报部门独自筹划的创意。

虽然同属国务院，上面的领导采取严厉的态度，下面的情报部门却站在更为长远的视角上，按照自己的创意启动针对塔利班的项目。而且在规划时也考虑了与领导当前政策的相容性，采用了产学协作这种含蓄的形式，也得到了部门领导的认可。作为其结果，美国的外交政策将来在整体上会存在宽泛的空间。

美国存在这样的体制，整个组织可以自然而然地完成这样的事。就这一点来说，如今的日本就算坐火箭也追不上。

同时，来自产业界的优尼科与来自学术界的内布拉斯加大学也带着各自的企图参加了这个项目，提供了协助。

优尼科以前就计划铺设一条穿过阿富汗的输油管线。如果塔利班能够平息内乱，与美国也能建立良好关系的话，眼看着就可以动工了。因此，他们才会积极支援塔利班。

内布拉斯加大学是美国研究阿富汗问题的巅峰存在，不过冷战结束以后，美国对阿富汗的兴趣日渐稀薄，资助者锐减。在这种背景下，优尼科给这个阿富汗研究中心提供了大约一百万美元的资金。他们自然会配合优尼科。

邀请塔利班部长的企划是在产业界、政府和学术机构各方利害关系一致的基础上诞生的一项卓越的协作计划。

因达法斯也承认了与石油产业的合作，他说：

"如果塔利班成为给阿富汗带来稳定的势力，将会产生各种利益，我们也对此抱有期待。其中也包括输油管线计划。优尼科等美国企业也很感兴趣，如果能够实现，也会给阿富汗带来利益。"

如果你看一下一九九七年塔利班部长第一次访美的日程，就会发现美国的用意跃然纸上，可谓机关算尽。

八名部长首先被带到了位于得克萨斯州休斯敦的优尼科总部，在那里进行了整整四天的会谈，被反复灌输铺设输油管线会给塔利班带来多大的好处。然后是参观美国国家航空航天局和巨型购物中心。一边是称霸太空的尖端科技，另一边是无穷无尽的物资与财富，对于从阿富汗乡下的神学院走出来的塔利班来说，无异于惊天动地的冲击。

事实上，参加此次活动的部长们回到阿富汗以后，开始采取一些行动，明显不像昔日塔利班的行事风格。

例如，霍塔克的上司、信息与文化部部长埃米尔·卡罕·马塔齐，属于意志坚定的"武斗派"，从塔利班成立之初就跟随奥马尔南征北战。然而他回国以后却变成了彻底的亲美派。

塔利班设在纽约的"驻联合国代表处"的努尔拉·萨德兰还记得与马塔齐部长有关的一件趣事。塔利班认为电视是"恶魔的箱子"，从而加以禁止，据说马塔齐回国后搞到了卫星电视信号接收器，也观看CNN。

他装模作样地说："如果不了解国外的信息，怎么可能搞好政治？"

SPACH的副会长杜普利也说："别看马塔齐部长一副五大三粗的样子，其实他很坦率，容易沟通，丝毫不逊于副部长霍塔克，和他一起工作很轻松。在他担任部长期间，我很放心。"

然后，在马塔齐等人到访美国的次年，霍塔克被选为参加第二批塔利班"访美之旅"的受邀对象。

杜普利认为霍塔克是塔利班中大有前途的领导人，所以推荐了他。杜普利在SPACH举办的活动中已经多次和他交谈过，十分清楚他的为人。

"霍塔克身上有一种其他塔利班不具备的魅力品质。他有点像淘气包。他有丰富的创意和强烈的好奇心，做事不拘小节，沉稳大方。"

话虽如此，杜普利和霍塔克交谈时，并非总是保持意见一致。

"他有些性子急，我们的思想也经常碰撞出激烈的火花。尽管如此，我们和霍塔克副部长的关系还是很好的。"

也就是说，这证明了霍塔克为人很灵活，跟意见相左的人也能交谈下去。这就是杜普利对他的评价。

与前一年部长们的访美之旅相比，我们能够更强烈地感觉到，美国邀请霍塔克的目的在于让他记住美国的"文化"和"历史"。这就是所谓的"文化洗脑"。

人们往往会为了现实利益做出行动。不过，如果根植于内心深处的价值观和思想层面受到影响的话，其效果会更强，持续更久。第二次邀请塔利班的用意正在于此。

杜普利谨慎地安排了霍塔克的访美日程。

她将大都会艺术博物馆选为首先带霍塔克去的地方。它是全球最顶级的艺术博物馆，位于世界上最繁华的城市纽约。她的目的在于首先让霍塔克体验最具有冲击性的"美国"，使其大吃一惊。

大都会艺术博物馆位于中央公园的一角，是纽约的中心位置。馆内收集了三百三十万件来自全球各地的美术品和工艺品，霍塔克迈步进入了这座雄伟壮观的哥特式建筑。

谈及当时的感受，霍塔克说："它的精彩绝伦折服了我。他们使用了最先进的技术，运营方式也很合理。最重要的是，它是一座'活着'的博物馆。"

霍塔克如鱼得水，双目熠熠生辉，想要吸纳这一切。

霍塔克兴奋得像个孩子一般，摁下展品前的按钮，入神地倾听里面播放的解说声音。

他对受邀同行的喀布尔博物馆的前馆长纳吉布·波帕尔说："这个系统太棒了。不仅可以欣赏展品的外观之美，还能让参观者理解它的历史背景。"

然后，他又问陪同的大都会艺术博物馆的研究员："为了这么多设备和藏品，应该投入了巨额的税金吧？"

结果，研究员回答说："大都会艺术博物馆的运营靠的是支持我们的市民和企业的捐赠。"

听了这话，霍塔克更是惊呆了。

他转向波帕尔说："这在阿富汗是不可能的事。如果喀布尔博物馆不是由国家拨款，而是靠人们的捐赠维持运营，这根本是我们不敢想的事啊。但是，说不定在我们国家也可以部分采用这种方式。"

似乎令霍塔克感到惊奇的不是眼前的展品本身，而是博物馆的展出方式以及运营机制。

然而，看完一楼的展品，沿着宽敞的楼梯来到二楼角落的一个小房间时，情况发生了变化。

那里陈列着南亚的美术品，除了佛像，还有伊斯兰教传入阿富汗之前的各种文物。霍塔克的目光紧紧地盯着那些展品。

然后，他情不自禁地喊了出来："为什么这些东西会在这里？这不都是我们的东西吗？"

　　他的声音响彻了整个安静的展室。

　　随行的口译人员有些犹豫，不知道该不该把霍塔克的话直接翻译给研究员。

　　波帕尔回忆说："我当时觉得他突然说出的话令人感到困窘。大都会艺术博物馆收集了全世界的历史遗产。那是博物馆多年来努力的成果。正因为如此，它才是闻名全球的博物馆。自然也会有阿富汗的物品。我有些惊慌，难道霍塔克连这个都不懂吗？"

　　这位波帕尔并非塔利班成员。在塔利班来喀布尔之前，他就在喀布尔博物馆担任馆长。他是这方面的专家，大都会艺术博物馆收藏了阿富汗的文化遗产，他反倒觉得很自豪。

　　霍塔克却不这么想。在进这个南亚的展室之前，他虽然对博物馆的设备和系统感到惊叹，却没有被那些展品打动。阿富汗发现了大量跨越数千年历史的文化遗产，而且地下还埋藏着无穷无尽的文物。其数量不逊于这家博物馆。首先，这里的大多数展品本来都不是美国的，全都是外国的文物呀。

　　看到这些从阿富汗远渡重洋搬运过来的众多佛像时，霍塔克心中的国家主义受到了强烈的刺激。究竟是谁允许拿到这里的？

　　霍塔克说："我决定回去以后建一座比这个更好的博物馆。为了这个目标，我也要毫无遗漏地学习一下美国博物馆的优点。"

　　从大都会艺术博物馆的藏品目录，到资金的筹集方式、运营机制，以及如何搜寻、购买展品等等，霍塔克将所有的相关资料塞满行李箱，带了回去。

带领一行人参观的国务院陪同人员接下来将霍塔克带去了位于南达科他州的拉什莫尔山，距离纽约两千公里。那里有著名的美国历代总统面部雕像。

　　南达科他州和纽约完全相反，在整个美国也属于最偏僻的地方。横亘在落基山脉东部的一大片山岭地带中，有一座山显得格外高，那便是拉什莫尔山。山顶裸露的花岗岩石壁上雕刻着四位美国前总统的面容，分别是乔治·华盛顿、托马斯·杰斐逊、西奥多·罗斯福、亚伯拉罕·林肯。

　　每副面孔长达二十米，与其说是雕刻，不如说是汇集土木工程的精华打造而成的"巨型建筑"。它是美国向全世界夸耀的纪念雕像。

　　沿着游览步道来到山脚下，面部雕像位于距地面数百米的高处。抬头仰望，会对它那宏大的气势感到瞠目结舌，不由得惊叹其技术之先进，这些面孔是怎样雕刻成的呢？

　　与此同时，霍塔克和同行的波帕尔，也就是来自阿富汗的两个人看到这些雕像后，不由得联想到了祖国的一处巨型遗迹。

　　那就是巴米扬大佛。同样是利用天然的地形雕刻而成，同样是以人为模型，同样都很巨大。不同的是，前总统们的面容是六十年前雕刻的，而大佛雕像早在一千数百年前就已经完成了。

　　波帕尔有些担忧。巴米扬大佛既然位于阿富汗这个伊斯兰教国家，现在就不会有佛教徒前往拜谒。然而，每天都会有美国人来到这些面部雕像下面，向这些伟大的前总统们表达他们的敬意。塔利班特别忌讳偶像崇拜，估计在他们看来，没有什么东西比这种雕像更应该遭天谴了。霍塔克曾在大都会艺术博物馆大声惊呼,在这里应该会反应更激烈吧?

但是,在这些雕像面前,霍塔克默然无语。

内布拉斯加大学阿富汗研究中心的职员穆罕默德·巴希尔作为口译人员随行在侧,关于霍塔克当时的状态,他回忆道:

"霍塔克看似很感兴趣,同时也很冷静。他四处走动,观察得很仔细。"

霍塔克时而眯着眼睛仰视那些巨大的雕像,时而兴致勃勃地盯着那些正在参观的美国游客,看他们指着雕像发出感叹的声音。

最后,一行人以雕像为背景,一起拍了纪念照。霍塔克安静地站在最边上,满面带笑。这张照片至今还在前馆长波帕尔的手里。

霍塔克说:"我对雕像的大小并不感到吃惊。不过,雕刻的完成效果很美,令人钦佩。"

他又说:"美国人民尊敬自己选出来的领导人,并以这种形式表达出来,我觉得很有意思。这就是美国的文化。"

比起雕像本身,打造雕像的美国精神更令他感动。

我试着问他,按照伊斯兰教的教义,不是不允许崇拜偶像吗?

结果他回答说:"他们的宗教是这样教导信徒的。无论伊斯兰教,还是其他宗教,重要的是守护各自的教义。即使宗教不同,也应该互相尊重对方坚守的教义。"

同时他又说:"美国人敬爱领导人和伟大的先人,并充满自豪地表达出来,我觉得我们也应该吸收这种文化。我开始觉得,这并不违背伊斯兰教，伊斯兰教应该也是这么教导我们的。"

第一次美国之行确确实实引起了霍塔克内心的变化，虽然只是一点点的逐步变化。

当天晚上，霍塔克与同行的喀布尔博物馆前馆长波帕尔、来自内布拉斯加大学的口译人员巴希尔，三人在下榻处展开了激烈的讨论。

争论的焦点在于"塔利班的想法是否正确"。

波帕尔虽然和霍塔克同样来自喀布尔，却不是塔利班成员。巴希尔很早以前就来到了美国，两人联合起来攻击霍塔克，说如今的塔利班并没有给阿富汗人民带来幸福的生活。

"为什么塔利班老是和巴米扬的哈扎拉人、马苏德等塔吉克人打仗呢？看看人家美国，至少有七十多个不同的民族混居在一起，不也是和平相处吗？"

霍塔克很顽固。

"目前在阿富汗，只有塔利班在做正确的事。我们正在推进最好的政策。所以，在统一全国之前，不能停止战斗。"

霍塔克认为只有塔利班才能让人民过上幸福的日子，他坚信这一点。

波帕尔提及了女性问题。

"但是，那样对待女性，能算国民之幸吗？尤其是不让女性接受教育这一点，怎么想都会觉得奇怪吧？"

说到这个问题，霍塔克的表情为之一变。他说：

"波帕尔先生，关于这件事，我也有很多担忧。我也觉得现在的情况有些奇怪。我也有女儿，我认为她也有权利接受正规教育。"

这是波帕尔第一次听到塔利班的高官批判塔利班的女性政策。

回顾当时的感受，波帕尔说道："我感到又惊又喜。我觉得他来到美国以后，已经朝好的方向转变了。当时我心想，他和其他塔利班成员不一样。"

关于女性的教育问题，估计塔利班中也有很多人感到奇怪吧。不过，没有人会说出口。因为这有可能被视为反叛最高领导人奥马尔。虽说当时身在美国，但霍塔克肯对同样来自喀布尔的波帕尔说出这番话，说明在他心中已经萌发了某种无论如何难以抑制的情绪。

霍塔克一行人继续向西，前往加利福尼亚。

杜普利在旅程表中安排了洛杉矶的盖蒂美术博物馆。这座博物馆收集了传奇的石油大王保罗·盖蒂的藏品，比起里面的展品，其外围的优美环境更为知名。设计考究的场馆建在一座山丘上，可以俯瞰洛杉矶的街景。整个馆址形成了一座公园，可以让市民在那里安静地度过一整天。这种设计方式是美术界的最新趋势。

霍塔克对其设计理念产生了兴趣，感慨道："要是在喀布尔也能建这种东西就好了。"

在旧金山，霍塔克访问加利福尼亚的活动迎来了高潮。

《旧金山纪事报》是这座城市的代表性报纸，该报社的记者路易斯·多林斯基听说塔利班要来，准备了一个策划，等待霍塔克。

那便是与同样生于阿富汗的女性运动活动家西玛·瓦莉的对谈。瓦莉三十年前移民到美国，已经获得了公民权。此时她在美国发起了一个运动，想让塔利班改变在祖国实施的女性政策。她在巴基斯坦的难民营听到从塔利班的政策下逃脱的女性作证说"塔利班正在虐待女性"，于是通过各种媒体公布她们的经历，向舆论控诉塔利班。

"塔利班说我是阿富汗的叛徒。"正如她本人说的那样，她与塔利班算是不共戴天的仇敌。

瓦莉的活动在美国受到高度评价，前不久荣获了旧金山市的"人权贡献奖"，知名度也瞬间飙升起来。

记者多林斯基想到的策划，就是让因女性问题与塔利班斗争的瓦莉，与正在访美的塔利班成员霍塔克当面进行"对决"。

他们在《旧金山纪事报》的会议室进行了对谈。除了多林斯基、瓦莉、霍塔克，在座的还有南加利福尼亚大学的阿富汗教授。阿富汗有两种官方语言，一个是达利语（波斯语的方言），另一个是普什图语。由于瓦莉主要使用达利语，而霍塔克则说普什图语，所以教授负责为他们进行口译。

瓦莉干劲十足。提及当时的心情，她说道："我觉得这是一个很好的机会，可以当面让塔利班明白，阿富汗的女性多么痛苦，以及国际社会多么期望他们做出改善，所以才同意参加那次对谈。"

多林斯基回忆说："从外表来看，两人形成了鲜明的对照。

所以我才能够拍出一张好照片，两人的反差非常明显。"

确实，各自的装束将他们的个性淋漓尽致地展现了出来。霍塔克身穿民族服装，裹着象征塔利班的黑色头巾，胡子恣意地生长，至少有二十公分。

瓦莉画着精致的妆容，穿着华贵的白色套装。裙子很短，几乎能看到膝盖，高跟鞋也很高。头上没有包裹纱巾之类的东西，一副典型的美国职业女性的打扮，甚至让人觉得她是故意刺激塔利班的神经，想让对方失去冷静。

对谈开始以后，霍塔克始终面带微笑，心平气和地讲话。

瓦莉回忆道："他似乎根本不在意我的着装。反倒摆出了一副学习的姿态，想要通过我的谈话内容，了解像我这样待在美国的阿富汗人看待问题的方式。"

"为什么在当今的阿富汗，女性被迫过着被囚禁般的生活?"

面对瓦莉的质问，霍塔克用委婉的语气回答道：

"瓦莉女士，您已经离开阿富汗很久了吧? 所以，关于阿富汗最近的情况，我觉得您有些地方不太了解。"

霍塔克继续说道："现在阿富汗有的地方治安还很差。在那些地方，如果没有男性陪同，女性单独外出有时候会有危险。"

南加利福尼亚大学的教授将这句话从普什图语口译成了达利语。

那不是单纯的口译。瓦莉说：

"那位教授还添加了霍塔克没有说过的话。他用失礼的方式问道：'你觉得，女性获得了上学的自由，在上学的路上遭到坏人袭击，被强奸也没关系吗?'这并不是霍塔克的原话，而是这位教授的想法。"

当时，霍塔克立即订正了教授的口译内容："我可没说那种话呀。我没有说过强奸之类的话。"

西玛·瓦莉回忆道："我发现霍塔克实际上达利语说得也很好。好像英语也很厉害。他的才智与学识是不容置疑的。反倒是这位住在美国的教授更像激进派。"

而且，瓦莉感觉霍塔克的话很有说服力。

"在谈话过程中，我也逐渐明白了。如今阿富汗的女性问题，不能只怪塔利班。它是扎根于阿富汗社会深层的谜题。在塔利班出现之前就存在这个问题，塔利班当政以后也会继续存在下去吧。"

霍塔克改变了曾是塔利班仇敌的瓦莉的想法。

多林斯基确信这次对谈能写成一篇好的报道。虽说对于"双方剧烈冲突"的预期落空了，但是展开的讨论取得了更为丰硕的成果。

对谈结束时，霍塔克做了总结：

"我们之间有很多不同的地方呀。不过，今天我弄清楚了一件事，我们彼此绝非恶魔，而是可以交谈的对象。"

说完他伸出手，与瓦莉握了握手。

"请您一定要来阿富汗，亲眼确认一下当今的状况。"

"好的，近期一定前去拜访。"

"今天谢谢你。我很高兴能够见到长期远离阿富汗的女性，而且你的身份既是母亲，又是妻子。"

关于这次交谈的印象，霍塔克说："瓦莉女士给人一种非常时髦的印象。因为她长期生活在美国，可能受其影响吧。听了我的话，她似乎非常认同。"

策划对谈的记者多林斯基在报道中传达了当时的情形，在结尾处写道"两人微笑着道别"。

霍塔克横穿美国的旅途就这样结束了。

关于访美的感想，霍塔克这样说道：

"美国的特征是科技发达。不得不承认，在这方面他们比我们阿富汗先进。反过来，他们的历史还很短，而我们的历史悠久得多。

"美国的文化是符合美国人民期望的，正因为如此才会被大众接受。伊斯兰文化适合我们，自古以来就已经扎下了根。我们把重点放在了宗教和传统的价值上。重要的是，让美国的文化和阿富汗的文化彼此对话、相互理解。"

正如杜普利的预期，霍塔克有能力将访美经历化为自身的养分。

关于霍塔克的变化，同行的喀布尔博物馆前馆长波帕尔这样说道：

"很明显，霍塔克喜欢上了美国。"

美国又成功在塔利班当中培养了一个"亲美派"。

了解到霍塔克的美国经历后，我便想跟从日本去美国访问的人做一下比较。有很多人因为留学、工作调动或者单纯的游玩，在美国待了一段时间后回国。但是，像霍塔克这样冷静的人实际上并不多见吧。他一方面牢牢守住自己的身份，另一方面又将值得借鉴的东西吸纳回来。而大多数日本人，要么变得讨厌美国，要么成为信奉美国至上的人。我觉得大部分人属于两者中的一个。

美国这个国家确实厉害。不只是霍塔克所说的科技，经济、政治、文化、娱乐、体育，在所有方面都会以席卷一切的力量将来访者容纳进去。它会让你发现，自己之前在狭小的世界中积累的成果是如此渺小。

尽管如此，霍塔克却能够以一种均衡的形式阻挡"美国带来的冲击"，这是为什么呢？

是因为信仰伊斯兰教吗？是凭借对阿富汗的传统和历史的自豪感吗？是因为他渊博的学识与灵活的思维取得了平衡吗？我估计是因为，在这一切的综合作用之下，霍塔克心中产生了对于自己身份的坚定的自信吧。

霍塔克后来再度访美，是为了治病。他没有说具体的病名，有些人说是癌症。加上第一次访美，他共计在美国停留了半年时间。在这期间，他仔细构想了回国后自己该做的事，治好病回去以后，接连出台了一些新政策。这些政策是塔利班以前无法想象的，给内部和外部都带来了新鲜的刺激。

但是，在这之前，我要讲一下阿富汗发生的另一场"地壳变动"。

想要操控塔利班的，不只是美国。

第 8 章

穆塔瓦基尔的反抗

"如果没有本·拉登，塔利班政权应该能延续至今。"

前塔利班政权的内政部副部长哈克萨心有不甘地说道。

本·拉登是盘踞在塔利班体内的危险的寄生虫。一开始他受到宿主塔利班的保护，提供利益与之"共生"，不久后逐步蚕食塔利班的身体内部，咬破肚皮跑了出来，剩下的只是宿主塔利班的尸体。

如果在"共生"阶段采取对策就好了，但是本·拉登巧妙地隐藏了自己的危险性。

塔利班当中也有人预感到了危险，打算想办法封锁本·拉登的行动。那就是奥马尔的首席助理瓦基尔·艾哈迈德·穆塔瓦基尔，一九九八年巴米扬大佛遭遇"第一场危机"时，他曾和霍塔克一起奔走，阻止毁佛行动。

此次采访之际，我发现了一盒录音带，是沙里亚广播台（塔利班执政时对喀布尔广电局的称呼）采访穆塔瓦基尔的内容。它当时被放在喀布尔广电局的仓库里。

录音大约十五分钟，穆塔瓦基尔在里面公然批判本·拉登，甚至表示最好将其驱逐出境。沙里亚广播台将塔利班的政策告知国民，充当"政府公报"的角色。在这样的公开场合，塔利班的干部如此明确地指名道姓地指责本·拉登，据我所知是唯一一次。这是一份宝贵的资料，证明塔利班并不完全是帮助恐怖组织、将本·拉登窝藏到底、最后垮台的政权。

磁带被胡乱地放在广电局仓库的架子上，并没有按年代顺序排列。这盒磁带中，在穆塔瓦基尔的采访内容之后，还随意收录了数年后播出的毫无关联的采访内容。虽然不清楚穆塔瓦基尔采访内容的播出日期，但从内容来看，估计是在一九九八年下半年到一九九九年上半年之间。

首先是记者提问：

"据说其他国家之所以不肯承认塔利班是阿富汗的正式政府，是因为你们在保护奥萨马·本·拉登。关于这件事，您怎么看？"

穆塔瓦基尔的回答很坦率：

"我们认为本·拉登的行动有问题。因为他很有野心，就像一匹脱缰的野马，也不跟我们商量，擅自打算用暴力做一些出人意料的事。为了防止他乱来，我们在限制他的行动。"

穆塔瓦基尔又说：

"本·拉登是那种自以为是的人，他相信只有自己才是正确的。而且，他把自己带来的基地组织当成了一个国家。"

也就是说，他指责本·拉登不仅有实施恐怖事件的野心，还妄想在阿富汗建立一个阿拉伯人的"国中国"，在那里获得治外法权。

"但是，本·拉登在（与苏联对抗的）圣战时期，不是帮我们战斗了吗？"

面对记者的这个问题，穆塔瓦基尔也用严厉的口吻回答道：

"我们（阿富汗人）有个习惯，那就是保护并热情招待来客。这很重要。但是，我反对为了守住这个习惯，即使牺牲国民也要保护本·拉登的想法。

"也有人主张说，本·拉登不单单是来客，还是虔诚的伊斯兰教徒，又是圣战士。为我们国家流血献身的人，在战后难道就应该自动被赋予永久居留权吗？这是一个值得深思熟虑的问题。我认为这些人需要证明自己的存在对阿富汗国民有益。如若不然，国家利益怎么办？这是一个很重要的问题。哪怕是放弃阿富汗传统的好客精神，也要优先考虑国家利益，出于这种立场，我们已经在讨论抛弃本·拉登的议题。"

"那么，您的意思是按照其他国家的要求，将本·拉登驱逐出境吗？"

"关于这件事，还有一个必须考虑的问题。其他国家并没有承认塔利班是阿富汗的正式政府。因此，其他国家和我们之间不存在条约或者双方协议。没有引渡嫌疑犯的法律依据。"

穆塔瓦基尔在这次采访中表明了对国际社会的不信任。

"我怀疑，即使交出本·拉登，国际社会也未必会马上给予肯定并承认我们。我估计肯定会再次提出女性权利的问题以及其他各种人权问题，指责塔利班。"

最后，记者的提问涉及了军事训练营。

"最近外国指出，阿富汗存在军事训练营，并要求将其关闭，请问您如何看待此事？"

"我们的政府从未开设过军事训练营。即使有人组建了，我们也没有正式承认过，没有给过任何关照。更没有准许过在营地训练外国人。"

穆塔瓦基尔果断地予以否认，采访到此结束。

这是穆塔瓦基尔给本·拉登下的挑战书，他赌上了自己的政治生涯，甚至也赌上了性命。

如果把塔利班比作一块大岩盘，本·拉登就像是在岩盘正中央的纹理上扎进去的凿子。如何对待本·拉登？对于这个问题的回答，将会把塔利班一分为二。

　　坚持宗教激进主义的话，就应该与本·拉登并肩作战。

　　如果重视阿富汗这个国家及其国民，就不能允许来自国外的本·拉登擅自向欧美等发达国家挑起战争，害得阿富汗与全世界为敌。

　　在广播声明中，穆塔瓦基尔旗帜鲜明地选择了后者的立场。

　　对此，劝善惩恶部以及本·拉登不可能保持沉默。

　　在这之前，奥马尔将立足点分为两处，并保持平衡。他既重视劝善惩恶部，也重视穆塔瓦基尔。奥马尔设立劝善惩恶部的目的是将自己在乡下神学院学到的伊斯兰教教义反映在国家建设上，那是他执政的原点。穆塔瓦基尔是他在坎大哈郊外作战时就很赏识的人，将其视若己出，捧在手里怕飞了，含在嘴里怕化了。奥马尔非常仰仗穆塔瓦基尔，他那渊博的知识与深远的见识是自己所不具备的。

　　这样的奥马尔却出台了一些政策，亲手打破了平衡。

　　联合国阿富汗特派团的田中浩一郎这样说道：

　　"从某个时间点开始，奥马尔接连发布了一系列公告，将劝善惩恶部的权限强化到了异常的程度。法令要求其他政府部门以及任职其中的公务员甚至军队都必须遵从劝善惩恶部。"

　　我在采访时弄到一本法令集，其中有一条是针对全国的省长及其下属的地方机关的长官的内容。标题是"要求地方上的省长及长官不得干预劝善惩恶部监管工作的法令"。具体内容是：

"如若有人实施了违反伊斯兰教的行为，则由劝善惩恶部的负责人进行管束。无论逮捕还是释放，全凭他们的命令。诸位不得加以干预。"

也就是说，不得出言干预劝善惩恶部的任何行为。

针对中央机关和军队也发布了同样的法令。

田中指出，还不止如此。

"劝善惩恶部打着施行伊斯兰教法的旗号，在其面前，阿富汗的所有国民都无法反抗。这样一来，最终就连奥马尔自己也必须服从劝善惩恶部的命令，可以说事态已然发展到了这种地步。"

众所周知，奥马尔虽然登上了"穆民的埃米尔"的宝座，成了宗教上的最高领导人，但他的伊斯兰法学知识甚至还没有达到从乡下的神学院毕业的水平。正因为他自己也承认这一点，所以最初才会坚决推辞最高领导人的地位。

反过来，劝善惩恶部被视为塔利班当中熟知伊斯兰教法的专家集团，正如在设置该部门的法令中写的那样："劝善惩恶部的成员仅限谙熟伊斯兰教法知识者"。

如果该部门说，"按照伊斯兰教法，就该这样"，那么就连奥马尔都无法反驳。给这样的部门一把"尚方宝剑"，使其在政治层面也凌驾于其他部门之上，将其变成了一个"超级部门"，不，应该说是"怪物部门"。

本·拉登给奥马尔寄了一封书信。

一九九九年寄出的这封信上写道："最近由于我的存在，在国内外都引发了问题。那么，我也可以考虑出境。"

这完全是虚张声势。寻遍全世界，也找不到一个肯窝藏本·拉登的国家。此时全球只有三个国家违背国际社会的潮流，承认塔利班是正式的政府。分别是沙特阿拉伯、阿拉伯联合酋长国、巴基斯坦。就连这三个国家，也曾多次提议，希望将奥萨马·本·拉登交给国际社会。

如果奥马尔按照本·拉登的书信内容，同意将他赶到国外，那么本·拉登将会陷入绝境。

但是，奥马尔读完这封信之后感到惊慌，连忙写了回信。信中写道：

"您是我们的客人，请您继续留在阿富汗。"

在军事力量和钱财两方面，奥马尔已经离不开本·拉登。不过，原因不止如此。尽管客人已经穷途末路，却担心主人，主动提出离开，作为一个阿富汗男人，绝对不能趁机弃之不顾。如果你没有实际跟阿富汗人交谈过，恐怕很难对这方面的情况有切实体会。这是一种绝对的价值观，一条"金科玉律"。一旦违反这条规矩，就会无条件地失去所有信任。

本·拉登很清楚这一点，所以才会放出这种烟雾弹。而且他达到了目的。

后果很严重。奥马尔在回信中写道"请留下来"，这成了铁的事实。两人的立场发生了逆转，从此以后就成了奥马尔主动请求本·拉登留在阿富汗。本·拉登此时已经不再是单纯的客人了。

"必须想办法加以阻止。"

穆塔瓦基尔采取了一个对策。

他向本·拉登派出使者，提议道："关于你如今的所作所为以及你的去留，请允许我找我国的伊斯兰教法学家商议一下，请他们明辨是非，也希望你接受商议的结果。"

他的用意是以整个阿富汗的伊斯兰宗教界的力量来牵制本·拉登。

本·拉登已经不再像以前那样假装成一只温顺的小猫。他非常冷淡地拒绝道：

"我来自拥有圣地的阿拉伯半岛。只有阿拉伯半岛的神职人员可以对我下命令。阿富汗法学家的意见跟我无关。"

本·拉登逐渐露出了他的本性。

情况突然有变，令穆塔瓦基尔感到愕然。

"接下来该怎么办……"

穆塔瓦基尔正在思考对策，突然接到了奥马尔的指令。

这是一个出人意料的消息，内容是："解除你的助理一职，任命你为外交部部长。请你即刻前往喀布尔，到外交部赴任。"

时值一九九九年十月，距离纽约发生的恐怖袭击还有不到两年时间。

第 9 章

从美国归来后的新政策

在一般人看来，让穆塔瓦基尔担任外交部部长的调令算是荣升吧。无论是谁，都会觉得外交部部长是主要内阁成员，从首席助理调转过去，最起码也是平调。

不过，考虑到塔利班的权力结构，这并非荣升。

在喀布尔的外交部，前政治局局长穆吉达成了穆塔瓦基尔的部下，他明确表示：

"穆塔瓦基尔被任命为外交部部长属于'明升实降'。"

田中浩一郎这样解释道：

"当时塔利班的最高决策机构在坎大哈，因为奥马尔在那里。坎大哈还设以奥马尔为核心的舒拉（最高决策会议）。穆塔瓦基尔原本待在坎大哈，可以和奥马尔以及舒拉的成员亲密接触，从那里被调到喀布尔，可以说是'流放孤岛'了。"

穆吉达又说，穆塔瓦基尔这次突然调动，背后有本·拉登在捣鬼。

"奥马尔提拔了一个名叫塔伊布·阿戈的人，接替穆塔瓦基尔担任助理。阿戈是听命于本·拉登的人。"

塔伊布·阿戈原本是穆塔瓦基尔提拔起来的人。他才二十多岁，就在位于伊斯兰堡的塔利班驻巴基斯坦大使馆担任秘书。一看就是个聪明能干、才华横溢的年轻人。

他还精通英语，"9·11"事件发生以后，在塔利班政权濒临瓦解的情况下，他代替奥马尔接受 BBC 的采访，主张塔利班当政的合理性。

阿戈不仅有才干，出身也好。据说他的家族继承了伊斯兰教最后一位先知穆罕默德的血统。穆罕默德是阿拉伯人，所以追根溯源的话，他身上也流淌着阿拉伯人的血液。在阿富汗，出身于这种家族的人可以无条件地获得人们的尊敬。穆塔瓦基尔认为，将这个年轻人放在身边的话早晚会有用，于是把他叫到坎大哈，担任自己的助手。

　　然而，塔伊布·阿戈来到坎大哈以后，开始采取超出穆塔瓦基尔想象的行动。他有时候抛开穆塔瓦基尔，与奥马尔老师单独交谈，甚至在政治方面献言献策。

　　穆塔瓦基尔责备他说：

　　"你的工作只是为奥马尔老师安排日程。你只要做好事务性工作就行。我不允许你直接跟奥马尔老师说话，更不能摆出一副助理的姿态给他提建议。"

　　不过，塔伊布·阿戈的血统和才干带来的威力，早已赢得了奥马尔发自内心的尊敬。

　　不止如此。塔伊布·阿戈还有不为穆塔瓦基尔所知的秘密。前政治局局长穆吉达说：

　　"塔伊布·阿戈与本·拉登渊源颇深。他可以说是本·拉登安插进来的特工。"

　　然后，阿戈在本·拉登的授意之下，开始了赶走穆塔瓦基尔的行动。

　　穆塔瓦基尔也是在遭到"流放"之后才意识到阿戈的策略，在喀布尔担任外交部部长以后，曾多次向穆吉达吐露后悔之意。

　　"把塔伊布·阿戈带来是我最大的失策。我不知道他是那样的人。"

但是，被贬喀布尔之后再后悔也为时已晚。

穆塔瓦基尔调到喀布尔之后，阿卜杜勒·拉曼·霍塔克回来了。

为了治病，霍塔克再度访美，一直待在旧金山。病愈之后回国，重返信息与文化部。

霍塔克想把在美国吸收的知识应用在喀布尔，一直跃跃欲试。二〇〇〇年新年伊始，他便接连出台了一系列新政策。

那些政策都是以往的塔利班想都不敢想的。

他在三月八日进行了第一次尝试。一年后的这一天，由于毁坏巴米扬大佛，塔利班的臭名传遍了全世界。

这一天霍塔克的行为震惊了国际社会，其意义与一年后的塔利班行为完全相反。

三月八日是"国际妇女节"。霍塔克趁这一天在喀布尔的市中心举办了颂扬女性权利的庆祝典礼。

"国际妇女节"源于二十世纪初美国的妇女参政权运动，是在一九七七年的联合国大会上正式确立的纪念日，已经形成了国际惯例。

但是，一直以来压制女性权利的塔利班，竟然举行典礼庆祝这一天，即便是一直在近处观察塔利班的SPACH的南希·杜普利，也觉得是一件惊天动地的大事。

"做梦也不敢想的事情在现实中发生了。不过，这是个惊喜。"

以前这一天是全世界声讨塔利班的日子。两年前的国际妇女节那天，在美国华盛顿哥伦比亚特区举行的庆典上，希拉里·克林顿和马德琳·奥尔布赖特这两位全球知名度最高的女性，极力攻击塔利班的野蛮行径。

然而，二〇〇〇年的这一天，塔利班主办的庆典会场里，喀布尔的女性陆陆续续聚集起来了。BBC的女记者凯特·克拉克用相机记录了当时的情形。

视频中，会场上挤满了数百名女性，没有一个人用布尔卡遮住面部。虽然大多数人用纱巾包住了头发，但是每个人的脸上都浮现着一种决心，今天一定要高歌女性的权利。补充说明一下，说到塔利班当政时期的女性，全都是用布尔卡包裹全身的影像，我第一次看到她们脱掉布尔卡，露出轮廓分明的面容，简直惊为天人。

庆典会场设在位于市中心的闹市区，一家名叫拉贝巴尔西的女性综合医院。三年前，意大利的女权主义运动家艾玛·博尼诺在视察过程中从这里被劝善惩恶部抓走了。如今在同一个地方，女性们举行了大规模集会。

顺便说一下，在我采访博尼诺时，她并不知道在自己被逮捕的那家医院里后来举办了庆祝国际妇女节的典礼。

"塔利班庆祝国际妇女节？我不知道这件事啊，也没听说过。"

博尼诺脸上的表情仿佛在说：不可能！是不是你弄错了？

不过，这是确凿的事实。

这一天，特别邀请了护士、教师等有工作的女性。她们在塔利班的政策之下，克服了种种困难，坚守在工作岗位上。她们一个接一个地登台，就扩大女性的权利发表了热情洋溢的演说。

会场中，杜普利带着难以置信的心情看着这幅场景。当宣读身在坎大哈的奥马尔老师的贺词时，她的惊讶达到了顶点。

"贺词的内容是'我向女性致以崇高的敬意，衷心希望女性为阿富汗的未来贡献一份力量'。奥马尔竟然会说这种话，我仿佛是在做梦。我们现场所有人都高兴地拍手庆贺。"

这项史无前例的塔利班活动是霍塔克与穆塔瓦基尔联手打造的成果。

霍塔克想到了从美国学来的创意，首先向他的上司、信息与文化部部长马塔齐汇报。马塔齐比霍塔克早一年去过美国，他同意了这个企划：

"由于没有先例，可能会遇到障碍，不过是个好主意，试试看吧。"

关于事情后来的进展，霍塔克这样解释道：

"一开始我打算办一场规模小一点儿的庆典。但是，我去找前外交部部长穆塔瓦基尔商量了一下，结果他说，既然要办干脆办场大的。"

穆塔瓦基尔去找可能对此事感兴趣的其他部长商量。他首先找的是前卫生部部长阿巴斯。阿巴斯以前在战场上也是赫赫有名的司令官，后来曾出访日本，此时已成为国际派，与穆塔瓦基尔很谈得来。他说：

"既然如此，就发动护士，把会场设在我们的女性医院吧。如今说到阿富汗的职场女性，首先会想到护士吧。"

在卫生部的援助下，办成了大规模的活动。

关于令杜普利感到惊讶的"奥马尔的贺词"，霍塔克说："是穆塔瓦基尔部长与最高指挥部交涉的。"

确实，是穆塔瓦基尔联系的坎大哈那边。虽说他被"流放"到了喀布尔，毕竟还被赋予了外交部部长的职务，不算是彻底失宠，即使影响力减弱了，他和奥马尔还保持着热线联系。

这是霍塔克的"国际宣传战略"。

"BBC 的记者凯特·克拉克是我叫来的。当时虽然禁止用电视摄像机录像，我却特意请来了她。"

霍塔克的意图很明确：一扫塔利班"压制人权"的形象，提高其声誉。然后，希望国际社会能支援"从美国学来的新政策"。

霍塔克说："我们也是国际社会的一分子。因此，我希望与国际社会建立互帮互助的良好关系。"

霍塔克在美国学到了一点，那就是国外媒体的力量很大，要好好利用。

在横穿美国的旅途中，霍塔克在各地接受了采访。尤其是《旧金山纪事报》的记者路易斯·多林斯基曾为霍塔克策划对谈节目，多次采访他，认真倾听他的讲述，让他产生了好感。

他用钦佩的语气说："我们的宗教和文化都不一样，美国的新闻工作者竟然如此认真，他们努力地想要理解我们，并传达给读者。"

后来，他在医院疗养期间看电视，亲身体会到了美国电视新闻界的强大威力。他冷静地分析了媒体关注的热点，以及他们会责难什么、肯定什么。

正是基于这样的美国经历，霍塔克回国后首先推出的活动主题便定为"女性问题"。"女性的权利问题"是很容易被欧美的新闻界盯上的话题。再加上三月八日也是一个理想的时机。每年的这一天，全球的媒体都会报道"世界各地举办的国际妇女节活动"等新闻。塔利班的纪念庆典正好提供了合适的素材。

BBC播出的新闻，其他国家也纷纷转播。这项活动虽然算不上是"重大新闻"，却也作为"稍微吸引人眼球的话题"，在各地播出了。

霍塔克的目的达到了。以此事为契机，国际上逐渐形成了一种看法："塔利班好像正在改变"。

SPACH的杜普利说道："当时听很多非政府组织和联合国的职员谈论，说跟以前不同，更容易和塔利班沟通了，感觉他们比以前开放了。"

除了"妇女节"庆典，还发生了一些事。例如，卫生部的官员去拜访欧美的非政府组织，说："我们想制定一项覆盖全国的新制度，在女性分娩时，为她们提供保健方面的援助。具体应该怎么做呢？能否给我们一点建议？"

以前从来没有过这样的事。非政府组织的职员大多是基督教徒，向他们请教如何制定女性政策，在以前是无法想象的事。

信息与文化部的霍塔克、马塔齐，卫生部的阿巴斯和外交部的穆塔瓦基尔等人逐渐形成了一股潮流，推动塔利班朝着开放的方向前进。

不过，南希·杜普利看到这样的动向之后，反倒感觉有一丝不安。

"这些事一定会触怒劝善惩恶部的神经。他们肯定会反击，现在也许正在寻找时机。"

杜普利当时在法国的历史学会的会刊上发表了一篇论文，已经表达了类似的意思。

后来事态的进展果真和她预料的一样。但霍塔克在国际妇女节的活动结束后，又开始专心打造另一项计划，希望吸引国际社会的强烈兴趣。

那就是"重新开放喀布尔博物馆"。

这一构想于二〇〇〇年八月得以实现。不过，早在举办"国际妇女节"庆典的三月份，霍塔克就曾对 SPACH 的职员说："下一步就是重新开放喀布尔博物馆，我想在年内办成这件事。"

关于这个活动及其招致的后果，原塔利班外交部政治局局长瓦希德·穆吉达评价说："这是霍塔克想出来的极好的主意，却引发了最坏的结果。"

确实，这是导致塔利班毁坏大佛的转折点。

喀布尔博物馆于一九一九年开放，是一座举世闻名的博物馆。比起在阿富汗国内，可能在国外的名气更大。

早在公元前，阿富汗就是军事必争之地，各种商品与文物在此交汇，形成了独特的文化。喀布尔博物馆中收藏了很多物品，不仅记录了阿富汗的历史，在讲述整个欧亚大陆的历史时，它也是不可或缺的文化设施。博物馆距离喀布尔市中心有些远，面积只有纽约大都会艺术博物馆的二十分之一，石头堆砌的建筑笼罩着一股威严的气势，给人一种历史的厚重感。这座两层的小楼十分雅致，正面是大厅，左右各连着一个展馆，宽一百五十米左右。

如果你现在去喀布尔博物馆，就会发现它的周围几乎没有建筑，孤零零地矗立在一片荒野之中，冷清得令人吃惊。这是内战造成的后果。

一九八九年苏联军队撤离之前，喀布尔博物馆还能保持平安无事的状态，后来军阀开始争斗，这一带成了炮火交织的激战之地。博物馆的建筑虽然保住了，但到处都是弹痕，周围的建筑消失殆尽。博物馆内部也是一片狼藉，觊觎珍贵藏品的盗贼络绎不绝，对此却没有任何防范手段。

我们二月前去拍摄，当时还是冬季。在喀布尔博物馆的正对面，大约三百米远的一个小山丘上有个宫殿，是阿富汗过去实行君主制时期建造的。其面积是喀布尔博物馆的数倍，本应是一栋豪华壮观的建筑。

为什么说本应呢？因为这座宫殿成了军阀的一处阵地，多次遭到瞄准射击，墙壁坍塌，房顶被掀翻，变成了一片废墟。从这里可以俯视喀布尔博物馆，是绝佳的拍摄地点，因此我们爬上坍塌的墙壁，拍下了博物馆的全景照，当时雨雪交加，看到博物馆矗立在一片荒野之中，心中萦绕着一种难以言喻的寂寥感。

苏联撤军以后，由于内战，事实上喀布尔博物馆长期处于闭馆状态。塔利班占领喀布尔，治安恢复以后，博物馆也一直持续着关闭状态。作为"避难措施"，残留的部分藏品被转移到了信息与文化部的办公楼里。

霍塔克重新整理了部门仓库里堆积如山的木箱中的物品，以及散落在博物馆内的藏品"碎片"，再加上最近发现的文物，打算给近十年的空白期画上句号。而且，如果举办喀布尔博物馆的"重新开放纪念特别展"，比起"国际妇女节"的活动，更会受到全球媒体的关注吧。在人们的印象中，觉得塔利班是野蛮的宗教激进主义者，脑子里只想着战争，通过这项活动，应该可以改变这种印象，大声向世人宣告塔利班是一个文明的集体，也很重视伊斯兰教诞生之前的遗产。

SPACH 驻喀布尔办事处的主任罗伯特·克瑞博从这一年的春天到秋天一直待在喀布尔，与霍塔克保持着密切联系。他说：

"很明显，霍塔克举办这个活动的用意在于宣传战略。他的每句话里都流露出了这层意思。"

要想重新开放博物馆并非易事，信息与文化部全体出动，共同致力于该项目。

霍塔克说："值得展示的文物全都凌乱不堪。我们收集了四万多件藏品，重新编制了目录。"

马塔齐部长也是满腔热情。

喀布尔博物馆的前副馆长、如今担任馆长的马苏迪作证说："他亲自召集专家，认真倾听他们的意见，制定对策。"

在马塔齐部长的安排下，分散在喀布尔及阿富汗各地的历史学家和考古学家等专家齐聚一堂。SPACH 的成员也参与其中，提供了帮助。在他们的协助下，目录编制工作走上了正轨，重新开放博物馆的特别展示会的日期定在了八月十七日。

一切看似顺风顺水。

然而，随着这一天的临近，当初隐约可见的黑云逐渐笼罩下来了。

最初的征兆是信息与文化部部长的更替。

七月，马塔齐突然被任命为教育部部长。一个名叫昆德拉图拉赫·贾马尔的人接替了他的职务。这是坎大哈方面下达的命令。

这个贾马尔是一个包裹在迷雾中的人物。就连熟悉塔利班的田中浩一郎也说："关于贾马尔的信息错综复杂。"可以肯定他属于武斗派，但是无人知晓更多信息。

SPACH的克瑞博作证说："一般说来，每个阿富汗人出身于哪个地方的哪个部落，都是广为人知的信息。因为在这个社会中，同乡关系和血缘关系具有重大的意义，每个人都很在意这些，如果没有这种背景，就无法生存下去。然而，关于这位贾马尔，无论问到谁，对方都只是说'完全不清楚他的来历'。这是极为反常的事，因此我们猜测'他可能不是阿富汗人，而是巴基斯坦人'。"

如果是普什图人，即使来自巴基斯坦，语言也都一样，从外表上无法辨别。

新部长贾马尔刚一上任，就轻松搞定了工作。对于霍塔克重新开放博物馆的计划，他也没有说什么，项目按部就班地进展下去。

马苏迪馆长说："一开始贾马尔部长似乎也不觉得重新开放

博物馆和展品存在问题。"

不过，没过多久，逐渐出现了一些预兆，让人觉得贾马尔部长正要朝着与前任马塔齐不同的方向前进。

SPACH 的南希·杜普利最开始发现"有些不对劲儿"的是，贾马尔部长提议更换"博物馆咨询委员会"的成员。他给喀布尔博物馆寄了一封信，杜普利马上就把它弄到手了。

"信息与文化部有个委员会，就博物馆的运营提供咨询，外部也有一些学者加入。在马塔齐担任部长期间，没有什么问题。审议非常公平。然而，贾马尔部长的信中写道'决定从劝善惩恶部聘请三名委员'。信中还表示，这项变更决定得到了奥马尔老师的支持。"

以前劝善惩恶部从来没有以这种形式表示出对喀布尔博物馆项目的兴趣。但是，从此以后，劝善惩恶部就可以进入喀布尔博物馆，随时检查那里的展品和企划。当时劝善惩恶部的宗教巡逻已经波及市民生活的方方面面，也许他们终于准备将矛头对准文化遗产了。

喀布尔博物馆眼看就要重新开放了，如果劝善惩恶部现在来的话，就会看到摆放的展品。首先可能会引发问题的就是各种佛像。

自古以来就存在的巴米扬大佛另当别论，自塔利班执政以来，佛像从未被公之于众。在博物馆重新开放之前，劝善惩恶部会不会耀武扬威地说"这属于偶像崇拜"呢？霍塔克和 SPACH 的成员都很担心这一点。他们协商了对策。

当时霍塔克毅然决然地说：

"我们没有做任何引发问题的事情。以前巴米扬大佛受到争议时，奥马尔老师发布了官方意见，佛像并不违反伊斯兰教，此事已成定论。我们要堂堂正正地向国内外的游客展示阿富汗的文化遗产。"

这是合理的正确意见，不过跟以前相比，劝善惩恶部的权限得到了大幅度的提升，他们飞扬跋扈的姿态已经令人无法容忍。博物馆的员工每天都提心吊胆的，担心临近重新开放的时候，博物馆咨询委员会中的劝善惩恶部官员会跑过来，坚决要求"停止开放"。

SPACH 的克瑞博说：

"举办活动之前，我们的紧张感日益高涨。大家纷纷议论，说一定是基地组织在背后操控劝善惩恶部。"

但是，到了八月十七日当天，他们也没有前来。

庆典顺利开始了。

关于此次庆典，留下了大量影像和照片，当时的情形一清二楚。因为霍塔克允许拍摄，他动用一切关系请来了国外的新闻工作者和代表团。

光是接受我们采访的人，就有 BBC 的凯特·克拉克、法国纪录片导演史蒂芬·艾利克斯、SPACH 的杜普利和克瑞博。霍塔克说："你们日本也来人了。"确实，也有一名日本人。

他叫菅沼隆二，是一名摄影师，住在静冈县岛田市。当时他正好与同住岛田的阿富汗医生一家在喀布尔逗留。菅沼拍摄了庆典的照片，被当作"日本代表"，受到了霍塔克的接见。

当时霍塔克说："我们给驻伊斯兰堡（巴基斯坦的首都）的

日本大使馆寄信了，但是没有收到回复。"

当天碧空如洗，万里无云。八月的烈日照射着大地。

庆典一开始便盛况空前。早上，获得消息的当地人以及在喀布尔逗留的外国人就在博物馆入口处排起了长队。正门上方挂着两条白底黑字的横幅。上面用当地语言、下面用英语写着"信息与文化部衷心欢迎今天的游客"，字里行间透露着自豪感。

时间一到，彩带被交到分列左右的贵宾代表手中，这是跟西方学的剪彩仪式。

横幅和剪彩都是霍塔克的主意。准备英语的横幅也充分显示了他的魄力，他想向外国媒体传递一种信息，展示阿富汗丰富的文化内涵与塔利班的开放性姿态。以博物馆为舞台，举办盛大的活动，制造话题，请来国内外的媒体和有声望的人进行宣传。这种做法是霍塔克在美国的博物馆学来的策划方式。

剪彩结束之后，等在馆外的数十人蜂拥而入。其中还有一群身着阿富汗民族服装的汉子，一副饱经风吹日晒的面孔。

克瑞博作证说："当时碰巧来自全国各地的塔利班地方司令官和服从塔利班的村镇的宗教领袖受邀来到喀布尔，在市内参加关于阿富汗文化遗产的研讨会。他们也成群结队地赶来了。"

展品虽然不算豪华，却有很多引人注目的东西。有在石板上刻着古代文字的碑文，还有史前的石器和陶器，上面刻着复杂精致的花纹。虽然有的已经破损，甚至只剩碎片了，但是每件展品都附有一张卡片，上面用英语和当地语言详细写着解说词。没有大都会艺术博物馆那种语音解说的设备，不过这已经是当时在喀布尔尽最大努力置办的水准了。

对于当天前来参观的塔利班来说，最稀奇的莫过于佛像了。馆内展示了几尊高约一米的坐佛。影像中，可以看到塔利班一动不动地伫立在佛像前，出神地凝视着，眼睛熠熠生辉。也有人不站在正面，而是站在侧面，用一种不自然的姿势极力斜视，仿佛在注视什么禁止观看的东西。

后来发生了一个意外事件。

"一个乡下来的塔利班突然用巴掌打起展品来了。"

那是一件佛教的卒塔婆。他看到异教徒制作的宗教性象征，似乎突然失去理智，下意识地动起手来了。博物馆的工作人员慌慌张张地跑过来，将其倒剪双臂制止了他，现场倒也没出大乱子。

克瑞博苦笑着回忆道："让他这么一闹，第二天我们就找来了玻璃罩子，把佛像和卒塔婆都放进去了。"

虽然发生了这样的骚动，从整体来看，认真观看佛像和其他展品的人占多数。大部分塔利班以前并不知道，阿富汗拥有这样悠久的历史和丰富的遗产。

前来参观的不只是乡下的塔利班。喀布尔市内也来了不少人，其中还有塔利班政府的部长级人物。

霍塔克充满自豪地说："我给部长们发出了邀请。大约有十名部长应邀前来参观哦。"

当天到访现场的外交部政治局局长穆吉达也说：

"来参观的部长中，也有顽固不化的强硬派。就连那些人都兴致勃勃地凝视着展品，还向博物馆的工作人员问这问那。看到那幅景象，我心中慢慢产生了一种期待，说不定他们从此对于佛像和伊斯兰教诞生前的文化不再排斥了呢？也许塔利班内部真的会发生变化呢？"

在部长们中间，外交部部长穆塔瓦基尔显得格外醒目。

霍塔克站在他身边负责解说，穆塔瓦基尔在每件展品前驻足停留，仔细倾听讲解。法国的纪录片导演史蒂芬·艾利克斯拍下了这一场面。

拍了一会之后，艾利克斯将镜头对准穆塔瓦基尔，开始提问：

"请您谈一下今天的特别展出的意义。"

穆塔瓦基尔用他那独特的低沉嗓音说道：

"经历了漫长的时间，终于迎来了这一天，确实意义深远。我打算找政府的相关部门协商一下，应该把今天当作'文化节'，定为国家法定节日。"

这是穆塔瓦基尔对霍塔克的行动最大程度的赞美与支持。

到这一步为止，当天的活动已经取得了充分的成功。不过，霍塔克准备的好戏还在后面。

大家在馆内参观结束之后，陆陆续续来到了外面。

那里搭着开运动会时用的那种帐篷，里面摆放了讲台和可容纳一百人左右的听众席。

留着大胡子的塔利班聚集在前排，后面则是 SPACH 的成员以及 BBC 的记者克拉克等西方人。

纪念博物馆重新开放的庆典正式开始了。

霍塔克首先站在了讲台上。

"尽管我国政府的财政状况极度困难，为了守护并培育阿富汗的文化，我们还是在举办像今天这样的活动。"

霍塔克每说完一句，身边的口译人员就把他的普什图语翻译成英语。归根结底，霍塔克还是很重视国外来的宾客。

"一个国家要想实现独立，首先必须确立它的历史身份和文化身份。"

霍塔克展开论述了他的一贯主张。在十分钟的演讲中，完全没有涉及伊斯兰教的内容。塔利班高官的演讲中既没有宗教话题也没有战争话题，这种情况十分罕见。但是，那些满脸胡子的听众一直聚精会神地倾听，似乎被霍塔克的热情压倒了。

"希望真主保佑大家安享太平。我的演讲到此结束。"

霍塔克只在最后加了一句跟宗教相关的寒暄，就从讲台上下来了。

接下来登上讲台的嘉宾是塔利班历史上空前绝后、绝无仅有的嘉宾。

那就是南希·杜普利。

为什么说这很反常呢？SPACH 的会长为了博物馆重新开放尽心尽力，难道说不能在这个场合发言吗？

杜普利被点名发言，最吃惊的是她本人。谈及当时的感受，她用至今仍感到吃惊的语气说道：

"我是个基督徒，又是西方人，还是女性。我做梦都没想过，有朝一日竟然会在众多塔利班面前用英语演讲。临近庆典的时候，霍塔克说想让我发言，我忍不住问他'你真的想让我发言吗'。我担心这样做的话他会不会出什么事。"

说到当时的情况，霍塔克若无其事地说："我只是做了理所应当的事。"

但是，听众席中的塔利班们就无法保持若无其事的样子了。在杜普利发言时，艾利克斯给那些塔利班拍了一个特写镜头，捕捉到了他们的表情。镜头下，有的人仿佛在看什么稀奇的景象，眼睛一眨不眨地盯着杜普利；反过来，有的人似乎不知道该看向哪里，视线在空中游移不定；还有人侧过脸去，斜视着台上。那些表情五花八门，就和刚才有生以来头一次看到佛像时一样。

杜普利开始在台上讲话，她发现霍塔克和前几天还在担任信息与文化部部长的马塔齐并排坐在自己眼前。

"我在发言时，特意说了一些鼓励他们二人的话。"

杜普利在演讲中说：

"我们外国人也尽最大可能帮助过你们。但是，阿富汗的事情，最终还是你们阿富汗人的责任。无论是守护这个国家的宝贵的文化遗产，还是把这个国家引领到好的方向。"

塔利班的宗教领袖和部长们虽然一副难为情的样子，却一直安安静静地听着杜普利的讲话，直到最后也没有发出抗议的声音。

回顾往事，杜普利说：

"他们带着敬意听到了最后。可能是因为我年纪比较大吧。"

喀布尔博物馆的"重新开放纪念特别展"就这样取得了圆满成功。以 BBC 为首的各家媒体报道了塔利班出人意料的积极的文化政策。日本的报纸也以转载的形式报道了这项活动。

"塔利班变了。"

霍塔克发出的信息传遍了全世界。

霍塔克从美国学来的新政策和宣传策略一步步取得了成果。

但是，在其背后，一场有巨大反作用的阴谋正在实施。

在它浮出水面、每个人都看清它之前，一个消息传遍了全球的各个角落。没有人再去关注霍塔克重新开放喀布尔博物馆的话题。

这个消息来源于奥萨马·本·拉登。

第 10 章

本·拉登传递的信息

二〇〇〇年十月十二日，喀布尔博物馆"重新开放"之后大约过了两个月，在距喀布尔三千公里的阿拉伯半岛，美国海军的最先进驱逐舰科尔号停泊在原也门首都亚丁的海面上。

　　科尔号开始补给燃料。一艘小破船不知从哪里冒了出来，逐渐靠近过来。船员似乎是当地人，他们挥手示意，一副很友好的样子，附近也没有争端地区，放眼望去，周围是一片祥和的亚丁湾，洋溢着休闲度假的气氛。科尔号的船员看着小船逐渐靠近，以为是"处理垃圾的船只"。

　　然而，破船接触到科尔号船舷的瞬间，突然引发了大爆炸。

　　原来是用于自杀性爆炸攻击的船只。

　　靠近左舷吃水线的地方开了一个直径超过 10 米的大洞，大量海水灌了进来，科尔号差点儿就要沉没。正在补给的燃料大量飞溅，一旦被点着，完全有可能引起大爆炸，击沉整艘驱逐舰，造成数百人死亡。不过，大型火灾没有发生，科尔号免于沉没，也算是奇迹。最终后果是爆炸点附近的 17 名船员死亡、39 人负伤。

　　破船上的犯人悉数死亡，其中一人的身份被查明。该男子是也门人，曾在阿富汗的军事训练营接受训练。另外，也门政府逮捕的支援攻击的群体中，有好几个人刚从阿富汗回来。基本可以确定，漏网的三名主犯已逃往阿富汗。

　　无论怎么看，都是人在阿富汗的本·拉登搞的鬼。

　　如果火势烧到舰内的燃料，造成科尔号沉没、出现重大伤亡的话，当时的总统克林顿应该会立刻攻击阿富汗、抓捕本·拉登吧。他应该会和一年后的布什总统采取同样的行动。

一年半之前，前助理国务卿因达法斯曾向塔利班宣布："下次本·拉登再攻击我们，塔利班也会以同罪论处。"

或者，假设这次事件发生在三个月之后，也就是布什政权诞生之后。布什政权和克林顿政权不同，单边主义的色彩十分浓厚，即使科尔号不沉没，也有可能向阿富汗发动进攻。如此，塔利班就会倒台，基地组织也会受到沉重的打击吧。那样一来，也许就不会发生"大佛被毁"事件，也不会发生"9·11"事件了。

我之所以这么写，并非因为我觉得此时应该攻击阿富汗。我觉得如果阿富汗遭到攻击一事能够避免的话，那自然是最好的；科尔号没有沉没，没有造成众多死者，自然也是好事。只是，我认为当时除了攻击之外，应该还有其他可选择的途径来解决阿富汗问题，本来可以避免"9·11"事件的悲剧以及后来美国攻击造成的阿富汗众多伤亡。我再次感到，有时候一个很小的偶然，就会在很大程度上改变历史的进程。

但是，由于当时的死亡人数跟美国驻非洲大使馆爆炸事件相比不算多，美国想要大举进攻阿富汗，恐怕很难获得国际社会的同意。更重要的是，美国国内的注意力都集中在下个月即将进行的总统选举上了。最终，攻击阿富汗的问题被搁置起来。

不过，在美国的主导之下，十二月召开的联合国安理会通过了大幅度强化针对塔利班制裁的决议。联合国在前一年就已经通过了制裁塔利班的决议，不过已经过了一年的期限，当时商议的结果是，如果期间塔利班的态度有所改变，就停止制裁。由于塔利班庆祝了国际妇女节，重新开放了喀布尔博物馆，另外，还开始向联合国以及 NGO 展示合作的姿态，也有人观察说，应该不会延长制裁期限了。然而一切都化成了泡影。

仅在两年前，本·拉登只是召开了记者见面会，就不得不一个劲儿地向奥马尔道歉，如今却再次打破了"老实待着"的约定。

给美国最先进舰艇带来沉重打击的自杀性爆炸攻击震惊了国际舆论。作为事件的源头，阿富汗的形象充满了恐怖与暴力。那是本·拉登以自己的方式向世界传递的信息，他要向欧美宣战。

不只是形象问题，实际上本·拉登逐渐把整个阿富汗变成了他的基地。如今阿富汗到处都是军事训练营。

虽然为时已晚，国际社会也逐渐开始意识到这种"军事训练营"的存在，发现"阿拉伯士兵"正络绎不绝地向阿富汗汇聚。这一年的春天，联合国秘书长已经在他的报告书中发出了警告：

"全世界的恐怖中心正从中东向南亚转移。"

在位于纽约的联合国总部政治局，负责阿富汗问题的政务官川端清隆也不断收到来自阿富汗的情报。

"塔利班的士兵动不动就逃跑，然而有些士兵无论被逼到什么境地都不肯逃跑。他们虽然和塔利班一起战斗，却是由外国人单独组成的部队，与塔利班的指挥系统各自独立。有消息称他们还屯驻在喀布尔近郊。"

田中浩一郎隶属于总部设在伊斯兰堡的联合国阿富汗特派团，几乎每周都会去阿富汗。他的笔记本上也记着源源不断地寄来的有关本·拉登军事训练营的详细信息："喀布尔近郊、往南偏西南十公里的方位、往西十五公里的方位……共计五处"。

田中回忆说："我以为就算有这种设施，肯定也是在某个山窝里。不知不觉间，竟然在离首都喀布尔这么近的郊区都建成了军事训练营，真是令人不由得吃惊。"

另外，俄罗斯政府给联合国秘书长寄了一封绝密的"警告资料"。

那是一份打印出来的"奥萨马·本·拉登的恐怖分子设施"的清单，上面列着基地的名字和具体位置。编号从 No.1 开始，在清单末尾排到了 No.55。

本来在这些训练营作战的"阿拉伯士兵"并非全听本·拉登的指挥。来自中亚和东南亚的伊斯兰教"圣战士"自不必说，那些来自阿拉伯各国的士兵中，也包括很多与出身于沙特阿拉伯的本·拉登原本毫无瓜葛的人。他们虽然同属伊斯兰激进派，想法却千差万别，往往彼此关系并不好。

本·拉登将他们中的大部分人团结起来，召集到自己创建的基地组织，形成了一股力量。

法国驻巴基斯坦的前大使皮埃尔·拉弗朗斯是研究该地区的专家，他说：

"在一九九八年之前阿拉伯士兵还是一盘散沙。他们无法凝聚起来发挥作用，我们觉得他们只是塔利班的'辅助势力'。后来他们聚集在本·拉登麾下，接受了系统的训练，转眼之间形成了一个组织，开始影响世界局势。"

在反抗苏联的圣战时期，本·拉登主要在邻国巴基斯坦开展活动，所以在阿富汗并不知名。

田中浩一郎也表示："本·拉登和他的副官扎瓦希里在巴基斯坦名气很大。但是，在阿富汗没什么人知道他们。"

然而，本·拉登从苏丹逃到阿富汗，短短数年就建立了一个拥有庞大军事力量和恐怖执行能力的组织。这证明了他身上有其他人不具备的特殊能力，有领导魅力。

在喀布尔担任外交部部长的穆塔瓦基尔觉得本·拉登的行动让他很不愉快。

他再三对下属政治局局长穆吉达说：

"本·拉登对于阿富汗来说，弊害远大于利益。如果我们可以挺起胸膛向全世界宣布，他只是一名难民，是我们的客人，他什么都没做，既没有建立军事训练营，也没有从国外召集士兵，那么他可以留下。但是，如今通过侦察卫星，对阿富汗发生的事情简直洞若观火。装糊涂也没用。"

但是，穆塔瓦基尔事实上已经从坎大哈被流放到喀布尔，基本上束手无策。

奥马尔的办公室位于坎大哈，已经在私通本·拉登的塔伊布·阿戈的掌控之中，穆塔瓦基尔几乎无法获取任何情报。

本·拉登不断从全世界招募伊斯兰教"圣战士"。

"阿富汗是唯一真正拥有伊斯兰教体制的国家，所有穆斯林都必须对最高领袖奥马尔尽忠。"

"阿富汗人民在等待你们的决断。"

"让年轻人去参加军事训练吧。"

本·拉登将这些信息，以各种形式发布到了世界各地的伊斯兰地区。

当时有个人曾直接与本·拉登对话，那是一次宝贵的经历。

这个人就是曾任外交部政治局局长的瓦希德·穆吉达。塔利班占领喀布尔之时，穆吉达是为数不多留在单位的高官之一。他是毕业于喀布尔大学经济学系的知识分子，一九八九年苏联撤军后不久便进入了外交部。虽然他不属于塔利班，却对他们的运动宗旨表示理解，塔利班一方也器重穆吉达的能力，让他继续留在外交部工作。由于他曾协助塔利班，"9·11"事件之后，就无法待在外交部了。不过他在喀布尔的"驻外阿富汗人部"谋了一个不显眼的职位，平静地生活着。

我们的采访是在他自己的房间里进行的，面积大约十平方米。他也不用看笔记，就对我们详细讲述了与本·拉登会面时的情景。

穆吉达想见见能够左右阿富汗命运的本·拉登，确认一下本·拉登是什么样的人物，他一直在寻找这样的机会。终于，一名穆斯林作家要为本·拉登写传记，穆吉达得以陪他前去采访。

回顾与本·拉登见面的那次机会，穆吉达说：

"那位作家问的问题太多了，我有些坐立不安，担心自己没有时间提问。"

作家终于肯让出提问的机会了，他说：

"那么，如果穆吉达先生有什么想问的，请问吧。"

此时，本·拉登带着一副疲惫的表情说："麻烦你就问一个问题吧。"于是穆吉达问了最想问的问题。

"为什么你要把众多伊斯兰战士召集到阿富汗来？"

本·拉登用严肃的目光直视着穆吉达，回答道：

"来到阿富汗这个地方，我能够在靠近自己真心的地方感受自己。所以我呼吁年轻的阿拉伯人来这里居住。这里有和他们的祖国不同的环境，会给他们的人生带来好的影响。"

穆吉达作为外交部的官员摸爬滚打了二十年，见过所有的政治手腕、暴力与混乱，可谓身经百战。就连他听了眼前本·拉登的话，内心都产生了一瞬间的动摇，更何况那些世界各地的年轻人。本·拉登已经逐渐成为阿拉伯世界的领导人，听了他的号召，年轻人自然会源源不断地投奔阿富汗这个"伊斯兰教理想国"。

当然，本·拉登别有用心。

穆吉达分析道：

"毫无疑问，本·拉登的目的是，让那些年轻人接受军事训练，给他们灌输自己的思想观念，使其成为自己的战斗力。"

结果，聚集而来的"阿拉伯士兵"中，有些人来自出人意料的地方。

穆吉达记得很清楚，遇到远方来客时的情景。

关于来自中美洲的"拉美伊斯兰志愿兵"，穆吉达作证说：

"在本·拉登逗留的那个基地，我看到有些人操着一口口音奇怪的阿拉伯语，他们不是阿拉伯人，面部有些黑，有点像阿拉伯人。我问他们来自哪里，他们说来自牙买加。我没想到牙买加竟然会有穆斯林，不过他们确确实实说是在这里接受训练，已经快一年了。"

喀布尔的大街小巷都有这些"阿拉伯士兵"的身影。

哈比布勒·法乌吉当时担任塔利班政权驻巴基斯坦大使馆的书记官，在他的记忆中，每次回喀布尔，阿拉伯人的数量都在增多。

"我看到在喀布尔街头游逛的阿拉伯人数量在逐渐增加，感到很吃惊。我有些纳闷，这么多人来阿富汗究竟要干什么。"

曾任内政部副部长的哈克萨说，阿拉伯人人数最多的时候，整个阿富汗"至少有八千到一万人"。

在阿富汗内战期间，双方往往以数万人的兵力进行战斗。如果此时有接近一万人加入进来，而且是斗志昂扬的兵团，塔利班政权心里就会无比踏实。与此同时，一旦开始倚仗他们，以后离开他们的助力就无法继续战斗了。

阿拉伯士兵也不遵守塔利班规定的法令。只有阿拉伯士兵在的地方可以享受治外法权。

他们一看到外国人，尤其是所剩无几的西方人，就会显露异常的敌意。

法国前外交官皮埃尔·拉弗朗斯讲述了在喀布尔的遭遇：

"街上出现了一些阿拉伯人，一看到我，就用阿拉伯语的脏话骂我。他们可能觉得我听不懂，我也会阿拉伯语，所以听明白了。还有，他们把手贴在自己脖子上，多次作出割断的动作。他们是用手势示意，要砍掉我的脑袋，不愿意就滚。"

同样来自法国的导演史蒂芬·艾利克斯说：

"有人冷不防朝我脸上吐唾沫。这种事我长这么大只经历过这一次。"

曾任SPACH驻喀布尔办事处主任的罗伯特·克瑞博有过这

样的经历：

"我到街上一家杂货店里买东西，突然闯进来几个阿拉伯人，对店老板大吼大叫地说：'不许你把东西卖给这种异教徒！'我心想不能给人家老板惹麻烦，就一言不发地从店里出来了，不过心里很不痛快。"

阿富汗人也一样不高兴。

我在街头的商店里问了一下，店老板说：

"他们虽然有钱，却很蛮横。插手干预别人的生意，各种找茬儿。例如，商品的包装箱上如果印着人脸照片的话，他们就会说：'违反伊斯兰教！这是偶像崇拜！下架吧！'根本不讲道理。可是他们拿着枪转来转去，也不能把他们的话当耳旁风。"

阿拉伯士兵在喀布尔市中心最高级的住宅小区租了一些宅邸，住了下来。

那个小区的位置拿东京作比的话，相当于港区的正中央。我们去喀布尔时有机会采访了其中一处宅邸。

据接待我们的管理员说，在阿拉伯士兵到来之前，这原本是一栋空房子。塔利班占领喀布尔之前，某个军阀势力的干部住在这里，塔利班一来就逃跑了。后来阿拉伯人住了进来。如今他们也走了，这里成了招待所，供来自世界各地的新闻工作者住宿。

这是一栋雅致的二层小楼。考虑到安全问题，围墙建得又高又厚，顶部还布满了带刺铁丝网。穿过一道小铁门，仿佛来到另一个世界，和外面尘土飞扬的街道完全不同。院子里的绿色草坪修得整整齐齐，中间有个葫芦形状的游泳池。据说阿拉伯人在的时候，池子里的水总是满满的。明明当时阿富汗遭遇了史上罕见的旱灾。

来到二楼，我看到有四间卧室。房间很宽敞，即使放上一张大的双人床也还有充足的空间。

再次回到一楼，有个超大的客厅和餐厅，一台可以接收卫星播放信号的大电视映入了我的眼帘。

我问道："这个自然不是塔利班时代的东西吧？因为当时禁止看电视。"

结果管理员的回答出乎意料：

"不不，阿拉伯人可喜欢看电视了。他们每天都看阿拉伯国家电视台的节目，可高兴了。"

我问他他们都看什么节目，他回答道：

"我听不懂阿拉伯语，不知道他们具体看的什么，好像大多是电影和电视剧吧。似乎很有意思，他们开心得手舞足蹈的。另外，他们还看半岛电视台的新闻。"

塔利班说"伊斯兰教禁止看电视"，而基地组织的士兵不信奉这种教义。他们在自己家可以随便看电视。

劝善惩恶部不管他们吗？

管理员回答说："劝善惩恶部也不肯插手阿拉伯人的事，他们假装没看见。"

关于喜欢看电视这一点，他们的领导本·拉登也是如此，也许有一定关系。无论是在山里的军事训练营，还是在坎大哈的家中，本·拉登都安装了接收卫星播放信号的设备，尤其是世界各国的新闻节目，是他每天必看的内容。

哈立德·谢赫·穆罕默德是基地组织的第三号人物，策划了

"9·11"恐怖袭击事件，半年后，他把卡塔尔卫星电视台——半岛电视台的知名制片人尤斯里·福达叫到自己的隐居处，接受了采访。当时他对福达这样说道：

"我们在关注半岛电视台。特别是我们的老师（本·拉登）最喜欢你们台。有需要的时候还会把节目录下来进行分析。我们觉得您在半岛电视台能够最准确地报道我们的声音，所以这次才选中了您，把您请了过来。"

本·拉登不仅拥有卫星电视，还持有卫星电话。不是普通的手机，而是可以直接向通信卫星发射信号的电话，所以即使在深山老林里，也能跟全世界的电话进行通话，尽管有被盗听的危险。

当时有人目击到，本·拉登与护卫他的基地组织士兵组成的车队辗转于阿富汗各地。移动过程中，他必定带着卫星电话，与国内外的同伙保持联系。

也就是说，本·拉登在阿富汗来去自如、畅通无阻，随时可以接收外部世界的信息，也能向外部传递信息。

与本·拉登的为所欲为保持步调一致，塔利班的劝善惩恶部进一步强化了权力。

塔利班时期的法令集中留有这样的记录：

"（劝善惩恶部的）职员中，一名值得信赖的人或者两名充满正义感的人，如果发现有人在作恶，可以在没有搜查令的情况下闯入其家中。"

根据这条规定，无论是个人家中，还是商店、公司甚至其他机关部门，劝善惩恶部的职员都可以擅自闯入，"惩戒恶行、劝人从善"。

就连时任外交部部长穆塔瓦基尔都被劝善惩恶部吓得战战兢兢。他的部下穆吉达政治局局长记忆中的一件轶事，如实地反映了这一情况。

这件事与可以接收卫星播放信号的电视有关。

"有一次，他与伊朗的外交使团进行谈判。正式议题结束之后，伊朗方提出：我们今天想送您一件特别的礼物。"

伊朗的外交官半开玩笑地说："我们很想送您一台可以收看卫星电视节目的设备。请您用它来收看伊朗的节目，学习波斯语。"

这是一种外交上的机智，听上去又像是讽刺。阿富汗有两种官方语言，其中达利语可以说是波斯语的一种方言，如果会说达利语，和伊朗外交使团之间就不存在语言问题。既然担任部长，是有学识的人物，即使不是出生于说达利语的地域，也理应会说。不过，塔利班中普什图人占多数，本来说的是另一种官方语言——普什图语，很多人文化水平不高，不会说达利语。穆塔瓦基尔算是会说的，不过还不能畅所欲言。伊朗的外交官似乎在说：

"至少自己国家的官方语言，还是应该多学一点吧。"

不过，比起这一点来，穆塔瓦基尔更在意另一件事。他说：

"如果我收下了，一定会和劝善惩恶部发生矛盾。请您不必费心了。"

但是，后来伊朗外交团的使者真的出现在外交部，送来了一台接收卫星信号的设备。

穆塔瓦基尔说："没办法。既然是人家的一番好意，也不能放那里不用吧。先安装一下试试吧。只要看电视的时候不被现场抓住，劝善惩恶部应该也没办法干涉。"

外交部办公大楼有三层，下属按照他的指示，将天线安放在了最高处。虽然从外面能看到，但已是站在地面上时最不容易被发现的地方。

一旦安装好接收设备，穆塔瓦基尔就忍不住想看了。不只是伊朗的新闻，还能收看 CNN 和 BBC 的节目。作为外交部部长，那些信息肯定有用。很久没看英语，都快忘光了，也许可以学习一下。

不过，问题是怎么看。如今即使是其他机关部门的内部，劝善惩恶部也可以自由出入、进行监管。如果被撞见用"恶魔的箱子"（电视）收看欧美的电视节目，哪怕是外交部部长，也难保平安。

穆塔瓦基尔打定主意后，让人把电视搬到了地下仓库。然后，锁上门，让卫兵在门外站岗。他们都拿着 AK－47 自动步枪。

穆塔瓦基尔下令：

"不许对任何人说我在这里。如果有人想要擅自闯入，你们可以开枪。"

说完就消失在了仓库中。

回顾当时的情况，穆吉达说：

"我也没办法嘲笑穆塔瓦基尔部长，说他太过小心、傻里傻气。因为劝善惩恶部的权限就是那么大。"

劝善惩恶部的魔掌也伸到了霍塔克身上。

霍塔克自己回忆道：

"庆祝国际妇女节，重新开放喀布尔博物馆，触怒了劝善惩恶部。从那以后，他们就开始窥伺陷害我的时机。但是，一开始他们似乎也不敢付诸行动。"

霍塔克是塔利班政权的高官。即使是劝善惩恶部，也不能毫无理由地把霍塔克抓起来。

前外交部政治局局长穆吉达说："于是，劝善惩恶部决定跟踪霍塔克。"

正如他所说的那样，劝善惩恶部暗中跟在霍塔克后面，想要伺机揪住他的小辫子。

终于有一次，劝善惩恶部的巡逻队拦住了霍塔克乘坐的汽车。理由是：

"这辆车上装有音乐磁带吧。有人举报说你在车里听音乐。"

霍塔克说："没影儿的事儿。"

对方说："少废话，下车吧。"他们把霍塔克赶下车，粗鲁地在车内搜查。

但是，并没有搜出"音乐磁带"来。

霍塔克说："他们这是明目张胆地对我进行骚扰。"

后来劝善惩恶部又以各种形式向霍塔克挑衅，甚至以调查询问为名将他带走。但是，霍塔克一直行为谨慎，劝善惩恶部无论如何也找不到借口，无法逮捕他。

穆吉达说："当时别人都不敢跟劝善惩恶部那样对着干。那确实是很勇敢的行为，我在旁边看着既感到佩服，又有些担心。"

不仅如此，在开放博物馆之后，霍塔克又积极开展了一项工作，那就是整理并保存喀布尔电视台残留的录音带和录像带。录音带里的内容还包括塔利班执政以前播放的音乐节目。霍塔克命人将其妥善保存。

"劝善惩恶部也在关注此事。不过，我感觉广播也是阿富汗的重要文化之一，包括塔利班当政之前的东西，都是我们国家的宝贵财富。"

和重新开放喀布尔博物馆时一样，霍塔克在开展这项工作时，邀请国外记者前来采访。其中也有 BBC 的电视摄制组。劝善惩恶部颁布的法令禁止使用电视摄像机，霍塔克却敢于批准拍摄。

这是对劝善惩恶部的挑战。

某一天，没有任何前兆，几名男子来到喀布尔博物馆，开始了报复。

曾任博物馆副馆长的马苏迪对当时的事情记忆犹新：

"劝善惩恶部的官员没有提前通知就来了，然后逼我们打开仓库。"

那些官员说："里面应该有很多偶像。我们要检查一下，把钥匙交出来。"

马苏迪等人反抗说："我们有规定，不能把钥匙交给外来人员。"

但是，他们手里有 AK‐47 自动步枪。继续反抗的话会有危险。

万般无奈，只好给他们看一下仓库，条件是要有博物馆工作人员陪同。

其实仓库分为好几处，工作人员故意避开一眼就能看到佛像的房间，把他们引到一个全都是破烂儿的房间，以为不可能引起他们的兴趣。打开锁，工作人员带他们走了进去。

官员们一脸惊讶地问："这里真的是仓库吗？"

"是啊，这里就是仓库。"

嘴上这么说着，马苏迪内心很忐忑。这间仓库的地上也放着很多箱子，里面装着佛像，外面上着锁，一眼看不出来里面装的什么。马苏迪努力不看箱子，装出一副不感兴趣的样子。不过，那些官员并没有错过。

"这个大箱子是什么？打开看看！"

"我没有钥匙。"

马苏迪撒谎了。

"既然如此，我只好动手了。"

官员用枪打飞了锁，轻而易举地打开了箱子。

"是佛像！这不就是异教徒的偶像吗？"

那些官员仿佛发疯了似的，取出一千多年以前的佛像，扔到地上摔得粉碎。他们用同样的方式打开了其他箱子，摔坏了里面的佛像。

站在马苏迪身边的一位资历最老的馆员大喊道：

"快住手！佛像到底做错了什么？这是我们的宝贵财富。现在没有人叩拜他们！"

"闭嘴！如果你不是老头子，我早就一枪把你毙了！"

面对着冰冷的枪口，马苏迪和馆员都沉默了。

当天，劝善惩恶部的官员只是毁掉了这间仓库的佛像就离开了。不过，后来他们又来了好几次，挨个闯入其他仓库，把佛像都毁掉了。有时候也会来一些蒙面男子。

那些官员每次都会说："这件事不许外传，要保持沉默！我们一旦发现传出去了，就把你们杀个鸡犬不留！"用这些话堵住博物馆工作人员的嘴。

劝善惩恶部看到霍塔克本人不肯露出任何马脚，就瞄准了霍塔克安排开放的喀布尔博物馆。

喀布尔博物馆的消息传到了霍塔克耳朵里。

"真是岂有此理！如果是针对我个人，那也没办法。可是，我绝对无法原谅有人破坏珍贵的佛像！"

霍塔克立刻前往信息与文化部的部长办公室。

他强烈要求："部长，请您向劝善惩恶部提出抗议，让他们马上罢手。"

如果是以前的马塔齐部长，应该会立刻出手干预。马塔齐在塔利班内部有很大的发言权，想法也很开明。对手是劝善惩恶部，就不能采取寻常手段，不过奥马尔在一九九八年曾下令保护文化遗产，有这样一个冠冕堂皇的理由，抗议应该是可行的。

然而，喀布尔博物馆重新开放之前，马塔齐转任教育部部长，此时新上任的部长是昆德拉图拉赫·贾马尔。

这是个形迹可疑的人。

澳大利亚人布里吉特·诺巴赫作为联合国的工作人员曾在阿富汗生活十二年之久，谈到对贾马尔此人的印象，他说：

"他的文化素养为零，似乎也没受过什么教育。我觉得除了阿富汗和巴基斯坦之外，他从来没去过别的国家。"

SPACH 的南希·杜普利获得了更有冲击性的信息：

"我听说贾马尔部长本人亲自拿着大铁锤去毁坏佛像。"

信息与文化部的作用是保护、扶植文化。其负责人竟然带头破坏文化遗产。

曾任 SPACH 驻喀布尔办事处主任的罗伯特·克瑞博也表示：

"以前我们跟信息与文化部的合作关系很顺利，但是部长换成贾马尔之后，一切都乱套了。"

喀布尔博物馆的原副馆长马苏迪也说：

"马塔齐当部长的时候挺好的，一换成贾马尔，事态就急转直下，先是毁坏喀布尔博物馆里的佛像，后来又毁掉了巴米扬大佛。"

按理说霍塔克受的影响最大，却只有他没有出言谴责。他表示：

"无论是马塔齐还是贾马尔，都以各自的考量完成了部长的任务。"

由于上司换了，自己没能将信念坚持到底，也许霍塔克的自尊心不允许这样的事发生吧。

为什么偏偏在这个时候，对阿富汗文化一窍不通的贾马尔成了信息与文化部部长呢？详情不得而知。贾马尔在二〇〇〇年夏天突然登上了政治舞台，二○○一年秋天，和其他众多塔利班干部一样不知去向，在历史的舞台上只是昙花一现。

至少有一点毋庸置疑，他和劝善惩恶部有过勾结。关于破坏喀布尔博物馆的佛像一事，SPACH 的原工作人员布里吉特·诺巴赫作证说：

"劝善惩恶部部长也亲自参与了。他（和信息与文化部部长贾马尔）二人并肩做出了那种野蛮的行径。"

另一点也毫无疑问，决定人事变动的人，是身在坎大哈的奥马尔。

霍塔克陷入了困境。

"我受到了排挤。劝善惩恶部发起的破坏佛像运动形成了一股强大的力量，开始笼罩整个塔利班组织。已经没有办法阻止了。"

喀布尔博物馆的几乎所有佛像都已经遭到破坏。霍塔克等人明白，劝善惩恶部的下一个目标会是巴米扬大佛。霍塔克从各种消息渠道得知，这是劝善惩恶部的"夙愿"。

"在政府的各个部门中还有一些暗地里支援我的人。他们接二连三地发来同样的消息，那就是劝善惩恶部打算着手毁掉巴米扬大佛。"

霍塔克心意已决，要做出最后的抵抗。

他直接向贾马尔部长提交了申诉信。

他在 A4 大小的纸上，亲手写下了长达三页的文字。这封信被保存至今。

霍塔克激昂陈词，在信中记录了一直以来的想法：

"我们要守护阿富汗的宝贵的文化遗产，这个方针是以前定下来的。我们的政府什么时候改变的方针？"

他又恳切地写下了自己的一贯主张：

"如果毁掉了佛像，有可能引发国际性的宗教战争。估计会惹怒全世界的佛教徒，甚至是基督教徒，他们会谴责阿富汗。这不仅对我国无益，还有可能给他们国家的穆斯林以及清真寺带来危害。我们不能允许这种情况发生。"

霍塔克将这封信塞入信封里，但没有封口。

他说："因为我想把它当作公开信。"

霍塔克复印了两份，一份自己保管，另一份寄给了 SPACH 的杜普利。因为他想向国外发出警告，告知世人塔利班内部出现的阴谋。

霍塔克将申诉信交给部长的秘书，当天就直接回家了。

他的意思是，收到回复之前不来上班了。

部长的答复很快就送过来了。

霍塔克拆开信封，看到一张纸上写着一行短短的文字：

"解除你的信息与文化部副部长职务。"

第 11 章

密　　　　使

霍塔克本人相信，二〇〇〇年十一月他被免除信息与文化部副部长一职，是劝善惩恶部的计谋。

他说："他们用尽一切手段逼迫我，想要把我排除出去。最终他们得逞了。"

时任外交部政治局局长的穆吉达也表达过同样的意思。

劝善惩恶部的力量逐渐强大起来，甚至将魔爪伸向其他机关部门，成功把他们不满意的信息与文化部副部长赶走了。

很明显，整个塔利班从本质上发生了变化。

关于塔利班的变化，对比一下它的当初和结局，一切就都变得清楚明了。

穆吉达指出，塔利班忘记了当初纯粹的目的。他说：

"塔利班想要实现安全稳定的社会，为了这个伟大的梦想挺身而出，无论是知名人物还是无名之辈都参与进来了。然而最后却让国民陷入了不幸，恐怕谁都没能想到，塔利班竟然变成了这样的群体。"

一开始，他们认识到自己欠缺政治经验和能力，说"统一国土之后，就把政权让给有政治经验的人，我们回到神学院，回归献身伊斯兰教的生活"，摆出一副对权力无欲无求的姿态。一旦占领了首都喀布尔，正如美国前助理国务卿鲁宾·拉斐尔所指出的："他们开始想要自己统治阿富汗，但又不懂得如何管理国家，所以才会招致混乱和毁灭。"

塔利班希望得到国际社会的认可，在联合国总部所在的纽约设立了办事处，想要获得联合国的席位，甚至开展过陈情运动。结果却离初衷越来越远，最后就连在阿富汗实施人道援助的联合国工作人员都被驱逐出境了。

关于"毁掉大佛"的问题，他们当初说："我们要保护巴米扬大佛，因为它们是阿富汗的宝贵财产。"最终却亲手将其炸毁。

那么，塔利班发生变化的决定性瞬间是什么时候呢？他们是从何时起踏上"不归路"的呢？

我采访了那段时间与阿富汗有交集的各界人士，得到的答案基本一致，都说是二〇〇〇年秋天。

曾任法国驻阿富汗代理大使的让·伊夫·贝尔特说了更具体的时间："我认为二〇〇〇年十月是个转折点。"

西班牙外交官弗朗切斯科·本多雷尔是联合国阿富汗特派团的前团长，也是田中浩一郎的上司，他表示：

"在秋天之前，塔利班有很多好的征兆，似乎会听从我们的建议，态度有所软化。我们心中隐隐升起一股期待，塔利班中的'稳健派'势力逐渐抬头，可能会把'强硬派'赶下台吧。结果到了年底，整个局势都发生了逆转。"

那么最高领袖奥马尔本人又是怎样呢？

要想弄清楚这一点，需要参考一下被派到 UNSMA 的高桥博史的证词。他是田中浩一郎的前一任政务官，他的话令人颇感兴趣。

高桥拿到了一份绝密情报，说一九九九年八月在坎大哈发生的恐怖事件给奥马尔的心理造成了巨大的影响。

"我得到了一个情报，说这次事件让奥马尔的内心产生了很大的动摇。我们觉得，以此事为契机，也许可以想办法把奥马尔拉到我们这边。"

在田中浩一郎接任 UNSMA 政务官的职务以后，自一九九八年起，高桥被派到阿富汗北部的邻国乌兹别克斯坦，担任日本大使馆的公使。他虽然身在乌兹别克斯坦，却也利用以前在阿富汗建立的人脉，独自收集关于塔利班动向的情报。

所谓一九九九年的恐怖事件，指的是位于坎大哈市中心的奥马尔办公室兼住宅被安装炸弹一事，爆炸导致数人死亡，其中包括奥马尔的妻子和孩子。当时，由于阿富汗的新闻很难走出国门，国外媒体并没有大肆报道，不过这次事件的目标是最高领导人，在阿富汗国内，是一场震惊全国的大骚乱。祭奠死者的葬礼按国葬操办，规模甚是宏大。霍塔克也从喀布尔赶来参加，据说那是他第一次见到奥马尔的真容。

有消息称，此次事件过后，奥马尔对给高桥提供情报的塔利班干部说："我可能会死于非命，不知不觉当中，竟然变成了这样的结局。我今后到底该怎么办呢？"

在此之前，奥马尔一直接受本·拉登各种形式的援助。大量越野车、"阿拉伯士兵"助战，还有金钱。本·拉登对奥马尔一直慷慨大方。无论奥马尔还是其他塔利班成员，都对本·拉登的过去认识不足，因此没能看穿好意背后隐藏的企图。奥马尔没有经过深思熟虑，就把本·拉登的援助视若珍宝。当然了，本·拉登也曾用花言巧语假意奉承，说什么"阿富汗正在建设世界上唯

——一个忠于伊斯兰教的国家"。奥马尔则信以为真，觉得"所以本·拉登应该会为我们尽心尽力"。正因为如此，每当发生不合自己心意的事时，奥马尔就会满不在乎地把本·拉登叫到跟前训斥一顿。

不过，经历了这次恐怖事件，奥马尔这才意识到本·拉登的"毒害"，感到非常惊愕。

高桥回忆说："奥马尔'胆怯'了。既然如此，我们觉得奥马尔也还没有完全被本·拉登拉拢过去。"

这次恐怖事件的案犯至今仍然下落不明，奥马尔做梦也没有想到，自己竟然会遭人暗算。虽然遥远的北部地区战乱仍在持续，但自从五年前占领坎大哈以来，这里一直是塔利班的根据地，治安也很稳定。对于奥马尔来说，就像是自己家的"后花园"。而且，说到阿富汗的战斗方式，主要是用枪、火箭炮、地雷等武器攻击眼前的敌人，很少采用那些复杂的手段，比如安装定时炸弹杀害重要人物。

无论是本·拉登的同伙，还是他的敌人，总而言之，肯定是以前阿富汗没有的异物随本·拉登一起进来了，所以才会发生这样的事件。

高桥通过给自己提供信息的塔利班干部，教给了奥马尔"保命的方法"，反复告诉他：哪怕现在开始也不晚，如果切换为灵活的政策，与本·拉登断绝关系，与国际社会合作的话，就能够"寿终正寝"。

"有人向我汇报，说是一开始奥马尔也能听进去。我记得这种状态持续了一阵子。"

如果说这是一九九九年年底到二〇〇〇年上半年之间的事，那么霍塔克在三月份庆祝"国际妇女节"时，奥马尔也送去了贺词，倒也说得通。霍塔克不可能了解奥马尔心理上的细微变化，只是他在接连推出从美国学来的新政策时，正好赶上了奥马尔想要采取灵活政策的时期。

　　有位欧美人士曾与此时的奥马尔见面，他给我们留下了宝贵的证词。

　　他就是当时担任 UNSMA 团长的本多雷尔，也是田中浩一郎的上司。长期持续内战状态的塔利班与北方联盟开始了和平谈判，此时似乎会取得很大的进展。本多雷尔多次前往阿富汗，推进谈判。二〇〇〇年九月，时机已经成熟，塔利班和北方联盟的第一次直接谈判终于要实现了。此时，本多雷尔正在坎大哈与塔利班高官会谈，有人给他打来电话：

　　"奥马尔老师说想见你。"

　　对本多雷尔来说，这次邀请很突然，也有些出乎意料。本多雷尔的前任拉克达尔·布拉希米见过奥马尔两次。但是，布拉希米是穆斯林，曾担任阿尔及利亚的外交部部长。他使用的语言也是伊斯兰教的"神圣的语言"——阿拉伯语。然而，本多雷尔是西班牙人，又是基督教徒。在此之前，奥马尔从来没有与基督教徒或欧美人士面谈过。

　　谈到对奥马尔的第一印象，本多雷尔说：

　　"我立刻前往奥马尔的官邸，第一次见到奥马尔，他身上散发着一种神秘的气息，仿佛不是这个世界的人。"

会谈时间不到一个小时，奥马尔不怎么开口，本多雷尔花费了很多时间解释与北方联盟协商的情况。

奥马尔中途插了一句话。

"他问我'为什么塔利班那么遭国际社会嫌弃呢'。"

这是一个非常少见的问题。奥马尔在跟外部人员见面时，总是主张塔利班的正当性，几乎没有在意过国际社会的视线。

本多雷尔觉得机不可失，赶紧回答了奥马尔的问题：

"首先是本·拉登的问题，然后是女性权利的问题以及其他各种对人权的侵害，还有必须积极推进与北方联盟的和平谈判。"

"我历数了塔利班的问题，奥马尔一直默默地听我说。"

奥马尔当场并未作出任何保证。过了大约两周，他让人联系本多雷尔，提及与北方联盟的谈判，他表示："好的，我们愿意参加和平谈判。"

这意味着奥马尔将在政策上作出很大的改变，UNSMA 历任团长一直求之不得的梦想终于要实现了。

十一月三日，收到本多雷尔的汇报之后，联合国安理会发表了声明：

"塔利班与北方联盟就商讨和平进程的进展问题达成了一致。安理会对此表示欢迎。"

可以说在这一瞬间，历尽苦难居间调停的联合国终于要迎来回报了。

本多雷尔回顾当时的兴奋之情，说道：

"我的心怦怦直跳，觉得这样一来阿富汗终于要结束内战、开始谈判了。"

似乎为了表示自己的决心，奥马尔又实施了另一个重大政策。

那就是国际社会多年来盼望的禁止种植罂粟。

罂粟是海洛因等毒品的原料，阿富汗以前就是全球最大的罂粟产地。国际社会一有机会就要求塔利班禁止种植罂粟。但是，罂粟是那些贫穷的农民唯一的收入来源，奥马尔和以前的阿富汗统治者一样，并没有打算严格约束。

然而，到了二〇〇〇年二月，塔利班开始鼓起干劲，专心致力肃清罂粟和毒品的运动，焚毁了数吨用罂粟制作的毒品。七月，奥马尔以自己的名义发布了"禁止种植罂粟"的命令。

田中浩一郎说："禁止种植罂粟太让我们感到意外了，因为以前无论我们怎么说他们都不肯听。所以当时我怀疑他们只是嘴上说说，并不会付诸实际行动。不过，后来有人向我汇报，说罂粟种植真的被禁了，我再次对奥马尔的威望产生了佩服之情。"

田中还说："另一方面，已经收获的罂粟还有很多库存，这部分货物后来又被高价兜售了。"

不过，联合国公布的官方报告中也提到，阿富汗的罂粟产量在二〇〇〇年急剧减少，说明奥马尔认真响应了国际社会的愿望。补充说明一下，塔利班离开之后，这一数字又急剧上升，等于前功尽弃了。

更加令人惊讶的是，这一年秋天，奥马尔在言谈中曾透露会考虑如何对待本·拉登。在巴基斯坦的内政部部长海德尔访问坎大哈时，他曾表示："既然说本·拉登参与了恐怖事件，那么我们可以在阿富汗国内开庭审判他。而且，美国也可以派代表出庭。"

以前也曾有过"塔利班审判本·拉登的法庭",但都只是做做样子,并没有好好审理,就得出了无罪的结论。但是这次不一样,奥马尔说可以叫来美国代表,按照他们提交的证据进行审判。

美国根本不可能接受奥马尔的这个提议。归根结底,美国希望的只是交出本·拉登,在塔利班那里审判这个提案,压根儿就不在其考虑范围之内。但是,即便如此,奥马尔表示可以让美国参与审判本·拉登,这一发言跟他以前的态度相比,算是很大的变化了。九月二十七日,塔利班外交部副部长出席了联合国主持的和平谈判,暗示塔利班有可能决定交出本·拉登,引发了巨大的反响。由此可见,奥马尔的话并非子虚乌有。

二〇〇〇年秋天,也就是大佛被毁的半年前、"9·11"事件爆发的一年前,阿富汗出现了很多征兆,预示着奥马尔终于觉醒了,阿富汗的形势正朝好的方向转变。

然而,整个形势突然恶化。

本·拉登技高一筹。

本·拉登捷足先登,控制了奥马尔的头脑,也就是他的思想。

本·拉登是怎样和奥马尔交谈的?如何成功给他"洗脑"的?很遗憾,我们无从得知详细情况。但是,有各种旁证。

田中浩一郎的备忘录上写着,当时出现了两个"征兆"。

其中一个是,奥马尔发布的声明以及流传出来的发言中,提及国外穆斯林苦难的内容突然增多了。

田中解释了这一变化的意义：

"我觉得很奇怪。奥马尔突然开始说：巴勒斯坦、车臣、克什米尔等世界各地的穆斯林正饱受欺凌，我们必须拯救他们。我有一种非常奇异的感觉。以前奥马尔只谈论阿富汗的事。他对国外的事一无所知，也不感兴趣。就连巴勒斯坦存在的问题，他应该也不知道。我觉得这一定是有人向他灌输的想法。"

所谓全球各地的穆斯林在美国和以色列的阴谋之下饱受折磨，正是本·拉登思想的核心内容。

其实，二〇〇〇年二月，奇妙的"事件"已经发生了。塔利班政权突然"承认"了俄罗斯车臣共和国的"国家地位"，允许其在喀布尔设立"车臣大使馆"。

车臣共和国位于高加索，离阿富汗也不算远。它是俄罗斯联邦中的一个共和国，全世界没有任何一个国家承认它的"独立"。组成车臣共和国的车臣人是穆斯林，自古以来就以各种方式对抗信奉俄罗斯正教（基督教三大流派之一）的俄罗斯人。因此，自苏联末期至俄罗斯联邦成立，乃至今日仍与俄罗斯中央政府发生各种冲突，也发生过很多次恐怖事件。在本·拉登看来，这里和巴勒斯坦一样，是穆斯林受苦的代表性地域。

话虽如此，如今塔利班以及奥马尔并没有什么理由非要在全球率先承认车臣，他们却采取了这种唐突的行动，其真实意图包裹在一团迷雾之中。事已至此，奥马尔竟然说什么"我们要和车臣的同胞并肩作战"，就连本·拉登都自愧不如。

身在乌兹别克斯坦的高桥也得知了情况的异变。给他提供情报的塔利班干部对他讲述了奥马尔的急剧变化。

"奥马尔突然不肯听我们的建议了。"

"怎么回事啊?"

"不知道什么原因,也没有任何预兆,根本不听我们的忠告了。他变得只会说,就这么办吧,那样就行。"

高桥回忆说:

"我心想,哎呀,奥马尔最终还是彻底沦为了基地组织的一员。不知为何,他似乎横下了一条心,觉得自己已经死而无憾了。"

毫无疑问,奥马尔和本·拉登开始比以前更加频繁地接触。

曾任内政部副部长的阿卜杜勒·萨马德·哈克萨作证说:

"我听说当时本·拉登几乎每周都会和奥马尔见面。在阿拉伯人当中,有些人自从和苏联打圣战时就待在阿富汗,普什图语说得很熟练,他们往返于奥马尔和本·拉登之间,从中撮合。尤其是有要事相商的时候,本·拉登的心腹穆罕默德·阿拉夫就会前往奥马尔的办公室预约时间,会谈时他也在场。"

奥马尔本来就很少有外出的机会,自从前一年发生了恐怖事件,越发闭门不出了。有消息称他连清真寺都不去了。奥马尔闷在一个封闭的世界里,来找他的人几乎都是受本·拉登庇护的阿拉伯人。

此时奥马尔面前有两条路,他不得不作出"终极选择"。按照 UNSMA 的本多雷尔的话,那就是"选择交出本·拉登、得到国际社会的认可,还是继续与本·拉登勾结、接受他背后来自全球各地的伊斯兰激进派的支援"。

奥马尔的内心虽然动摇过,可是他待在一个封闭的世界中,最终也只能选择后者。

这一时期,巴基斯坦的内政部部长穆因丁·海德尔访问了坎大哈,由于他也是穆斯林,便获得了与奥马尔见面的机会。

奥马尔当着他的面讲述了对美国萌生的敌意,并将给自己灌输这种想法的人坦诚相告:

"是本·拉登告诉了我美国有多么卑劣。我们在跟苏联打仗时,站在了美国这边。但是,美国达到自己的目的之后,就抛弃了阿富汗。美国并没有给我们提供任何援助,还欺压全球各地的伊斯兰国家,甚至派军队驻扎在神圣的土地(指的是沙特阿拉伯)上。本·拉登看到美国迫害我们阿富汗和其他地方的穆斯林兄弟,为了正义挺身而出。"

喀布尔的街上突然出现了很多阿拉伯语的招牌,在田中浩一郎当时的备忘录上有这样的记录:"来自阿拉伯国家的伊斯兰教相关的 NGO 办事处明显在增多。"

那都是从事医疗活动和粮食援助的福利机构。

田中说:"联合国的工作人员以及欧美的人道援助 NGO 受到塔利班有形或无形的压力,不得不离开阿富汗。取而代之的是大量涌入的伊斯兰教相关 NGO。"

由于这些阿拉伯社会的 NGO 与基地组织有牵连,"9·11"事件之后被全部清除了。本·拉登和他的同伙不仅拥有士兵和军用资金,甚至还有从底层支撑阿富汗社会的意志与财力。

奥马尔已经过河了。本·拉登设置了两三重障碍,让他再也无法回头。世界上再也找不到一个像他那样在意奥马尔和塔利班的人了。

二〇〇〇年年底，尽管塔利班在一个月之前刚刚与北方联盟达成一致，同意开始谈判，却单方面毁约，公开表示拒绝联合国为其调停。理由是联合国对塔利班采取了不公平的态度，具体指的是，十二月十九日，在美国的主导下，通过了关于强化制裁塔利班的决议。

本多雷尔听说此事后，懊悔地说：

"奥马尔正打算停止谈判呢，我们给他送上了'制裁'这个极好的借口。"

此时后悔也晚了。

田中的备忘录上记录了一个现象：

"不知从何时起，阿拉伯人加入了劝善惩恶部在坎大哈的宗教巡逻队。"

这说明本·拉登已经彻底掌控了塔利班。

在宗教激进主义和抨击欧美人的想法方面，劝善惩恶部与基地组织保持了一致，他们在同一时期扩张了自己的势力。

但是，并没有具体的证据证明两者互相勾结、缔结同盟关系。然而，阿拉伯人身为外国人，却加入了阿富汗政府的正式机关部门劝善惩恶部，并开始了巡察活动，在这个事实面前，两者的联合已经确定无疑。

奥马尔和本·拉登已经走上了"不归路"，再也无法回头。

新的一年开始了，二〇〇一年，全世界将会看到前所未有的巨大劫难。

危机再次逼近巴米扬大佛。

当时，喀布尔博物馆的副馆长马苏迪、外交部政治局局长穆吉达、民间的考古学家米尔·乔恩达等人定期在喀布尔碰头，互相交换信息。本来这个聚会是在霍塔克的提议下开始的，目的是请有识之士商讨保护文化遗产的对策。最初霍塔克和前任部长马塔齐也参加活动，后来两人都离开了信息与文化部，如今变成了自愿参加的联络会。一个叫哈卡尼的人物取代霍塔克就任信息与文化部副部长，他和新任部长贾马尔一样，头脑中根本没有保护文化遗产的想法。此时的信息与文化部完全靠不住了。

一月底前后，来自伊朗的一位外交官拜访了外交部的穆吉达。这个人和穆吉达是老相识，在来喀布尔之前访问了坎大哈，在那里听到了一点风声。

"坎大哈那边似乎正在商议毁掉巴米扬大佛的事。"

对于伊朗的外交官来说，巴米扬大佛的命运并非什么重大事件，不过伊朗支援巴米扬地区的哈扎拉人。对于哈扎拉人来说，大佛是自古以来非常珍视的象征。最重要的是，他想尽可能避免人类的共同遗产永远消失，所以特意来告知穆吉达。

穆吉达立刻与马苏迪等人商议，决定确认一下这个消息。

商议结束后，穆吉达给身在坎大哈的信息与文化局局长穆特马恩打了个电话。按照政府本来的组织结构，坎大哈的信息与文化局属于喀布尔的信息与文化部的地方分局。不过，在塔利班政权下，由于最高领袖奥马尔在坎大哈，所以那里的分局往往比本部的权力还大。当时的坎大哈信息与文化局也是如此，那里聚集了各种各样的信息。穆吉达以前曾和穆特马恩共事过，算是熟人。

"其实我们这边有一幅有问题的画，不知道该怎么处理。画的是人物，我们担心有人说是偶像崇拜。劝善惩恶部的那帮家伙可能不会善罢甘休。"

穆吉达没有直接提佛像，而是从绘画开始谈起。既然穆特马恩在坎大哈，就不知道他和什么人有牵连。虽是想打探一下巴米扬大佛的事，但他小心谨慎，怕被对方看破用意。

穆特马恩回答道：

"虽说画的是人物，也没必要把画都销毁。要是那样做的话，整个阿富汗的图书馆都得封锁。因为有些书里印有插画。毛拉（意为老师，这里指奥马尔）下达的命令跟画无关。问题是雕像。毛拉的意思是接下来要严肃处理雕像问题。不过，绘画不要紧，不用担心。"

听了这话，穆吉达确定了：

"伊朗的外交官告诉我的消息是真的。我心想，虽然还没有公布命令，但奥马尔的脑海中已经有了进一步破坏佛像的打算。我马上明白了，他们的下一个目标就是巴米扬大佛。"

他们要毁掉历经一千数百年岁月的巴米扬大佛。

穆吉达找马苏迪和乔恩达商议阻止他们的对策。

"阿富汗国内已经无人可以依靠，信息与文化部也不行，穆塔瓦基尔恐怕也没有能力改变坎大哈那边的意向。"

"向国际社会求救吧。巴米扬大佛闻名全球，如果真的有人要毁掉它，一定会引起很大的轰动。"

"通知谁呢？SPACH 吗？"

"只有找他们了。不过，SPACH 在喀布尔的办事处不行，影响力太弱。那里的学者们无论说什么都没有用吧。派人去伊斯兰堡的总部求救吧。请那些参与 SPACH 的各国大使来喀布尔。如果可以的话，请他们去坎大哈。"

此时希腊大使在巴基斯坦的首都伊斯兰堡担任 SPACH 的会长，成员中有法国及意大利等欧洲各国的大使。穆吉达等人认为，如果他们来到喀布尔，盘问文化遗产的保护情况，对于塔利班来说也是个很大的外交问题，也许奥马尔的想法会有所改变。

但是，如果伊斯兰堡访问团的目的被劝善惩恶部得知，搞不好的话会丢掉性命。伊斯兰堡之行必须绝对保密。

最终决定，由喀布尔博物馆的副馆长马苏迪和馆长阿夫马迪尔担任"密使"，前往伊斯兰堡。以前霍塔克访问美国时和他同行的波帕尔馆长此时已经逃亡美国。阿夫马迪尔虽然是塔利班中的一员，却强烈反对破坏文化遗产。二人目睹了博物馆的佛像被毁，一定能够有效地传达事态多么紧迫。

马苏迪等人小心谨慎地做好了准备，于二月中旬前往伊斯兰堡。他们的目的地是驻阿富汗代理大使让·伊夫·贝尔特所在的法国大使馆。

贝尔特在位于伊斯兰堡的法国大使馆迎接两位"密使"，最初他有些半信半疑，确切地说是向他们投去了怀疑的目光。在塔利班当政期间，贝尔特作为驻阿富汗代理大使，是欧美各国中唯一一位在喀布尔待过的大使级外交官。他于一九九八年走马上任，根据安全状况往返于伊斯兰堡和喀布尔的大使馆，执行其任务，此时已经有整整三年的经验。

"当时有很多人试图从阿富汗逃亡到国外。他们为了让对方接纳自己，总是故意卖惨，编造一些令人难以置信的故事。所以，一开始我以为又是同样的情况。"

不过，马苏迪和阿夫马迪尔讲述的喀布尔博物馆的悲剧，既详细又具体，其说服力不容置疑。最重要的是，两个人战战兢兢的样子说明他们真的是赌上性命来告知喀布尔发生的事。

贝尔特决定担任召集人，向加入 SPACH 的大使们发出邀请，一起访问阿富汗。

按照马苏迪等人的说法，形势非常紧急，说不定明天就会下达毁掉巴米扬大佛的命令，贝尔特本想立刻出发，奈何阿富汗的入境签证迟迟没有下发。

贝尔特推测说："我估计是因为有人背后指使，不想让我们去阿富汗。"

在有威势的大使们共同施压之下，塔利班驻伊斯兰堡大使馆于两周后发放了签证。一行人于二月二十四日搭乘联合国专机飞往喀布尔。成员有贝尔特、时任 SPACH 会长的希腊驻巴基斯坦大使以及意大利大使三人，再加上 SPACH 秘书处的澳大利亚女性布里吉特·诺巴赫，共计四人。

诺巴赫撰写了详细的报告书，而且贝尔特的记忆也很鲜明，可以再现他们行程的细节。

大使们到达喀布尔后在法国大使馆住了一晚上，第二天（二十五日）为了会见贾马尔部长，造访了信息与文化部。但是，出面接待的是副部长哈卡尼。

哈卡尼说："因为您来得突然，不巧我们部长的日程无法调整。如果方便的话，请您跟我谈。"

贝尔特等人事先通知过，不过部长似乎选择了逃避。

一行人无可奈何，只好跟副部长哈卡尼开始会谈。会谈的气氛很融洽，副部长的态度也很殷勤，但是谈话内容空洞、徒具形式。

贝尔特一气之下，直截了当地说：

"话说，我们强烈希望视察一下喀布尔博物馆的现状。因为有消息说那里有人搞破坏。我们想确认一下。"

"这个嘛，这次恐怕有困难。因为博物馆那边也需要准备，毕竟今天才听说此事。我们会做好调整，方便您下次来喀布尔的时候参观。"

贝尔特步步紧逼："那就奇怪了。我们来这里之前，在你们伊斯兰堡的大使馆仔细商量过日程啊。"

"哎呀，就算您那么说……博物馆还是不行。要不您去国家美术馆看看？"

"那边也要看一下，不过，我们来这里的目的是参观喀布尔博物馆。"

但是，信息与文化部副部长回答得含含糊糊，事情没有任何进展，已经到了预定的时间，只好留到次日再谈。

第二天，贾马尔部长露面了。

他带着一副施恩的口吻说："本来今天计划去地方上出差的，为了见各位就取消了安排。"

会谈开始了，谈话内容和昨天一样，对方来回兜圈子。

贝尔特等人说："贵方不允许参观喀布尔博物馆，我们感到非常遗憾。请您设法安排我们今天去吧。"

贾马尔部长也重复回答说："还没有准备好。"

此时，最初作为"密使"来伊斯兰堡找贝尔特的喀布尔博物馆馆长阿夫马迪尔也在场。他作为博物馆的负责人，如果说一句"没问题，可以请各位来"，那应该就能顺利参观了。然而他一言不发，只是脸上浮现着意味深长的微笑。他似乎不敢在部长面前发言。

最终，一行人在信息与文化部没有取得任何成果，当天下午，他们又走访了外交部。外交部部长穆塔瓦基尔在那里等候他们。

与穆塔瓦基尔的会谈和之前截然不同，双方坦率地交换了意见。

贝尔特说："如果我们不能去喀布尔博物馆，回到伊斯兰堡召开记者见面会时，我们只能对记者说'塔利班不给我们看喀布尔博物馆，一定是在隐藏什么'。这并不是我们的本意。这样一来，可能会给联合国的制裁政策带来不好的影响，对塔利班也没有好处。"

穆塔瓦基尔回答道："您所言极是。他们不让您参观喀布尔博物馆，估计是有什么不可告人的原因。我认为那里一定发生了什么事，不久以后将会真相大白。"

"那么，巴米扬大佛会怎么样呢？我听说塔利班有意毁掉大佛。不会真的打算那样做吧？万一毁了大佛，后果会很严重。塔利班的名声本来就很差了，这下更会一落千丈。这是要与全世界为敌啊。"

贝尔特说，穆塔瓦基尔的回答非常耐人寻味。

"穆塔瓦基尔说：'我承认确实有这样的动向，不过，那并不是塔利班的愿望。'我们都是外交官，我立刻明白了这句话背后的意思。他是说，本·拉登及其同伙打算毁掉大佛。"

如果这是事实，大佛很难幸免于难。贝尔特感觉情况不妙，在会谈结束时，他邀请穆塔瓦基尔当天晚上来法国大使馆参加晚宴。他的用意是在轻松随意的场合下打探更加详细的情况。穆塔瓦基尔表示"不胜荣幸"。

在外交部的会谈到此结束，大使们正要出门，穆塔瓦基尔招呼道："贝尔特先生，请留步。"

贝尔特独自一人回到了房间。穆塔瓦基尔用英语低声说："您说的我都明白了。无论如何，我们都得阻止他们毁佛。我这就给坎大哈那边打电话。我会诚心诚意地劝说奥马尔老师，告诉他守护大佛及其他文化遗产是多么重要的事。"

"我很高兴，觉得不虚此行。既然外交部部长穆塔瓦基尔把话都说到这个份儿上了，等于是向我保证不会毁佛。"

即使本·拉登和基地组织多么希望毁掉大佛，最终的决定权还在奥马尔手中。而穆塔瓦基尔满怀自信地说会劝说奥马尔。

贝尔特兴高采烈地回到了大使馆。当天，他邀请在阿富汗开展活动的 NGO 中的法国人来大使馆，打开红酒，举杯庆祝。

"晚宴于六点左右开始，那真是一场盛大的聚会。无论那些法国人，还是 SPACH 的大使们，都从一天的紧张中解脱出来，尽情地享受美酒佳肴。"

但是，时针过了八点，穆塔瓦基尔还是没有现身。

之前塔利班外交部派了一名工作人员，负责照顾访问团的一行人。他在八点半左右飞奔而入，脸色都变苍白了。

"究竟发生了什么事啊？"

酒精已经开始在体内循环，贝尔特脸色微红。那名阿富汗人给他带来一条消息：

"不好了！沙里亚广播台刚刚传达了奥马尔老师的指令。内容是立刻毁掉阿富汗境内的所有佛像。"

在场的人心里都很清楚，这是下令毁掉巴米扬大佛的布告。

第 12 章

阻　止　毁　佛

沙里亚广播台是阿富汗唯一的电台，由塔利班负责运营。奥马尔通过该电台发布的"毁佛令"内容是：

"值得崇拜的只有安拉，我命令毁掉阿富汗境内的所有佛像。"

一经播出，这就是官方决定。在场的所有人立刻明白了，所谓的"所有佛像"，首先指的就是巴米扬的两尊大佛，它们拥有压倒性的存在感。

回顾听到消息时的心情，贝尔特代理大使满面悲伤地说：

"在我作为外交官的职业生涯中，这是一次最糟糕、最差劲的经历。"

与各国大使一同访问喀布尔，给塔利班施压，令其停止毁佛行动。这一计划以彻底失败告终。贝尔特目睹了这一戏剧性变化，作为外交官的自信与自尊遭到了践踏。

贝尔特一行人原计划在阿富汗逗留一周。但是，二月二十六日奥马尔发布"毁佛令"之后，他们匆忙结束了行程，于次日回到伊斯兰堡，召开记者见面会，告诉媒体他们没有实现出访目的，塔利班正式公布了"毁佛令"。

从那以后，贝尔特再也没去过阿富汗。这一年夏天，他辞去了代理大使的职务，回到法国外交部，如今担任大洋洲局的副局长。

关于这次调动，田中浩一郎陈述了他的感想："贝尔特负责大洋洲？专业完全不对口啊！"

贝尔特说："我不想再跟阿富汗打交道了，因为会想起当时失望的心情。"

这份"毁佛令"不仅令贝尔特感到吃惊，也震惊了全世界。以前就跟阿富汗打过交道的那些专家同样感到惊愕。田中也表示："我没想到他们竟然会对大佛下手。"

SPACH 的诺巴赫谈起此事至今仍怒不可遏："不只是国外的人，整个阿富汗的人民都对这项指令感到不安。这不可能是阿富汗人的想法，一定是局外人的主意！"

就在沙里亚广播台播出指令的几个小时之前，穆塔瓦基尔还信心十足地对贝尔特说："我会给奥马尔老师打电话，直接劝说他。"穆塔瓦基尔到底怎么了？

与贝尔特一起参加会谈的诺巴赫说："身居外交部部长职位的人，不可能不知道几个小时后将会公布的重大命令。他参加会谈时，早已知道了一切。"她认为，穆塔瓦基尔明知道奥马尔决定下达毁佛令，却佯装不知。穆塔瓦基尔不只是外交部部长，以前还是奥马尔的心腹，虽然他的影响力有所减弱，但应该还可以直接跟奥马尔通话。

但是，田中浩一郎持不同意见。

根据数十次与穆塔瓦基尔谈判的经验，他说："穆塔瓦基尔从来不撒谎。我跟穆塔瓦基尔交流过很多次，从来没有被他骗过。穆塔瓦基尔不是那种人。"

正如穆塔瓦基尔在贝尔特耳边低语的那样，他确实在指令播出之前给奥马尔打过电话。

时任外交部政治局局长的瓦希德·穆吉达清楚地记得，第二天早晨，他去穆塔瓦基尔的办公室时的情景。

"穆塔瓦基尔茫然若失地坐在那里，我从未见他那样萎靡不振。他说：'已经无计可施了。按照他的性格，一旦打定主意的事，必定会付诸行动吧。巴米扬大佛很快也会消失的。'"

按照穆塔瓦基尔当时的说法，他在前一天跟贝尔特代理大使等人会谈结束后，紧接着给身在坎大哈的奥马尔打了电话。

当时奥马尔承认，已经下令播出毁佛令。

穆塔瓦基尔对电话另一端的奥马尔说：

"但是，您没跟我们外交部商量一下。刚才我还在跟外国的大使们商议此事。我作为外交部部长，会失去别国的信任呀。"

"我意已决。"

"请您三思啊。如果毁掉了大佛，全世界都会愤怒发狂吧。其中还有很多援助我们的国家。最受伤害的是塔利班。请您再考虑一下。指令还没有播出，现在还来得及。"

但是，奥马尔说出了令人意外的真相：

"已经晚了。已经联系国外的通讯社了。即使不在沙里亚广播台播出，他们也会向全世界传达此事。消息一旦传出去，再反悔的话，他们会觉得我太软弱。我不能那样做。如果是在告诉通讯社之前的话，也许还有讨论的余地。现在为时已晚了。"

据穆塔瓦基尔说，通话就此结束了。

穆吉达问："到底是谁那么早把这个消息散播到外部的？"

穆塔瓦基尔回答道："是塔伊布·阿戈呀。"

塔伊布·阿戈是将穆塔瓦基尔赶出坎大哈的罪魁祸首，如今是奥马尔最亲近的心腹。而且他跟本·拉登也有瓜葛。

塔伊布·阿戈很机灵，他知道一旦消息走漏出去，就无法撤回了，所以才会迅速将这一消息告知国外的通讯社。

穆塔瓦基尔直接打电话申诉，却以惨败告终。

奥马尔的"指令"傍晚播出，当天晚上，穆塔瓦基尔接受BBC的普什图语广播的采访时说："毁掉大佛是一个极好的想法，符合伊斯兰教的教义。"

喀布尔的考古学家米尔·乔恩达为了阻止毁佛行动曾四处奔走，听闻此事，他指责道：

"我无法相信穆塔瓦基尔属于'稳健派'。就在几个小时之前，他还对外国大使说会努力保护文化遗产之类的话，却在广播中歌颂毁佛行为。那些话不像是同一个人说的。"

但是，站在穆塔瓦基尔的立场上，可能觉得即使此时跟毁佛令唱反调，也只会让自己处境艰难，没有任何益处。霍塔克将自己的意见写进申诉信，甩手而去，结果失去了职务。跟他相比，穆塔瓦基尔更像是一个成熟的"政治家"。

关于"应该毁掉大佛"的讨论，实际上早在前一年秋天就开始了。为什么这么说呢？

因为在爆破作业实施之前，巴基斯坦的内政部部长海德尔前来劝阻，奥马尔曾亲口对他说："这是我们半年前就开始讨论的问题。"

海德尔感慨道："明明那么早就开始讨论了，为什么国际社会到最后关头才知道呢？"可见此时阿富汗发生的事如此保密，竟然没有走漏一点风声。最终的结果是，人们眼睁睁看着大佛被毁、本·拉登建设军事训练营、招募士兵、实施"9·11"计划。

英国人迈克尔·桑普尔在联合国负责人道援助，曾担任巴米扬地区的协调官员。他是了解当时阿富汗情况的为数不多的外国人之一，谈及决定毁佛的过程，他对我们讲述了大佛被毁后听到的消息：

"最初是喀布尔的强硬派吵着要毁佛，他们将意见呈报到坎大哈，于是开始了讨论。有消息称，在坎大哈那边，本·拉登也和奥马尔一起参与了讨论。"

所谓喀布尔的强硬派，是指以劝善惩恶部为核心的势力。二〇〇〇年八月，在霍塔克的努力之下，重新开放了喀布尔博物馆，此事成了他们"呈报意见"的诱因。

霍塔克希望通过这次活动，让众多塔利班亲眼看看佛像，让他们产生这样的意识："我们阿富汗拥有这些足以向全世界夸耀的历史和遗产。"

到场的塔利班成员中，有很多人如他所愿，在璀璨的文化遗产面前惊得目瞪口呆，但是也有人对此无动于衷。有的人将视线移开，甚至有人冲上去拳脚相向。以部长瓦里为首，劝善惩恶部也来了好几个人。他们当场并没有闹事，一直老老实实地待着，回去以后却打电话质问奥马尔："我们无法理解，为什么要爱护这些偶像？"

据 SPACH 的诺巴赫说，以此为契机，在坎大哈的最高指挥部，"开始讨论是否毁掉喀布尔博物馆的佛像乃至巴米扬大佛，听说这场思想观念的争论将塔利班一分为二"。

奥马尔也不是一开始就同意毁掉大佛。喀布尔博物馆重新开放之后，正好赶上了奥马尔探索灵活政策的时期，来喀布尔博物馆毁坏佛像的劝善惩恶部官员都蒙着脸，还禁止博物馆的员工走漏风声。由此可见，毁坏佛像的行为并没有得到官方认可。

至于形势转变的主要原因，时任塔利班政权外交部政治局局长的穆吉达推测道："估计奥马尔想报复联合国吧。如果联合国承认了塔利班，那么应该会有很多国家把塔利班当作正式的政府。当大佛面临第一次危机时，塔利班还心存一线希望，觉得有可能得到国际社会的认可，所以才会打消毁佛的念头。我觉得他们是彻底死心了，才付诸行动的。"

另外，有好几个人作证说，奥马尔之所以决定"毁掉大佛"，是因为受了本·拉登的挑唆。

巴基斯坦的内政部部长海德尔通过与奥马尔的三次会谈，确信"奥马尔决定毁掉大佛是因为接受了本·拉登的建议"。

这段时间，联合国的迈克尔·桑普尔一直住在阿富汗，接触了塔利班各个层次的人员，他开门见山地说："（下令停止毁佛的）一九九八年和（下令毁佛的）二〇〇一年的区别在于，本·拉登是否拥有强大的影响力。"

联合国阿富汗特派团的田中浩一郎说："劝善惩恶部的权力逐渐凌驾于奥马尔之上，我认为本·拉登巧妙地利用了这一状况。他首先发动劝善惩恶部，然后和他们沆瀣一气，改造奥马尔的思想，最后逼他决定毁佛。这正是他们的策略。"

他进一步分析道："我听到了很多塔利班的呼声，直到最后他们都坚持反对毁掉大佛。本来按照塔利班信奉的伊斯兰教流派，没必要毁掉大佛。如果不是受了本·拉登的家乡沙特阿拉伯的瓦哈比教派的影响，根本不会产生毁佛的想法。"

在奥马尔即将实施毁佛行动时，他开始对所有种类的"塑像"流露出异乎寻常的敌意。

有个小故事可以作证。

来自中国的某个贸易代表团顺利完成与奥马尔的会面之后，发生了这个"事件"。

外交部政治局局长穆吉达作证说：

"中国代表团的团长经过一番寒暄之后，取出了一个骆驼塑像。然后他对奥马尔说：'这是我们友好的见证。过去，我们在丝绸之路上利用骆驼，让东西方的贸易变得兴旺发达。让这种精神在现代复兴起来吧！'"

奥马尔一见塑像，神情大变，眼看着满腔怒气都写在了脸上。他僵在了那里，没办法伸手去接对方递过来的骆驼塑像。

口译人员看不下去了，对他说："毛拉（称呼奥马尔），如果不收下的话，可能会有失礼节。"奥马尔这才收下了塑像。

但是，穆吉达回忆道："他简直就像是捧着一个火球。中国的代表团一走出房间，他就将塑像掼到地上，摔得粉碎。"

就在三年前，奥马尔还下令"将佛像作为文化遗产进行保护"，向全世界展示了他的平衡能力，如果是在那个时候，应该不会发生这种事。

顺便说一下，这个故事还有题外话。据穆吉达说，他觉得赠送骆驼塑像的中国商人可能是有试探奥马尔的意图。

作为阅人无数的外交官，穆吉达说那个中国商人很精明：

"我估计中国商人是想知道奥马尔是否还存有一些理性，为了生意可以稍微违背宗教原则。如果奥马尔当着他们的面摔坏塑像的话，就说明他是一个狂热的信徒，作为生意伙伴来说就不合格。不过，在客人走出房间之前他一直忍着，结论一定是做生意还算合格。尽管如此，他们还是看到了奥马尔那扭曲的表情。"

　　二〇〇一年二月二十六日沙里亚广播台播出的指令，当天就传遍了全世界。迄今为止，无论阿富汗的干旱持续了多少年，无论因为内战死了多少阿富汗人，国际社会都没有表现出感兴趣的样子，却因为"大佛即将被毁"的消息瞬间沸腾了。

　　以联合国秘书长安南为首，联合国教科文组织等国际机构，美国及德国等欧美国家，日本、中国、斯里兰卡等佛教盛行的国家，甚至巴基斯坦、伊朗、马来西亚等伊斯兰国家都纷纷发表声明，敦促奥马尔改变主意。还有各国媒体也都谴责塔利班太野蛮。

　　在这种背景下，只有沙特阿拉伯的瓦哈比教派的宗教领袖发表了称赞"奥马尔英明果断"的演讲，并将录音带寄到了坎大哈。

　　但是，全世界的大势所趋自然是"拯救大佛"。

　　为了让塔利班打消毁佛的念头，全球各地的国家和各种机构派出了经过严格选拔的外交官以及特使等谈判专家，前往阿富汗进行交涉。

　　田中浩一郎便是一名先锋官。

　　"毁佛令"被播出三天之后，三月一日，田中和联合国阿富汗特派团的团长本多雷尔一起来到了喀布尔。

田中立刻去外交部拜访穆塔瓦基尔，劝他停止毁佛行动。

"如果他们不毁掉大佛的话，我表示我们愿意做任何事，我还列举了具体方案。"

田中提出的方案是：既然大佛属于偶像崇拜，那就在佛像前面垒一道高墙，把它完全遮住怎么样？或者干脆把整个佛像从山体上分离下来，移到国外某个地方也可以。当然了，相关费用由国际社会来负担。

另外，他还强调：一旦毁掉大佛，塔利班本就十分艰难的处境将会恶化到极点。

田中苦口婆心地劝说道："塔利班肯定会被世界完全孤立，而且毁掉大佛的人将会在世界历史上遗臭万年。难道你们甘当中世纪蒙古之后破坏文化的罪人吗？"

但是，据田中回忆，"没有任何效果"。穆塔瓦基尔一反常态，带着满不在乎的神情，只是反复说："这件事并非针对某个特定的国家或宗教，我们无意给大家添麻烦。这是基于我们信奉的伊斯兰教的解释制定的政策，属于阿富汗的内政问题。"

由于穆塔瓦基尔的态度过于不争气，田中甚至觉得："说不定他们并非真心打算炸毁大佛，那样的话，也许还有谈判的余地。"

但是，事实并非如此。田中没有得到任何明确的承诺，就离开了外交部。正好在同一时间，贾马尔部长在信息与文化部召开了记者见面会，公布"即日起开始爆破作业"。田中得知此事，才明白塔利班是认真的。

田中回忆道："在播出毁佛令的当天，穆塔瓦基尔明明在贝尔特大使等人面前说过'会劝说奥马尔'，结果几个小时后就收听到了毁佛令，他估计受到了相当大的打击吧？我觉得他认识到自己的力量已经在坎大哈完全行不通了，可能失去干劲儿了。"

进一步说，田中和 UNSMA 团长本多雷尔都避开了伊斯兰教的宗教争论，主要从政治及实际利益方面试图说服对方，例如提出让人们看不到大佛的方法、毁佛后国际社会的反应。这种做法也许存在缺点。

第二位谈判专家是法国外交官皮埃尔·拉弗朗斯。他是纯正的法国人，不过他出生在父母工作的地方——沙特阿拉伯，从小在那里长大，说一口流利的阿拉伯语。而且，他还会说波斯语、巴基斯坦的官方语言乌尔都语，曾历任驻中东及南亚各国的大使，是这个地区的专家。一九九七年之前，他担任驻巴基斯坦大使，在任期间 SPACH 成立，他担任第一任会长，曾多次访问阿富汗，在塔利班当中也有很多熟人，关于文化遗产的知识也很渊博。总之，他是这个任务的理想人选。

拉弗朗斯是本次采访中最重要的证人之一。二〇〇一年九月十四日，也就是发生"9·11"事件三天后，我第一次见到他，从那时起，直到节目播出后，我共计采访他五次。他已经年过七十，虽然在法国外交部保留了顾问一职，却属于半隐退状态，不过依然精神矍铄、思路清晰。他认真倾听别人讲话，我刨根问底，他却没有一丝不耐烦，经过深思熟虑后逐一回答。这种态度令我发自内心地产生了敬意。他身高约一米八，身材修长，由于一条腿受过伤，走路时脚步缓慢，然而至今仍经常前往阿富汗和中东国家。他那不服老的行动力令人深感佩服。

　　无论拉弗朗斯，还是更年轻一些的贝尔特，都曾担任过大使，在法国外交官中也属于万里挑一的精英，因此我原以为他们是极为自命不凡的人，结果实际见面后发现和印象完全相反，用一个词来形容就是"诚实"。而且，不只对我们如此，在和阿富汗以及巴基斯坦当地的人们接触时一定也是这样。

　　在本次采访过程中，我们在很多场合中听到了他们以及其他法国人的名字，感受到了他们强大的存在感。如果是英国的话还可以理解，毕竟是原来的宗主国，但是法国在历史上并没有在这个地区拥有那么大的权益。尽管如此，到处都留下了法国人活跃过的痕迹。虽然法国在军事力量和经济实力方面远不如其他安理会常任理事国，却在国际社会上一直保持存在感，让人不由得感叹其"外交能力"的强大。我认为其"外交能力"的源泉就在于拉弗朗斯及贝尔特以身示范的"诚实"。绝不是虚虚实实的策略或者让对方屈服的谈判能力。当然，其背后靠的是作为专业外交官的素养。不过，正因为他们带着这种"诚实"的态度投入到当地的工作中，尽管宗教、文化和人种都不相同，对方却愿意敞开心扉，将不肯外泄的信息提供给他们。从这个意义上说，"诚实"会成为强有力的"武器"。贝尔特大使得知没能防止大佛被毁之后，受到的打击太大，再也无法回到阿富汗。反过来说，他是在心里签下了军令状，没有给自己留退路。很遗憾，从现状来看，不得不说日本的外交当局在这方面存在决定性的差距。

　　皮埃尔·拉弗朗斯此时是作为临时特使被联合国教科文组织

派过去的。

二十六日，奥马尔发出"毁佛令"时，UNESCO（联合国教科文组织）的总干事松浦晃一郎还在阿尔及利亚出差，听说消息后，他取消了后面的安排，回到位于巴黎的总部。然后，他决定派遣特使去劝说塔利班，让部下推荐人选。当时，立刻有人推举了拉弗朗斯。

松浦以前并不认识拉弗朗斯，不过法国外交部也推荐了他，于是松浦把他请到联合国教科文组织的总部，在确认他本人的意愿后将其派了出去。

拉弗朗斯很熟悉当地的情况，当他听到关于毁佛令的新闻时，觉得奥马尔以前做判断的时候能够考虑到平衡，为什么此时突然说要毁掉大佛呢？他本身也想了解这个变化的真相。于是他立刻联系了法国外交部的后辈——代理大使贝尔特。

"此事已成定局，恐怕很难改变了。不过，我觉得穆塔瓦基尔反对毁掉大佛。"

获得以上信息后，他于三月一日晚上从巴黎出发，大约花费二十四个小时才到达巴基斯坦的首都伊斯兰堡。

拉弗朗斯立即动用了他在巴基斯坦的所有人脉，着手搜集信息。到达后的第二天（三日），他先后会见了宗教激进主义的宗教领袖萨缪尔·哈克、巴基斯坦政府的情报机构 ISI 的前长官哈米德·古尔、外交部中负责阿富汗事务的阿基兹·汗。他们都对塔利班有影响力，而且了解最新的信息。

三人异口同声地说："奥马尔现在已经放弃了从政治角度作出判断，在决策时全凭其伊斯兰教的神学价值观。"

拉弗朗斯下定了决心，他说："既然如此，我们就挑起伊斯兰教的神学争论，驳倒他们毁掉大佛的根据吧。"

拉弗朗斯虽然是基督教徒，却一直生活在伊斯兰社会中，对于伊斯兰教的宗教知识和法学理论也颇有信心。

拉弗朗斯敲定谈判方针之后，与宗教领袖萨缪尔·哈克进行协商，总结了反对毁掉大佛的论据。

他在备忘录上密密麻麻地写了三页，分为八条。这几页纸至今还保存着，内容非常详细，中间夹杂着很多伊斯兰教的专业术语，让人很难相信这是在一天之内完成的。

简单概括如下：

▶《古兰经》里写着不许迫害异教徒。因为受迫害的异教徒会憎恨伊斯兰教。

▶ 伟大的古埃及伊斯兰先祖并没有破坏狮身人面像等伊斯兰教诞生之前的塑像。

▶《古兰经》告诉我们要注重对知识的探求，为此，巴米扬大佛这样的历史遗产不可或缺。

▶ 佛像并非用来崇拜释迦牟尼，而是为了追忆他探究真理的道路。不属于偶像崇拜。

▶ 对于穆斯林来说，"冥想"行为很重要。庄严的遗迹是伊斯兰教诞生之前人类的伟大成果，对冥想有帮助。

拉弗朗斯在短时间内做好了周密的准备，第二天（四日）便飞往坎大哈。如果可以的话，他想直接和奥马尔见面，挑起争论。

但是，在坎大哈出面的是外交部部长穆塔瓦基尔。老相识穆塔瓦基尔听说拉弗朗斯要来，就提前从喀布尔赶来了。

拉弗朗斯觉得即使面对穆塔瓦基尔，也许也能找到突破口，于是立刻开始会谈。

说到谈判时的思想准备，拉弗朗斯表示："我牢牢记住了一点，要尽可能地将崇高的敬意传达给对方。塔利班深感遭到了孤立，在和这样的对手谈判时，这种胸怀最重要。"

寒暄过后，穆塔瓦基尔开口说道："很遗憾，奥马尔老师今天不能前来。非常抱歉。"

此时拉弗朗斯犯了一个小错误，他说："我也很想见奥马尔毛拉（奥马尔老师），要是下次能见到就好了。"

结果口译人员一脸为难的样子问道："您说的是穆民的埃米尔（信徒的领袖）吧？"

拉弗朗斯回忆道："当时已经不能直呼其名了，即使尊称他为'奥马尔毛拉'也不行。以前不是这样。"

七年前，奥马尔还只是乡下神学院里的一名管理员，如今却把自己当成了超越常人之人。

然后，神学辩论开始了。拉弗朗斯逐一展开论述了在伊斯兰堡准备的基于伊斯兰法学的逻辑。穆塔瓦基尔的态度和在喀布尔与田中谈话时不同，他认真地倾听了拉弗朗斯的陈述。

"他一边做笔记，一边深表赞同地点头，似乎生怕漏听了任何一句话。"

拉弗朗斯从宗教的角度陈述完自己的意见之后，穆塔瓦基尔也用伊斯兰法学的理论进行对抗。

他反驳道："《古兰经》确实教导我们，如果现实中存在其他宗教的信徒，不得禁止该宗教。阿富汗存在极少数印度教信徒，因此我们保护印度教的寺院。不过，现在阿富汗没有佛教徒，所以可以毁掉大佛。"

从整体来看，拉弗朗斯的主张更有说服力。穆塔瓦基尔拿出来记满拉弗朗斯主张的笔记，保证一定会转达奥马尔老师。

随后，拉弗朗斯迎来了这次会谈最大的成果。

漫长的会谈结束后，拉弗朗斯正准备回去，穆塔瓦基尔敏捷地靠了过来，在他耳边低语了几句。

拉弗朗斯回忆道："穆塔瓦基尔说，情况并不简单，不过塔利班也还保留了一些灵活性。也许还有希望，不要放弃，我们一起努力吧！"

他觉得这是很大的成效。毁佛令发出之后，在正式场合，穆塔瓦基尔只字不提反对意见，如今却表明了立场，并暗示毁佛行动还没有实际进展。也许还来得及。

当天，拉弗朗斯给联合国教科文组织的松浦总干事发了一封"绝密"外交电报。上面写着："估计穆塔瓦基尔会用行动改变奥马尔的意志"。

第二天（五日），拉弗朗斯回到了伊斯兰堡，一则消息在等着他。奥马尔发布了一个声明，说是"接下来的几天是伊斯兰的休息日'宰牲节'，在此期间将中断毁佛作业"。

一线曙光照进了拉弗朗斯心里。

拉弗朗斯在伊斯兰堡召开了记者见面会，表达了当时期待的心情："虽然还很微弱，不过总算看到了希望之光。"

在来自世界各地的记者们面前，拉弗朗斯这样说道。

穆塔瓦基尔行动起来了。身在伊斯兰堡的田中浩一郎感知到了预兆。

外交部的哈比布勒·法乌吉以前曾在塔利班驻伊斯兰堡的大使馆里担任书记官，他从喀布尔打来电话，说："希望您从阿拉伯各国召集著名的法学家，请他们来坎大哈。要想让奥马尔改变主意，只有这一条路了。希望您帮忙完成相关准备工作。"

田中回忆道："接下来的两个小时里，我给世界各地打电话，为了让谈判团顺利前往坎大哈，办理了各种手续。"

由于联合国的制裁，民用飞机无法飞往阿富汗。在田中的安排之下，只有这个谈判团作为例外措施获得了批准。

法乌吉是穆塔瓦基尔的部下。穆塔瓦基尔曾对拉弗朗斯说"一起努力吧"，这应该是他指示的行动。他的想法是，代表团的成员来自阿拉伯半岛和埃及等伊斯兰教的"发源地"，他们凭借其宗教权威劝说的话，奥马尔也许会打消毁佛的念头。

经历了很多波折，最终决定由伊斯兰会议组织（OIC）的轮值主席国卡塔尔政府成立秘书处，召集成员并派出卡塔尔航空的临时航班。谈判团是伊斯兰法学界的"梦之队"，成员有居住在卡塔尔的著名伊斯兰法学家优素福·格尔达威老师、年轻的法学家阿尔·卡拉达格老师、埃及政府公认的最高等级法学家纳赛尔·瓦赛尔老师，还有来自叙利亚等地的法学家。格尔达威老师和瓦赛尔老师都是大名鼎鼎的伊斯兰法学家，在阿拉伯世界可谓家喻户晓、童叟皆知。之前去游说的田中和本多雷尔、拉弗朗斯都不是穆斯林。这个 OIC 谈判团对于奥马尔和塔利班来说，应该具有截然不同的意义。

法学家们翻阅了阿富汗信奉的伊斯兰教逊尼派的分支哈乃斐学派的文献，将"不应当毁掉大佛"的论据总结成了一篇长达五十页的论文。全世界关注大佛命运的国际机构和政府都在默默期待，觉得他们一定会想出好办法。

　　谈判团在卡塔尔的首都多哈集合，共同赶赴坎大哈。
　　随行的埃及记者法哈米·弗威迪、担任谈判团干事的卡塔尔的卡拉达格老师，还有相当于团长的埃及的瓦赛尔老师接受了我们的采访，讲述了谈判的来龙去脉。另外，总部设在卡塔尔的泛阿拉伯卫视半岛电视台的摄影师也随行在侧，留下了宝贵的影像。
　　一行人不顾天气恶劣，坚持前往坎大哈。一个多小时的航班途中充满了恐怖，失败数次之后，终于成功着陆了。由于受到制裁，坎大哈国际机场基本处于未使用的荒废状态。一行人到达后，首先参加了在机场大厅举行的欢迎仪式。看得出来对方是精心准备的，不过由于设施过于寒酸，令一行人大跌眼镜。说是VIP专用的贵宾室，窗户玻璃却破了，寒风袭来，吹得那些缺腿的桌椅摇摇晃晃。说到坎大哈，不仅是阿富汗第二大城市，还是统治这个国家的塔利班的根据地。一行人刚刚离开的卡塔尔是海湾资源丰富的国家，所有设施与西方发达国家同等水平，或者更胜一筹。来自那些富裕国家的名人们亲身体验了阿富汗的现状，不禁再次觉得这是被世界遗弃的国家。
　　弗威迪用他那记者特有的观察力，给我们描述了从车里窥见的阿富汗情况：

"我们坐车前往塔利班的'迎宾馆'，距机场大约十五分钟的车程。路程不算远，途中透过车窗看到的光景令我终生难忘。由于长期干旱，树木都枯了，住在帐篷里的难民形容消瘦，令人触目惊心。就连野狗、牛羊等动物都瘦弱不堪。"

　　在"迎宾馆"迎接他们的共有三人，分别是外交部副部长贾里尔、新闻发布官，还有一位塔利班的伊斯兰法学家。奥马尔没有现身。

　　贾里尔说："因为现在是宰牲节，奥马尔老师很难抽身，明天也许会来。"

　　对于伊斯兰世界的梦之队来说，这些人完全不够格接待他们。不过，从另一方面来看，这位贾里尔虽说是穆塔瓦基尔手下的副部长，但由于部长主要在喀布尔办公，而他总是在坎大哈负责与奥马尔联系，有人认为，这意味着他比穆塔瓦基尔离奥马尔更近，实际权力超过了部长。

　　会谈即将开始的时候，弗威迪瞥了一眼桌子，发现端上来的茶杯和玻璃杯都是新的，甚至有的还贴着价格标签。

　　"显而易见，是因为我们要来，慌里慌张去买齐的餐具。虽说是迎宾馆，在我们去之前，连餐具都不够用的。"

　　会议开始了。

　　一开始双方就谈不拢。

　　OIC谈判团尽情地运用伊斯兰法学的高等理论展开了辩论的阵势。而塔利班一方几乎没有任何反应。事先被宣扬为"塔利班的伊斯兰法学家"的男人，阿拉伯语确实说得很流利，作为口译人员发挥了很大的作用，但是完全跟不上谈判团展开的伊斯兰法学论战的节奏。他没有反驳理论的内容，而是不停地重复讲原则："按照我们的法学解释，我们相信毁掉大佛是正确的选择。"

卡拉达格老师说："他们知识不够，根本谈不到一起啊。而且还很顽固，只是反复陈述自己的结论，令人生气。我觉得很奇怪，明明他们完全被驳倒了，这份坚定的信念到底来自哪里呢？"

OIC谈判团一气之下，不再局限于宗教方面的争论，而是把话题扩展到了政治问题上。一旦毁掉了大佛，不只是阿富汗，全世界穆斯林的形象都会大打折扣。全球的穆斯林都有可能遭到报复。他们逼问塔利班一方有没有考虑过这一点，甚至把欧美国家指责的女性教育、罂粟种植、禁止国民看电视等问题一一列举出来加以批评。

贾里尔等人则把以前塔利班反复使用的借口一一罗列出来。

弗威迪受够了这种无聊的争论，突然产生了一个疑问，他试着问道："塔利班如何看待民主主义？"

弗威迪说："他们的回答给我留下了深刻的印象。"

在场的塔利班毅然决然地异口同声说："我们坚决拒绝民主主义。"对于这个问题的回答，充满了前所未有的力量。

"民主主义会带来堕落。在西方各国，金钱、性、道德等所有方面处于多么腐败的状况，想必各位更清楚吧？所谓民主主义，就是诱惑穆斯林的根源，让我们忘记真主。我们曾经与把共产主义强加给我们的苏联人斗争并取得了胜利。如今，异教徒又想把民主主义强加给我们，与这种邪恶作斗争，是塔利班运动的核心。难道你们不是这样吗？"

塔利班的其他论点没有任何说服力，但是只有这一点让OIC

的法学家们也哑口无言。很多信奉伊斯兰教的国家实行的是君主专制制度，与民主主义相去甚远。在场的法学家们大多也来自那样的国家。

关于这一点，有个人和此时的塔利班一样，敢于简单明了地说"民主主义是伪造出来的东西"。他就是本·拉登。在这个问题上，本·拉登和塔利班保持了思想的统一。

会议持续了五个多小时。

直到最后，塔利班也没有被 OIC 谈判团说服。没有人表示毁佛不存在伊斯兰法学方面的依据。

双方约定次日再谈，代表团返回了毗邻"迎宾馆"的宿舍。弗威迪作证说，住宿条件也很差。

"因为我年纪比较大，才能够睡在床上。床也很硬，一躺下浑身都疼。不过我还算幸运，由于床的数量不够，有几个人不得不睡在地上。真是太可怜了。"

梦之队的成员要么来自海湾地区的富裕国家，要么来自雄霸一方的大国，他们在各自国家享受着 VIP 地位。在他们看来，这是令人难以忍受的待遇，不过塔利班也已经使出浑身解数了。

当天晚上，发生了一件出人意料的事。

弗威迪说："白天在正式场合会谈过的成员过来了，说想深入交流一下。"

他们一改白天的顽固态度，开始吐露真心。

"请各位直接跟我们的领袖说，让他在决策时也和外国人协商一下。我们的领袖也应该和你们这些来自国外伊斯兰社会的领袖好好谈谈，开辟新的道路。请各位建议他重视国内外的媒体，通过他们发布消息。因为现在塔利班完全封锁消息，才会导致在国外的评价一落千丈。"

梦之队的法学家问："我们也是这样打算的。不过，你们为什么不直接劝谏呢？"

"领袖已经不听我们的建议了。"

"那他听谁的？"

回答很含蓄。

"听外来人员的。"

趁着夜色赶来的塔利班这样说道。

卡拉达格老师说："我感觉毫无疑问，奥马尔已经在思想上和心理上受到了基地组织的控制。毁掉大佛肯定也是他们教唆的。"

既然如此，只能直接跟奥马尔谈。用比本·拉登有说服力的语言，让奥马尔改变主意，这是唯一的途径。

次日，卡拉达格老师等法学家向外交部副部长贾里尔提出强烈要求，说今天一定要安排我们与奥马尔见面。

贾里尔东奔西走，到了下午才说，说不定能见到。但是，法学家们已经没时间了。

"卡塔尔航空的飞行员坚持说不能再等了。说是天黑之前必须起飞，否则就会违反国际法，我们也无可奈何。"

联合国对阿富汗实施制裁措施，禁止飞机飞入，给 OIC 谈判团的解禁时间只有两天，到今天为止。而且坎大哈机场的管制设施基本为零，日落后不可能起飞。

截止时间已到，梦之队没有见到奥马尔，只能打道回府。从夜幕降临的坎大哈机场起飞之前，半岛电视台的摄影师向法学家代表询问此次访问的成果。

法学家代表回答说："我认为这是一个很好的机会，双方毫无顾忌地交换了意见。"

"巴米扬大佛结果会怎么样呢？"

"关于这件事，还没有明确的结论。"

梦之队的法学家代表伊斯兰世界前来谈判，最终也只能这样回答。

大约同一时间，联合国教科文组织特使、法国外交官皮埃尔·拉弗朗斯正在伊斯兰堡万豪酒店的商务套房里，这是位于巴基斯坦首都伊斯兰堡的唯一一家欧美资本的酒店。联合国秘书长科菲·安南即将来到这里。随后，将会给他安排一场与塔利班外交部部长穆塔瓦基尔的会谈。

拉弗朗斯察觉到"奥马尔开始重新考虑了"，便考虑把安南秘书长请来，作为谈判的王牌。为此，他通过各种渠道进行谋划，终于在这一刻实现了紧急访问。联合国秘书长特意更改了其他安排，亲自前往地球的另一侧，从国际社会的常识来看，这是打破常规的事例。这一举动最好地表明了对塔利班的重视。虽说塔利班行动时依据的价值观和"国际社会的常识"不一样，但是也不会完全不明白此次访问的重要性。本来塔利班前不久还在渴望联合国的席位，联合国秘书长的访问一定会有效果。

拉弗朗斯带着一副无法抑制内心激动的神情，等待着即将来到这个房间的秘书长。

门开了。拉弗朗斯不由自主地欠身想要站起来，结果看到进来的是一个脸色苍白的英国年轻人，感到有些意外。来人虽然是联合国的工作人员，却不是安南的随从人员。他叫迈克尔·桑普尔，是联合国的协调官员，负责巴米扬地区。

"发生什么事了？秘书长马上要来这里了呀。"

桑普尔似乎没有听到拉弗朗斯的话，说道："他们到底还是出手了！刚刚巴米扬那边传来消息，说是'看到大佛完全被炸毁了'。"

第 13 章

炸 毁 的 瞬 间

二月二十六日奥马尔发布"毁佛令"之后，为了拯救大佛，赶到阿富汗及其邻国巴基斯坦的"谈判专家"不只田中、拉弗朗斯和阿拉伯各国的法学家。佛教国家斯里兰卡的首相、日本的国会议员团也去了。甚至最后联合国秘书长都出面了。

但是，奇怪的是，这些谈判人员几乎都不知道，在此期间，关键的巴米扬大佛处于什么状态。是已经被毁了呢？还是即将被毁呢？抑或是被毁了一半？大家在谈判时对这些问题没任何头绪，直到安南秘书长与外交部部长穆塔瓦基尔举行会谈之前，联合国的迈克尔·桑普尔跑过来告知当地信息——"已经被毁"。而这位桑普尔也没有亲眼确认，只是从当地获取了可靠的消息。

之所以会这样，很大一部分原因在于，塔利班发布"毁佛令"之后严禁外国人前往巴米扬。在此之前，像迈克尔·桑普尔这样负责人道援助的联合国工作人员根据需要可以前往当地，前一年八月，日本的摄影师也曾到过大佛跟前。

然而，此时全世界想要去巴米扬的记者都遭到了拒绝。欧美的记者自不必说，就连阿布扎比电视台驻伊斯兰堡办事处的主任贾马尔·伊斯迈尔也指出塔利班戒备森严，他说：

"我也动用了一切关系，想要前往巴米扬，可是无论怎样都得不到批准。很多记者为了获得独家消息，擅自前往巴米扬，结果都在中途被抓、遣送回去了。"

巴基斯坦《新闻报》的记者拉希穆拉·优素福扎伊是普什图人，以前曾采访过奥马尔和本·拉登。就连他这样经验丰富、结交广泛的记者都没能去大佛被毁的现场采访。

因此，当时几乎没有人知道，爆破作业实际是如何进行的。不过，在这次采访过程中，我们获得了详细的相关信息，弄清了是什么人、在什么时候、怎样进行破坏的。原本就居住在巴米扬的哈扎拉人看到了毁佛的整个过程。不仅如此，还有几个人被塔利班征用，直接参与了爆破作业。哈扎拉人和塔利班属于对立关系，当时在武力面前迫不得已服从了对方。如今塔利班政权倒台了，他们便接受了我们的采访。

另外，实际上当时在巴米扬，只有一名外国记者成功进行了采访。他是电视台记者，成功拍摄了大佛被毁的情形。我找他要来了那份珍贵的录像，还向他打听了当时的情况。这位记者名叫泰希尔·艾尔尼，是叙利亚人，在卡塔尔泛阿拉伯卫视半岛电视台工作。

艾尔尼记者见证了爆破现场，这是一次宝贵的体验。不仅如此，他的人生经历也令人颇感兴趣。

我简单介绍一下他的经历。艾尔尼记者在西班牙被判七年监禁，现在正在坐牢。那么他犯了什么罪呢？据说他是基地组织的一员，曾间接帮助实施"9·11"恐怖事件。他作为记者的职业生涯始于一九九九年入职半岛电视台，刚开始工作就当上了驻喀布尔办事处的主任。那是当时喀布尔唯一一家外国电视台开设的办事处。二〇〇一年塔利班垮台之后，他被调回了位于卡塔尔的总部，二〇〇三年前往西班牙筹办马德里办事处时被捕。起诉书上写道，艾尔尼在入职半岛电视台之前，自二十世纪九十年代初就和基地组织在欧洲的基层组织频繁联络，在他担任驻喀布尔办事处主任之后便利用其地位，给在阿富汗的基地组织成员提供协助，输送活动资金、担当联络人。

他本人和半岛电视台都矢口否认这一嫌疑，主张一切行为都是正当的采访活动。艾尔尼头脑聪明、博学多识，毕业于西班牙的一所大学，西班牙语非常流利，用英语交流也基本没问题，衣着讲究、举止得体，熟知欧美文化。给我的印象是"不苟言笑的帅哥"，有点像肖恩·康纳利。我采访时他还在取保候审。他接受采访时沉着冷静，经过深思熟虑后作出回答。另一方面，言谈中时不时地流露出一种自豪感，觉得没有任何一个记者比他更了解阿拉伯世界。他虽然是虔诚的穆斯林，却明确表示反对毁掉大佛。他说："这个行为会伤害全世界数千万佛教徒的感情，我实在无法理解。"

粗略描述的话，艾尔尼就是这样的人。在媒体和人权组织当中，有人表示抗议，认为这次起诉是向新闻界发起的重大挑战；反过来，也有人觉得他是危险分子，被逮捕也是理所当然的事。我无法判断哪一方的意见正确，不过在他周边采访时发现，这是一次强行逮捕行动。

可是，为什么只有这位艾尔尼记者可以在当时深入巴米扬进行采访呢？我对这一点确实存有疑问。艾尔尼表示，他曾向塔利班申请采访，结果遭到了拒绝，所以未经批准就潜入了当地。至于如何办到的，他似乎对自己高超的采访能力颇为得意，说"全凭我作为记者多年来的努力与直觉"。

他又说："爆破作业花了大约十天时间，期间我在驻喀布尔的办事处和巴米扬之间至少往返了五六次。"

伊斯迈尔、优素福扎伊等众多老练的记者一次都没能到达现场，为什么只有他可以去很多次呢？我无论如何都解不开这个疑惑。

不管怎样，艾尔尼是当时唯一到过现场的记者，他的证词和录像极为宝贵，这一点毋庸置疑。

将艾尔尼与那些哈扎拉人还有其他人的证词综合起来看，巴米扬大佛最后的遭遇应该是这样的。

二月二十六日播出毁佛令之后，塔利班首先想到的是炮击大佛。

住在附近的哈扎拉人作证说："配备了四辆坦克、六七门火箭炮。"

的确，二月底，巴米扬周边的塔利班部队开始用手头的武器攻击大佛。

但是，目击过现场的另一名哈扎拉人说："至少打了一百发左右，却只留下了划痕。"

一方面可能是因为塔利班使用的是老式坦克，另一方面，巨大的佛像雕刻在坚硬的岩壁上，炮击虽然会造成损伤，却无法将其完全毁掉。

此事传到了奥马尔那里。

因为坎大哈那边有人向喀布尔的外交部官员汇报："奥马尔老师把塔利班的爆炸物仓库管理员叫来，直接对他下令，让他准备大量炸药。"

关于这件事，政治局局长瓦希德·穆吉达说："我立刻明白了，为了炸毁大佛，紧急需要大量炸药，这是打算运到巴米扬去。"

事情的进展果然如他所料。

几天后，很多人亲眼所见，在塔利班司令官的率领之下，十几辆卡车和一支生力军——"特别毁佛部队"从坎大哈来到了巴米扬。

艾尔尼记者也是目击者之一，他作证说："司令官是一位七十岁上下的老人，长着浓密的白胡子。在他的指挥下，塔利班部队的数十名士兵开始作业。"

然而，转眼到了三月五日。

这一天是伊斯兰教"宰牲节"的第一天，全国开始休假。对于穆斯林来说，这是与斋月一样重要的节日活动，和家人一起在清真寺祈祷之后，要宰羊，大家一起烤羊肉吃。据说这是用来供奉真主的节日，所以叫"宰牲节"，接下来几天都是休息日。按照日本的说法，就像是"节日和新年赶到一起了（双喜临门）"。政府部门自不必说，所有公司和店铺也会放假。

奥马尔总是把伊斯兰教义放在第一位，他下令在此期间停止作业，并对外公布了该消息。因此有媒体报道说塔利班"暂停毁佛作业"，给拉弗朗斯带去了希望。

拉弗朗斯心中燃起了希望，觉得这次中断作业不只是因为休假，可能是奥马尔的决心产生了动摇。事实果真如此吗？

也许是吧，虽然很难断言，却有两个旁证。

一个是此时担任塔利班驻巴基斯坦大使的阿卜杜勒·萨拉姆·扎伊夫回到了坎大哈，他说"会劝奥马尔打消毁佛的念头"。

关于扎伊夫，田中浩一郎评价说："他是可以直接与奥马尔通话的人。"

扎伊夫是为数不多与奥马尔保持热线联系的亲信之一。他通过外交途径获得了卡塔尔伊斯兰法学家格尔达威老师（随后作为OIC访问团的一员来到了坎大哈）的亲笔信，带着它回到了阿富汗。

信上写道："《古兰经》中有记载，'如果认为自己是比祖先更优秀的穆斯林，那就犯了傲慢罪'。迄今为止，在阿富汗生活了上千年的穆斯林没有毁掉大佛，现在要毁掉它，就等于否定了祖先，是可怕的反伊斯兰教行为，算得上是傲慢罪。"

拉弗朗斯弄到了一份复印件，给几名塔利班干部看了一下。其中也有人并不反对毁掉大佛，不过他们看完之后全都大惊失色，说道："这下糟了，最好赶紧送去坎大哈。"

据说拉弗朗斯也很吃惊，没想到这封信竟然如此"灵验"。

在塔利班看来，被人说成"反伊斯兰"，或者被人指出违反了记录真主启示的圣典《古兰经》，可以说意味着犯了死罪。当被声名显赫的宗教领袖如此明确指出来时，我们不是穆斯林，无法想象那种打击。

扎伊夫看到这封信后也神色大变，说要给奥马尔看看，就匆匆忙忙回国了。

事情的经过是怎样的呢？扎伊夫后来也被美军逮捕了，如今被关在古巴的关塔那摩监狱或者其他拘留所，无法直接向他询问。不过，当时巴基斯坦的宗教领袖萨缪尔·哈克收到了一个消息，估计是那封信起作用了。

哈克经营着一座大型神学院（伊斯兰宗教学校），在首都伊斯兰堡和靠近边境的城市白沙瓦中间的位置。巴基斯坦的这个地区紧邻阿富汗，这一带住的都是普什图人，和塔利班属于同一民族。这所神学院的学生不只来自巴基斯坦国内，也有很多人来自阿富汗。这里教的是迪奥班德派的学说，据说是塔利班宗教理论的根源。归纳起来看，由于这种地理、民族和教派上的密切关联，毕业于这所神学院的人大规模地加入了塔利班，也有不少人当上了干部，因此哈克校长与塔利班干部以及奥马尔本人都有联系，估计能够对他们产生影响。

　　塔利班联系了哈克校长，对他说："奥马尔现在有些犹豫不决，他没想到全世界如此反对毁掉大佛，吓了一跳。我估计他会下令暂停毁佛，延期几周。"哈克将这一内容转达给联合国教科文组织的特使拉弗朗斯了。

　　估计奥马尔没有预料到，伊斯兰社会也会提出强烈的反对意见。往巴米扬运送大量炸药耽误了不少时间，碰巧赶上了宰牲节休假。趁此机会，他下令中断毁佛作业，让自己冷静一下。此时面对代表伊斯兰社会的宗教领袖的制止，他的内心出现了动摇。

　　三月八日，宰牲节休假结束了，巴米扬那边重新开始准备爆破作业。来自坎大哈的塔利班老司令官负责指挥"特别毁佛部队"，将六七辆卡车停在大佛脚下，打算把车斗里装的炸药安放在大佛上。

　　然而，作业迟迟没有进展。

　　亲历现场的艾尔尼记者说："那些塔利班士兵从坎大哈长途跋涉来到这里，已经筋疲力尽，一看身体状况就很差。他们搬运那些沉重的炸药时，有种半死不活的感觉。"

　　他们不适应高原地区。巴米扬的海拔高度约为二千米。如果是刚从坎大哈过来，其实需要让身体稍事休息，适应一下，但是他们由于缺乏相关知识，立刻开始从事重体力劳动，所以很快就干不动了。不仅如此，艾尔尼还作证说："由于工作太累，司令官的部下们接二连三地逃跑了。"

　　白胡子司令官决定征用当地的哈扎拉人。他的做法也缺乏计划性，开着越野车到周围的村庄胡乱抓人，用枪威胁走在路上的哈扎拉男人，挨个把他们带到大佛跟前。

　　当时被征用的一名哈扎拉人说："我在路上走得好好的，突然就被抓走了。他们也不解释原因，所以我不知道是去参与毁坏大佛。我说我心脏不好，不能干重活，他们根本不听。"

　　他们在大佛雕像背面的山崖上挖通了一条隧道，逼那些哈扎拉人沿着里面的台阶爬到距地面十几米的高处，在那里用绳子绑住他们的身体。

　　"他们命令我绑着绳子跳到十米下方的大佛腰部，我还抱着炸药。他们让我把炸弹安放在那里。"

　　有的人不太会操作绳子，旋转着向下降落，晕了过去。尽管如此，塔利班却无动于衷，只是下命令，袖手旁观。哈扎拉人连食物都得不到，一整天都在干活，还要忍饥挨饿。

　　由于这种状况，作业效率根本上不去，还没到爆破阶段，天就黑了。艾尔尼向我们讲述了当天晚上发生的事情：

　　"那些哈扎拉人都趁着夜晚逃之夭夭了。顺便还偷走了用于作业的绳子。"

来自坎大哈的"特别毁佛部队"人生地不熟，无法追回逃走的哈扎拉人。第二天，塔利班不得不重新开始，再征用一批哈扎拉人。

　　来自世界各地的外交官和特使们在喀布尔、坎大哈、伊斯兰堡等地废寝忘食地进行谈判期间，在他们拼命想要守护的大佛周围，稀里糊涂的毁佛作业正慢吞吞地进行着。真是令人啼笑皆非。不过这也给那些谈判人员争取了宝贵的时间。

　　然而，白胡子司令正感到焦头烂额的时候，出现了一支强大的援军。

　　离巴米扬地区不远处有个哈扎拉人居住的村庄，哈吉·侯赛因是这个村的村长，由于他对当地的塔利班部队表明了恭顺之意，此时得以在近处观看作业过程。

　　他作证说："突然出现了长长的车队，就像一长列火车。清一色的红色车身。塔利班使用的越野车各种颜色都有，所以这个车队十分扎眼。"

　　红色的车队井然有序，扬着沙尘飞驰而来，停在了大佛跟前。首先，一些手持 AK－47 自动步枪的男人从几辆车上零零散散地下来，聚集在车队中的某辆车周围。处于众人包围圈中的那辆越野车的车门打开了，跳下来一名瘦削的男人，动作十分轻盈。

　　侯赛因村长作证说："那是奥萨马·本·拉登。"

　　一个叫穆罕默德·扎黑尔的哈扎拉人当天被拉去干活，他被绳子吊在大佛上方，目睹了这幅光景。

"很多人守卫着一个人，周围异常地戒备森严。"

本·拉登抬头看了看大佛，与自己带来的部下以及塔利班的司令官在佛像面前商议起来。

原本进展缓慢的作业氛围一下子变了。

哈吉·侯赛因说："此时，国防部部长也从喀布尔赶来了。本·拉登等人和部长一起在省长官邸住了一晚。我估计他们是在那里商讨的爆破方法。"

本·拉登带来的基地组织的战斗人员都是处理爆炸物的专家。他们为了在欧美的城市中实施自杀性爆炸袭击，每天都在军事训练营接受训练。

当天晚上，在省长官邸召开的会议上，主要讨论了炸药数量的问题。得出的结论是，按照现状根本不足以完全爆破，还需要大量炸药。

侯赛因说："第二天，塔利班对我说：'总共需要五吨，量很大，你能筹办吗？'"

哈扎拉人作业时不仅要听塔利班的，还得听基地组织的指挥。

"阿拉伯人分别把守在大佛的上方和下方。由于语言不通，他们就用手势指挥我们，一会儿让我们干这个，一会儿让我们干那个。"

他们还积极筹备炸药。

艾尔尼说："他们敏锐地发现了哈扎拉人部队隐藏的弹药库，把里面的炮弹和步枪子弹都拿走了，安放在了大佛身上。"

在艾尔尼拍摄的录像中有这样一个场面，一枚长约三十公分的细长的炮弹，用绳子吊着放到了大佛的肩部位置，三名负责安放炸药的人在那里等着。在下面等待炮弹的三名男子表情非常严肃。万一绳子脱落、炮弹掉下来，受到冲击发生爆炸的话，他们也会被炸得粉身碎骨。白胡子司令官的"特别毁佛部队"奉奥马尔之命从坎大哈赶来，他们并不具备进行这种作业所需的知识和技术。

拍摄这个录像的艾尔尼也说："塔利班的爆破技术真是低级又笨拙。"

炸药也从遥远的地方运了过来，据侯赛因村长说，运输炸药的卡车"最多的时候有两百辆左右"。

炸药不仅来自坎大哈，还有喀布尔，甚至是国外。有的哈扎拉人说，当时收集的炸药包装袋上写着一些词句，表明是从巴基斯坦运过来的。

还有人说："运送炸药的人当中，有些人说乌尔都语。他们也和阿拉伯人一起对我们发号施令。"

乌尔都语是在巴基斯坦使用最广泛的语言。

不仅有人证，还有物证。大佛被毁后不久，巴基斯坦各地开始流通"偶像（大佛）被毁挂历"。据说这种挂历"9·11"之后不再公开销售了，不过很多人都见过，我也弄到了一份。

那是一张很大的挂历，上面用乌尔都语写着几句赞美毁佛的标语，还用了十张记录毁佛情形的照片。有捕捉爆破瞬间的照片、作业过程中大佛部分崩塌的照片、几辆满载着炸药包的大型卡车停在大佛前的照片，按时间顺序排列。也就是说，这张挂历用图解的形式展示了大佛被毁的过程，让人一目了然。而且，这些照片都是独家的，其他媒体没有使用过。

挂历的最下方印有制作方的名字："阿尔·拉希德·托拉斯特"。

阿尔·拉希德·托拉斯特是一家信奉宗教激进主义的"福利机构"，总部位于巴基斯坦的卡拉奇市。据说这家机构在资金方面跟本·拉登密切相关，被巴基斯坦政府揭发出来了。

既然这个机构制作了挂历，说明他们强烈支持毁佛行为。不仅如此，他们手里有现场照片，很有可能直接参与了行动。

普什图族政治家伊萨克·盖拉尼当时与塔利班的各个阶层都有联系，关于运到巴米扬的炸药，他作证说："我听说很大一部分是阿尔·拉希德·托拉斯特从卡拉奇送过来的。"

本·拉登眼看着爆破的准备工作进行得有条不紊，来到巴米扬后的第二天就和红色车队离开了。

侯赛因村长作证说："最终本·拉登只住了一个晚上，待了两天。"

据说自从一九九八年遭到美国的导弹追杀，本·拉登就不肯在一个地方长期逗留了。估计此时也是按照这个行动原则，所以才会很快离开巴米扬吧。

来自喀布尔的塔利班部长留在了当地。又有几名部长以及塔利班政权中有权势的人赶了过来，想要看看收集的爆炸物将大佛雕像一下子炸飞的场面。

侯赛因说："劝善惩恶部部长瓦里也来了。"

大佛即将迎来最后的瞬间。

在坎大哈表现过犹豫态度的奥马尔此刻在干什么呢？他没有重新考虑吗？

此时担任内政部副部长的哈克萨作证说："劝善惩恶部的那帮人是这么说的：'现在我们一说要毁掉大佛，全世界就开始一片哗然了。可是，我们国家因为旱灾饱受磨难时，他们做什么了？帮助我们了吗？在他们看来，石像比活人还重要。这样的国际社会说的话，可不能听。'再没有什么语言比这番话更有说服力了。"

劝善惩恶部的这个理由讲不通。迄今为止，很多国家和个人都曾向阿富汗施以援手，提供了资助。联合国也好，各种 NGO 也好，都曾冒着生命危险实施人道援助，即使有时候塔利班并不配合。也有人像田中那样，在政治方面尽心尽力，希望给这个国家带来和平。结果真的有很多人为此丢掉了性命。虽说联合国强化了制裁，那也是因为本·拉登的问题。他们说停止种植罂粟的政策没有获得好评，事实并非如此。罂粟是农民用来换钱的作物，国际社会为他们制定了援助方案，正准备实施。做这些事需要花一定的准备时间，也是没办法的事。首先，住在大佛周围的人们最反对毁佛不是吗？劝善惩恶部滥用暴力，折磨众多平民百姓，尤其是限制了女性的自由，难道他们有资格说这种话吗？

不过，话说回来，劝善惩恶部的这个说辞也不是完全没有说服力。难道只有我这么认为吗？

"我们会在大佛前面垒一道高墙。也可以把它们转移到国外。"

话都说到这个程度了，有这些钱和精力，更重要的是强烈的关心，为什么不能早点给这个国家呢？

　　奥马尔是一个孤独的统治者，在他完全踏入极端思想的黑暗世界之前，本·拉登通过语言、态度、金钱等从物质和精神两方面给予他支持，尽管背后隐藏了野心，却也表明了对塔利班的"忠诚"。难道国际社会不能做点什么，抵消他的"贡献"吗？

　　霍塔克坚持自己的信念，结果失去了职位。他说："国际社会和劝善惩恶部一样有责任。毁佛危机迫在眉睫了才开始组织大型宣传活动。那样就太晚了。我很早以前就付出了各种努力，也发出过警告。但是，没能得到国际社会的充分协助。"

　　如果奥马尔打算停止毁佛行动，那他需要通过沙里亚广播台撤回自己面向阿富汗全国发出的布告。他以前从来没有做过这样的事。此刻如果撤回曾经发出的指令，有可能断送自己的权力根基，奥马尔没有找到冒险的理由。

　　现在我们也只知道大概时间是在三月十日前后。

　　有人说真正的爆破分数次进行，花了好几天时间。艾尔尼记者的相机拍下了其中三次爆炸场面。每段录像都有相同的画面，在爆炸的一瞬间，炸得粉碎的石像碎片和火焰交织在一起，形成一朵巨大的蘑菇云，从爆炸中心升腾而起，遮盖了整座佛像，又继续向上升到距山崖顶部数十米的高空。

　　估计较小的那尊大佛在一次大爆炸中基本就灰飞烟灭了。

　　接受我们采访的一名哈扎拉人说："我当时在自己村里，距大佛有几公里。离得太远，看不到大佛本身，不过我听到了一声巨响，然后清楚地看到了升腾起来的浓烟。"

较大的那尊大佛首先被炸飞了下半身。为什么我会知道这个细节呢？因为"毁佛挂历"上有一张照片，大佛雕像的腰部以下消失了，非常凄惨。然后安放在上半身的炸药爆炸了。

侯赛因村长向我们描述了爆炸的威力："爆炸非常猛烈，周围原本有几栋住宅，一起被炸飞了，消失得无影无踪。巴米扬市区离得那么远，在强烈的冲击之下，商店的门都被震掉了。"

最后一次爆炸的影像，是艾尔尼在距离现场数公里的地方拍摄的。看得出来，爆炸发生数秒后，冲击而来的气浪将相机震得摇摇晃晃的。

录像带中还记录了相机周围的男人们的喊声，当巨大的烟尘升腾而起时，他们大喊："伟大的真主！"

接着又是一声大喊："真主是唯一的神！"

巴米扬大佛就这样永远地消失了。

连接塔利班和国际社会的纽带完全被斩断了。

其中一次爆炸发生在三月十日，这一天，塔利班的最高领袖奥马尔在坎大哈郊外新建的豪宅中会见了一名外国客人。他就是巴基斯坦的内政部部长穆因丁·海德尔。他以前见过奥马尔两次，两人是老相识。海德尔是穆斯林，又是友好国家巴基斯坦的特使，一直以各种形式支援塔利班，奥马尔也不好拒绝会见。在阻止毁佛的谈判中，得以见到奥马尔本人的谈判人员只有此时的海德尔。

海德尔心中还有一线希望，也许当下还能拯救大佛，他竭力劝说奥马尔，想让他打消毁佛的念头。

"会谈持续了两个小时十五分钟。其间我一直劝他停止毁佛行动，费尽了唇舌。我问他为什么要做惹怒全世界佛教徒的事；我说日本作为佛教国家之一，每年为阿富汗提供了数千万美元的援助；伊斯兰教以宽大为怀，应该保护其他宗教；阿富汗人的祖先一直也没有毁坏大佛不是吗……我把能想到的所有理由全都说了一遍。"

但是，奥马尔似乎对那些话题丝毫不感兴趣。相反，他打断了海德尔的话，问道："你听过这个故事吗？据说当《古兰经》中写的最后的审判日到来时，太阳会靠近地球，地面出现裂缝，大山都会被熔化成粉尘，整个地球都会被毁掉。你听说过吗？"

海德尔回答说："我听说过啊，好像是那样说的。"

奥马尔继续说道："如果不毁掉这两尊佛像，在最后审判的瞬间，佛像有可能被甩到太空，飞到真主身边。到时候真主估计会问我：'奥马尔毛拉呀，连那个超级大国苏联都被你们打败了不是吗？你们拥有如此强大的力量，却连这两个偶像都无法毁掉吗？你们以为这是我的意旨吗？'如果真主这样问我，我不就无言以对了吗？"

奥马尔的表情非常认真。

海德尔已经无话可说了。

如果说这是一个国家的领导人和另一个国家的内政部部长之间的正式会谈，那也太脱离现实了。

海德尔说："奥马尔已经放弃以现实世界为标准进行决策了。

他头脑中只有来世。"

仅在三年前，在和联合国谈判团初次会谈时，他给政务官川端清隆留下的印象是："在国家危机面前，认真倾听对方的意见，以自己的能力判断状况，如有需要，也会向现实妥协的领导人。"

不必海德尔说，我们也能发现，那样的奥马尔早已不复存在。

第 14 章

拿 来 的 录 像 带

当大佛基本完全被毁的消息传到身在伊斯兰堡的拉弗朗斯特使手里时，联合国的安南秘书长和塔利班的外交部部长穆塔瓦基尔之间的会谈已经近在眼前。安南和穆塔瓦基尔已经分别从纽约和喀布尔赶到，正在做相关准备。联合国的工作人员制定了方针，如果事先可以确定大佛会完全被毁，那就取消会谈。不过临到眼前，就很难取消了。会谈按原计划进行。

在场的联合国阿富汗特派团的田中浩一郎说："会谈基本没有实质内容。大佛被毁的消息也已经传到我们这里了，明知如此，却还要劝说对方不要毁佛，已经没有什么意义了。"

穆塔瓦基尔也是一直重复之前教科书式的回答，表明了拥护毁佛的立场。他说这是国内的宗教问题，对其他任何国家都没有敌意。谈话就此结束了。

自从进入 UNSMA 以来，田中一直在最前线的现场工作，这一天还是第一次在近处看到秘书长安南。

他说："我在旁边看他的处事方式，感觉他的性格有点弱。给人的印象不像是妥善处理外交事务的领导人，倒像是一名办公室文员。"

估计当天安南秘书长显得格外缺乏气势吧。在他看来，特意从纽约赶来，却遭遇这样的结局，从来没有一场外交谈判如此令人提不起劲。

内容空洞的会谈结束了，外交部部长穆塔瓦基尔要回到喀布尔。

田中将这位老熟人送到了伊斯兰堡机场。在候机室等候航班时，穆塔瓦基尔主动跟田中攀谈起来。

"对我们来说也很麻烦，真是令人头痛。"

田中记得穆塔瓦基尔是这么说的。

很明显，对于没能阻止大佛被毁这件事，穆塔瓦基尔真心感到懊悔。

他带着无可奈何的表情控诉道："出现了力量远超我们的势力。如果不想办法压制住他们，塔利班迟早会出大事！"

田中被他铿锵有力的话语打动了，情不自禁地说："怎样才能压制住他们？如果有需要联合国出面解决的事，尽管跟我说，我们一定会竭尽全力。"

但是，穆塔瓦基尔并没有回应他的热情。

田中说："他回答说他们自己会想办法的，对话就到此为止了。"

无论多么理解国际社会的愿望，无论多么想合作，穆塔瓦基尔始终没有忘记塔利班的身份。他才是从塔利班成立之初便加入的元老，历经千锤百炼，意志坚定。无论处境多么艰难，哪怕为了争口气，也不肯向外国人低头，尤其是异教徒，不能允许他们介入。

穆塔瓦基尔没有向田中寻求帮助，就回喀布尔了。

阿富汗那边，很多老百姓得知大佛被毁，纷纷扼腕叹息、悲伤不已、怒不可遏。

一名住在巴米扬附近、被抓去参加毁佛作业的哈扎拉人说："我因为打击太大，身体垮掉了。正因为有那尊大佛，巴米扬的名字才会被全世界知道。可是它们已经消失了。"

一名住在喀布尔的阿富汗人激动地对他认识的联合国工作人员说:"毁掉大佛的那些家伙绝对不是阿富汗人。塔利班恐怕不是阿富汗人吧。我们阿富汗人不可能干那种事!"

这是很多阿富汗人共同的想法,跟民族无关。

反过来,也有人欢欣雀跃。

外交部政治局局长瓦希德·穆吉达作证说:"听到这个消息,基地组织的成员都欣喜万分。不过,感到高兴的也就他们这帮人了。"

此时,穆吉达有了一个和乌兹别克斯坦司令官托希尔·尤尔达舍夫交谈的机会。他创建的乌兹别克斯坦伊斯兰运动(IMU)两年前在中亚的吉尔吉斯共和国发动过一次恐怖袭击,绑架了日本的矿山工程师。此时他来到阿富汗,加入了基地组织的麾下。对于阿富汗的佛像被毁一事,尤尔达舍夫毫无顾忌地大加赞誉。

"我忍不住问他,你们为什么那么高兴?"

阿富汗的历史遗产被毁,外国人为什么那么高兴?穆吉达有些不愉快,忘记了对方是基地组织成员,厉声说:"在阿富汗漫长的历史中,统治这个国家的伟大的伊斯兰先祖都没有毁掉那尊大佛不是吗?你有没有想过这一点?"

结果,尤尔达舍夫死死地瞪着穆吉达回答道:"你胡说什么呢?只是因为当时没有毁掉大佛的技术。尽早毁掉那玩意儿,才是穆斯林应尽的义务。奥马尔老师的决断真是英明。"

在阿富汗人当中,至少有一个人和基地组织成员一样,认为毁掉大佛是对的。

他就是最高领袖奥马尔。

大佛被毁后大约过了半个月，三月二十日，奥马尔向阿富汗全国发布了一条命令：

"马上在全国宰一百头牛！"

奥马尔说，没想到毁掉大佛用了那么久时间，为了向真主表达歉意，才决定宰牛献祭。显而易见，这条指令会给周边国家以及住在阿富汗的印度教教徒的内心造成很大伤害，引发不必要的摩擦。印度教教徒认为牛是最神圣的动物。尽管如此，人们还是执行了最高领袖的命令。

穆吉达说："他们真的宰了一百头牛，我已经无话可说了。大家都心知肚明，这件事不会让任何人获益，但是我们都失去了抗议的气力。"

自二〇〇一年二月二十六日奥马尔老师发布"毁佛令"以后，国际社会全力以赴，派各路人马前去谈判，阻止塔利班毁掉巴米扬大佛，最终却一败涂地。全世界对阿富汗的兴趣再次如潮水般退去。"阿富汗""塔利班"等字眼不再占据报纸的大标题。为谈判努力奔走的人们重新回到了原来的工作中。

不过，有些人以前就跟阿富汗打交道，了解其内部情况，他们心中逐渐笼罩上一种难以名状的、巨大的不安。

三月中旬，联合国教科文组织特使皮埃尔·拉弗朗斯回到了巴黎。

大佛被毁之后，拉弗朗斯又在中东和南亚逗留了一阵。

阿富汗是不是在筹划什么惊天动地的大事？

通过围绕毁佛展开的谈判，拉弗朗斯情不自禁地产生了这样的疑问。为了寻求答案，虽然当初阻止毁佛的目的无法实现了，他还在继续进行信息收集活动。

他进行了一系列会谈，其中成果最大的是与沙特阿拉伯王子图尔基的密谈。图尔基是沙特政府的情报局局长，据说曾指挥手下的间谍在国外开展各种密谋活动。他曾经和奥萨马·本·拉登有瓜葛，也曾在高度保密的情况下拜访过奥马尔。

图尔基告诉拉弗朗斯："塔利班发自内心地崇拜那个男人。我曾试着劝他们'最好把本·拉登交出去'，结果被断然拒绝了。他们的行动已经完全不受我们控制了。"

拉弗朗斯回到巴黎后，前往联合国教科文组织总部，向松浦总干事一五一十地汇报了没能阻止大佛被毁的来龙去脉。

"结果令人遗憾，不过你已经尽力了。"

松浦这样安慰拉弗朗斯。

然后，拉弗朗斯又去了法国外交部。他在那里发出警示，说接下来可能会发生真正的危机。

"可能会发生极为糟糕的事情。塔利班早已不是以前那个曾经与我们进行对话的塔利班了。这样下去的话，一定会造成无法挽回的后果。"

拉弗朗斯从塔利班内部获得了一个消息，是他作出判断的根据之一。

"我掌握了一个信息，据说塔利班给奥萨马·本·拉登授予了一个军衔，是大将或者元帅之类的称号。这是极为异常的事例。竟然给外国人授予军衔，这是以前想都不敢想的事。"

这意味着，本·拉登已经侵入塔利班军事部门的指挥命令系统中枢。

又传来一条残酷的消息。

塔利班部队占领了位于巴米扬西部的亚考朗地区，这里曾是与北方联盟激烈交战的地带。他们把住在这一带的男性全都叫了出来，然后命其按照六十岁以上和以下分为两组，用机关枪残忍地杀害了所有分到非老年组的一百六十人。

后来，塔利班部队来到附近村子，闯入各家各户，将孩子们强行拖出来杀害了。联合国的工作人员来调查此次屠杀事件时，一位目睹儿子被枪杀的母亲作证说："当着我的面，那个人把手浸在我儿子遗体上流淌出来的血液中。他将双手朝麦加的方向高高举起，祈祷说自己终于杀死了异教徒，感谢真主。"

被杀害的人们属于什叶派。按照塔利班的逻辑，他们不是穆斯林，而是异教徒。什叶派同样是阿富汗的国民，而塔利班脑子里根本没有这种想法。统一国土、让阿富汗恢复和平的理想早已消失得无影无踪。

联合国阿富汗特派团的田中浩一郎恢复了往日的工作，他经常从位于巴基斯坦首都伊斯兰堡的总部前往阿富汗，为和平谈判居间调停。他和以前一样，屡次到喀布尔与外交部部长穆塔瓦基尔会面，劝他与北方联盟坐下来谈判，虽然没有什么希望。

田中发现穆塔瓦基尔的状态和以前不一样了。

"谈话的内容无限接近闲聊，没完没了地说一些无关紧要的话，有时候甚至持续五六个小时。"

他的表情像是已经看透了什么。

"我估计他是完全失去了实权。因为他惹奥马尔不高兴了。没过多久，我发现副部长贾里尔这个人掌握了外交部的实权。"

贾里尔就是大佛被毁时在坎大哈接待 OIC 访问团的那个人。他还曾参加与美国助理国务卿因达法斯的谈判。有人指出，他擅长阿拉伯语，借此与基地组织保持着密切联系。

三月、四月一晃而过，田中还在坚持交涉，他通过塔利班的各种渠道获得了很多信息，得知坎大哈发生了异常情况。

田中在四月的备忘录中写道："奥马尔的周围被几名阿拉伯人把守着，连奥马尔自己都无法反抗，看上去就像是奥马尔被本·拉登的亲信绑架了。"

过了几天，又写道："位于坎大哈市中心的神学院（伊斯兰宗教学校）似乎成了本·拉登的作战指挥部，他们好像在那里谋划什么行动。"

从多个信息渠道又传来了决定性的消息。

"好几个人告诉我同样的消息，说本·拉登加入了坎大哈的舒拉（最高决策会议）。在阿富汗，外国客人出席舒拉是绝对不可能的事。本·拉登身为外国人，却能混进去，说明他已经在实质上掌控了塔利班的决策。"

类似的消息也传到了位于纽约的联合国总部政治局政务官川端清隆那里。

"塔利班自己的人开始源源不断地给我们传递内部消息。尤其是在前线作战的司令官会告诉我们时间、地点、事件等详细情况。"

川端回忆了一下当时的状况。

其中一个人说："奥马尔现在只听本·拉登的话，我都搞不清塔利班和基地组织有什么区别了。"

这是塔利班内部的呼声，控诉塔利班已经不属于他们自己了。

所有消息都显示了一个结论：本·拉登已经在军事、政治、思想等所有方面完成了他的统治。

但是，与这些情况相反，联合国以及国际社会又失去了一些从阿富汗获取信息的渠道。

五月，联合国阿富汗特派团接到了塔利班的通知，要求其关闭阿富汗各大城市的办事处，只保留喀布尔一处。因此，UNSMA 基本无法掌握阿富汗各地发生的事了。

六月，联合国人道援助部门开展的"烤面包事业"被迫停止。这个项目保住了那些忍饥挨饿的喀布尔市民的性命，同时雇用了大量女性从事烤面包工作。她们大多是在内战中失去丈夫的寡妇，由于劝善惩恶部实行压迫女性的政策，她们没有别的就业途径。这个项目为她们提供了唯一的收入来源，可是现在不行了。

联合国的工作人员刚撤走，有个组织便迫不及待地替补进来，接手了这项事业。那就是信奉宗教激进主义的 NGO "阿尔·拉希德·托拉斯特"，据说他们制作了"毁佛挂历"，还一手承担了紧急运输炸药的任务。

二〇〇一年夏天来临了。

七月，田中浩一郎正在喀布尔逗留，有一名塔利班来找他。这个人以前和他谈判过，算是老交情。田中正想问他为什么突然来访，他默默地从随身携带的包里取出一盒 VHS 录像带，递给了田中。

田中问："这到底是什么录像带？"

他没有正面回答，只是说："别问了，你自己看吧。不过，绝对不要告诉任何人是我拿来的。"

田中遵守了约定，也没向自己所属的 UNSMA 汇报此事。为小心起见，他回到自己家之后才播放了这盒录像带。

"看完之后我立刻觉得大事不好了。如果美国政府的人看了这盒录像带，一定会马上再次发射巡航导弹。里面的内容传递出这种紧张感。"

这盒录像带如今被称为"基地组织的征兵录像带"，对于研究基地组织的人来说，是一盒堪称经典的历史性录像带。它在这一年九月之后名噪一时，不过此时除了宗教极端分子之外，几乎没有人了解全部内容。

录像带开头的画面首先是阿富汗白雪皑皑的群山，白云缓缓飘过。然后，阿拉伯语的字幕慢慢显现出来，自豪地附上了制作方的版权标志：阿萨哈布媒体制作。

现在，全世界的基地组织以及与其相关的宗教极端分子在实施自杀性爆炸攻击或者绑架民间人士时，都会拍下当时的情形，利用网络传播到全世界。本·拉登自身也会把自己的演讲和最新动向拍到录像带里，邮寄到半岛电视台等媒体，通过影像宣示自己的存在，向外界传递信息。这种做法现在已经是家常便饭，起源就是这盒"征兵录像带"，由基地组织的媒体机构"阿萨哈布"制作而成。

美国独立调查委员会发布的《"9·11"调查报告》中记载道："本·拉登在阿富汗组建了专门的媒体委员会，制作并发行宣传录像带。"

所谓"阿萨哈布"，在阿拉伯语中是"云"的意思。据说这个名字包含的意义是，像云一样，通过影像覆盖全世界。田中拿到手的录像带中尽情使用了各种特殊的编辑技术、CG 影像、声音加工技术，如被称为 DVE（数字视频特效）的影像加工技术。即使我们这些专业的电视制片人看了也觉得佩服。我看了之后感到非常不可思议，本·拉登的媒体机构常年在阿富汗颠沛流离，为什么会拥有如此专业的影像制作技术和设备呢？

录像带在显示完制作方的名字"阿萨哈布"之后，将本·拉登在阿富汗各地的演讲以及与其主张相关的影像资料巧妙地编辑在了一起。比如在巴勒斯坦纠纷与海湾战争中，被以色列或美国残杀的穆斯林，而且都是女性及儿童的影像。

接下来画面中出现了基地组织的军事训练营。基地组织的士兵在镜头面前隐藏了自己的真面目，戴着黑色头套，只露出双眼。有的人正在发射对空导弹，有的人对着屏幕上美国总统的特写镜头射击。一群人在鳞次栉比的建筑物中进行突袭训练，假装是在巷战。还有人利用远程设备接连不断地引爆设置在目标地点的炸弹。一系列影像清楚地表明，军事训练营不单单是训练游击战的场所，基地组织已经具备充足的力量，可以施展各种类型的战术，包括对空战斗和城市里的恐怖袭击。

然后，录像中出现了一群小学生，说明基地组织拥有一支"童子军"。几十个孩子没有戴黑色头套，脸上露出天真无邪（只能用这个词来形容）的笑容，跨越类似栏架的野外障碍物，奔跑着越过水沟，最后拿着枪胡乱射击。估计制作这盒录像带的"阿萨哈布"的导演想要表达的内容是，基地组织的战斗会世世代代传承下去，他们已经做好了相应准备。不过，这一年秋天，在美国和北方联盟的攻击下，这群孩子将会面临怎样的命运呢？一想到这一点，我就不由得五味杂陈。基地组织的军事训练营遭到了猛烈的攻击，仿佛变成了所有武器的实验场地，"集束炸弹"自不必说，还有"掩体炸弹""气化炸弹"等介于核武器与常规武器之间的各种武器。

训练部分结束后，录像带再次传达了最终的也是本质上的信息。本·拉登在里面咬牙切齿地发出号召："加入毁灭美国的圣战吧！这样才能证明你真心信仰最崇高的伊斯兰！"

田中看完这段录像后，坚定了自己的想法："已经没有任何人可以限制本·拉登了。阿富汗虽然名义上归塔利班管理，其内部发展却出现了前所未有的情况。"

田中觉得，他们正在计划针对美国实施一次全新的大型恐怖事件。

他说："我当时以为他们要袭击的是以色列或者其周边地区。"

巴勒斯坦是全世界最大的穆斯林受难之地。在这个举世瞩目的地区，如果发生史无前例的大规模袭击，那将会给世界带来巨大的冲击，与袭击美国驻非大使馆、从侧面击穿驱逐舰的效果不可同日而语。田中认为这盒录像带就是预告片。

　　田中向他的上司、UNSMA团长弗朗切斯科·本多雷尔提交了辞呈，上面写道："我担任这个职务前后大约三年了，想在九月中旬辞职。"

　　"因为和平谈判完全没有希望了。一切征兆表明，用不了多久，估计九月份会发生下一次大事件。到那时，现在建立的和平谈判的框架就会云消雾散。我已经想明白了，UNSMA的存在本身将失去意义。"

　　所谓"下一次大事件"，指的是针对美国的袭击。一旦发生，美国必定会报复。在其压倒性的军事力量面前，塔利班顷刻间就会瓦解。因此，以塔利班的存在为前提的和平谈判将会化为乌有。继续现在的工作也没有意义。田中决心已定。

　　不过，他为什么知道是在"九月"呢？简直就像预言家一样。

　　田中说："当时阿富汗遭遇的危机有一个周期。三月大佛被毁，五月、六月对联合国加强管束，我们UNSMA失去了办事处。大概每隔两三个月循环一次。所以我估计下一次是在九月前后。"

　　单凭这一点，就能决定九月辞职吗？

　　田中还获得了其他各种琐碎的情报，综合这些征兆，再加上他拥有一千多名阿富汗人的犯罪推测数据。他应该是基于自己的分析能力，推断出九月这个时间段的。这是一种第六感，背后有丰富的经验和渊博的知识做支撑。不过，他猜错了发生袭击的地点。

本多雷尔收下辞呈后，没能说出挽留的话。并不是因为田中不优秀。一直以来，田中都是本多雷尔最得力的助手。对于田中提出辞职的理由，本多雷尔也深表同感，无法反驳。

"我也感觉大佛被毁之后，阿富汗会爆发大规模的恐怖袭击事件，而且美国会攻击塔利班，导致塔利班走向毁灭。"

本多雷尔费力地挤出一句话：既然如此，你就继续工作到九月吧。

二○○一年的九月到来了。世界看上去很安静。依然很少有人特别关注阿富汗。除了特别关心国际关系或恐怖主义的人之外，几乎没有人知道木·拉登这个人。

英国人迈克尔·桑普尔在联合国负责对阿富汗进行人道援助。九月一日，有个阿富汗人在他耳边说了一些悄悄话。后来仔细一想，这番话极富暗示性。

"迈克尔，和我们打仗的不只是塔利班，还有国际上的恐怖分子。我们孤立无援，谁也不肯帮助我们。全世界都漠不关心。不过，这个样子下去的话，世界上将会发生非常悲惨的事。到那时候人们才会将目光转向阿富汗。恐怖分子将会漂洋过海，在世人认为比阿富汗更重要的地方杀人，在那之前，全世界都无动于衷。这一点我也很清楚。"

说这话的人是哈扎拉人部队的领导，他们正在巴米扬近郊与塔利班作战，形势非常不利。桑普尔只不过是一名负责人道援助的工作人员，也只能默默听他的讲述。

九月上旬，田中和本多雷尔一起离开伊斯兰堡，前往欧洲。此次出差的目的是，与住在国外的有权势的阿富汗人交换意见，与欧洲各国的外交当局进行协调。如今他们对于和塔利班直接谈判基本不抱任何期望了，意欲从外围开始扫除障碍。那些人早已离开阿富汗，还会有多大影响力呢？尽管他们对此感到极为不安，可是也没有别的什么良策。田中心想，既然 UNSMA 还在，自己还隶属那里，就要努力到最后一刻，为了阿富汗的和平极尽所能，这是自己的义务。

九月十一日，田中来到瑞士的日内瓦。

日内瓦湖畔有一片宽阔的院子，被灰色的高墙围了起来，这里距日内瓦市区最繁华的街道有一定距离。里面分布着二十世纪初建成的大小不一的建筑，气势恢宏。要想走进去，必须穿过一道古朴庄严的大门。门上挂着一个徽章，图案是按照等距方位投影从北极上空描绘的地球。这里是万国宫，也就是联合国的欧洲总部。第一次世界大战之后，在美国总统威尔逊的倡议之下成立了国际联盟，总部就设在这里。由于国际联盟软弱无能，没能防止第二次世界大战爆发，最终宣告解散。在纽约新成立了联合国，这里就成了它在欧洲的根据地。

当天早晨，田中穿过那道门走进来，预计会在这里度过忙碌的一天。按照计划，从阿富汗逃亡到欧洲各地的有权有势的人齐聚一堂，要和各国外交官以及 UNSMA 团长本多雷尔一起开会交换意见。他们试图探索一种新的政治体制，联合在阿富汗国内斗争的势力，再加上居住在国外的人，求同存异，实现全国上下大一统。会场设在联合国欧洲总部，为了保障会议顺利进行，田中和那里的工作人员提前碰头商量，做好了万全的准备。

会议从早上开始，气氛逐渐白热化，他们围绕应该如何说服塔利班、如何引导阿富汗朝着好的方向发展，各自发表意见，认真地展开了论战。到了下午，争论仍在持续。在万国宫的会议室里，争论的热烈程度超出了预期，田中正在做笔记，生怕漏听了与会者的任何一条发言。

门突然毫无征兆地打开了。联合国欧洲总部的一名工作人员走了进来，他径直走到田中身边，说道："别的房间里有电视，请您马上过去看看。"

尾声　大佛为何被毁

日内瓦的下午正是纽约的早晨。当看到熊熊燃烧的世界贸易中心（WTC）时，田中的脑海里瞬间浮现出了接下来将要发生的一连串事情：这肯定是本·拉登干的；勃然大怒的美国会攻击阿富汗；塔利班支撑不了多久就会大败，走向毁灭。

田中回到会议室，向本多雷尔团长汇报了纽约刚刚发生的事件。

本多雷尔打断了热烈的讨论。

"诸位，我们如今在这里所做的努力全都化为泡影了。本·拉登刚刚在美国发动了大规模恐怖袭击。美国军队很快就会打过来，今后的一段时间，他们将会成为阿富汗的主宰。"

会议到此结束。

关于后来发生的事，各家媒体以不同的形式进行了报道。不出田中所料，美国认为塔利班和本·拉登同样有罪，对其发动了攻击，塔利班土崩瓦解。后来在美国的支持下，阿富汗诞生了新的政权。

美国进入了战时状态，发动了"反恐战争"，继阿富汗之后，又以伊拉克为目标发动了攻击，声称其独裁者萨达姆·侯赛因和基地组织勾结，偷偷持有大规模杀伤性武器。

宗教极端分子带来的威胁遍布全球，不知何时才能平息。在此期间，世界各地的所有国家和民族都有很多人失去了生命。无论是沦为战场的伊拉克和阿富汗，还是发生恐怖袭击的西班牙、英国、土耳其、印度尼西亚，自然也包括纽约……全世界死伤不计其数，既有"恐怖分子"，也有军人和普通百姓。

也许原本有机会拯救这么多逝去的生命，历史的分歧点就在之前的阿富汗。

这是当时所有跟阿富汗打过交道的人共同的想法。

皮埃尔·拉弗朗斯说："我到底还是想得太简单了。塔利班，确切说是奥马尔，已经变成了一种新兴的邪教组织。如果当时我能意识到这一点，发出更强的警示的话，也许就能防止那次恐怖袭击了。"

卡尔·因达法斯说："如果有些事当时就能明白的话，也许我们可以做得更多。然而世事岂能尽如人意。我们努力过，很遗憾没有成功。只能今后采取万全之策，以免重蹈覆辙。"

田中浩一郎说："我现在觉得，如果说我们的应对方式有错的话，假如说那是历史上无法挽回的错误，那么错误是什么？错在什么地方？责任在于谁？怎么错的？导致了什么样的后果？弄清楚这些问题，是当时与阿富汗打交道的所有人的义务。"

　要想弄清楚这些问题，必须解决一个疑问。

　"9·11"与大佛被毁相隔半年，两个事件之间有什么关联？

　可以换个问法。本·拉登为什么要出现在毁佛现场、指挥爆
破呢？不仅如此，他还让奥马尔坚定了毁佛的决心，他为什么要
这么做呢？

　巴基斯坦的内政部部长穆因丁·海德尔说："他们毁掉了两
尊佛像和双子塔。"

　皮埃尔·拉弗朗斯更加详细地分析道："当我看到'9·11'
事件中纽约的大厦崩塌的画面时，立刻明白了，这和毁掉大佛出
于同样的目的。无论大佛还是世贸中心，都是巨大的建筑物，花
费了数不清的人力物力建造而成。毁掉它们等于粉碎了'非伊斯
兰文明的骄傲'，具有一定的象征意义。"

　他用一个法式比喻将两件事串联了起来。

　"'大佛被毁'是'9·11'的'序曲'。"

　而且，对于本·拉登来说，毁掉大佛有更为具体的好处。

　田中浩一郎从塔利班手里获得的"基地组织的征兵录像带"
中，除了基地组织的训练、本·拉登的演讲，还收录了爆破大佛
的画面。

　用数吨炸药将大佛炸得粉碎的画面，是从各种角度拍摄后剪
辑而成的。爆破结束后，整个大佛所在的地方逐渐被包裹在升腾
而起的滚滚浓烟中。录像带从头至尾回荡着吟诵《古兰经》的庄
严的歌声。估计这是半岛电视台的记者艾尔尼拍摄的影像。

在这段画面前后都收录了本·拉登的号召："年轻人！快来阿富汗集合！"

田中分析道："通过毁掉大佛，可以向世界传递一个信息——阿富汗是地球上唯一一个真正的伊斯兰教国家。本·拉登要想从全世界招募基地组织所需的新鲜血液，这一定是最有效的宣传。"

按照本·拉登的逻辑，所谓"国际社会"，就是欧美和以色列等基督教徒与犹太教徒结成的同盟，由十字军和犹太复国主义者联盟掌控。国际社会一致要求守护大佛雕像，本·拉登偏要将其炸得七零八落。这些影像会成为强有力的信号，鼓舞那些对他的思想产生共鸣的伊斯兰青年。

事实上，有人作证说效果非凡。

外交部前政治局局长瓦希德·穆吉达说："对比一下大佛被毁之前一个月和之后一个月，就会发现来阿富汗的阿拉伯人的数量增加了大约五十倍。之前每个月大概五十人，之后达到了数千人。因为我负责此事，不会有错。"

当时阿富汗的边境管理漏洞百出，不过穆吉达职责所在，大致了解入境人数的变化。他和田中持相同观点，他还说："在阿富汗可以公然无视国际社会的规则，这一点对于信奉本·拉登的年轻人来说非常重要。"

田中又指出，本·拉登之所以毁掉大佛，应该还有另一个用意。他说："通过毁掉大佛，本·拉登成功切断了我们联合国以及国际社会与塔利班政权之间的联络与信息互通。"

大佛被毁的影像传遍了全世界，因此欧洲社会普遍觉得塔利班是一个拥有狂热信仰的组织。

"跟这帮人根本没办法正常对话。"

本·拉登故意把塔利班塑造成这种形象，进一步夺走了他们与外界对话和交流的机会。结果本·拉登在阿富汗国内不再受任何人的监视，几乎获得了百分之百的自由。

本·拉登是一名优秀的宣传战略家。他年轻的时候参加反抗苏联的圣战，在巴基斯坦召唤来自世界各地的伊斯兰圣战士，从那时起就培养了这种能力，可谓久经沙场。当时本·拉登就已经通过各种媒体向世界各地的穆斯林青年发出号召："团结起来，共抗苏联！"

当他再次回到阿富汗，将作战目标改为美国时，情况依然如故。他向全球发出呼吁，召集"圣战士"，将他们培养成基地组织成员。每当他们在战场上死去，或者进行自杀式恐怖袭击后，他便会征集新的战士作为补充。这种宣传战略可以说是本·拉登活动的本质。

"大佛被毁"事件告诉全世界的穆斯林，阿富汗是"圣战士"的理想国，同时又是一种宣传战略，用意在于让国际社会从阿富汗收手。这一战略大获成功。

那么，我们当时应该怎么做才好呢？

分析哪里做得不对，并非什么难事。

联合国阿富汗特派团的本多雷尔团长指出："苏联撤走之后，我们并没有努力帮助阿富汗彻底解决政治问题，美国和欧洲以及全世界都对阿富汗失去了兴趣，才招致了这样的后果。"

确实，虽然我们一直在努力进行人道援助，为了和平谈判居间调停，但是跟苏联侵略时全球强烈的关注度相比，简直不可同日而语。哪怕我们的努力并不引人注目，只是踏踏实实地办事，如果能给阿富汗带来政治和经济上的稳定局面也行，然而根本没有见效。

在此期间，随心所欲地利用阿富汗的，不只是本·拉登。

布里吉特·诺巴赫在阿富汗居住了十二年，她带着自省的语气说："好几年时间里，任何一方都在阿富汗为所欲为。恐怖分子就不用说了，NGO 和像我们这样的国际组织的人也是。因为不存在认真管理国家的政府。无论思想观念还是别的，所有方面都恣意妄为。哪怕是宗教方面，也不光有穆斯林。例如，大佛被毁之后，一名德国的基督教传教士紧接着开始了传教活动，结果被塔利班抓起来了。"

以美国为首的欧美各国自然责任重大，不过，当国际社会不再关注阿富汗之后，那些伊斯兰教国家也各有打算，对其任意利用。

一直在明里暗里援助塔利班的巴基斯坦也是如此。巴基斯坦原本就把阿富汗当作国家战略的"生命线"。东边的大国印度是命中注定的假想敌国，巴基斯坦一直倍感压力，所以希望在边境以西的阿富汗建立亲巴基斯坦的政权，确保背后的安全。他们称之为"战略纵深"（Strategic Depth）。

在塔利班执政初期，负责对南亚政策的美国助理国务卿鲁宾·拉斐尔这样形容："确保战略纵深，成了巴基斯坦执政者的'曼怛罗'。"曼怛罗是指源于古印度宗教的"咒语"。咒语没什么道理可讲，人们认为，无需经过思考，它就是正确的。一开始塔利班出现时，由于那些神学生所属的普什图人是巴基斯坦最有权势的民族之一，所以巴基斯坦的掌权者没有经过深思熟虑，就念着那句咒语伸出了援手。他们觉得如果塔利班统一了阿富汗，一定会对他们言听计从。

拉斐尔说："我跟巴基斯坦负责相关政策的人说过很多次。让他们停止援助塔利班。我说你们是养虎为患，早晚有一天你们就管不了啦。可是他们根本听不进去。"

事态的发展果然像她担心的一样。

而且，拉斐尔坦率地承认，赠予巴基斯坦的援助，转来转去到了塔利班手里。她说："老实说，我觉得美国的钱也用于支援塔利班了。"

不过，我们也不能单单谴责巴基斯坦。与阿富汗北部边境接壤的乌兹别克斯坦、塔吉克斯坦也打着各自的小算盘，支援阿富汗国内和自己属于同一民族的军阀；西边的大国伊朗也在支援哈扎拉人，因为他们在宗教方面同属什叶派。

另外，那些阿拉伯国家的责任也很大。

他们鼓励自己国家的年轻人去阿富汗投奔本·拉登。

拉弗朗斯说："阿拉伯国家包括沙特阿拉伯、阿拉伯联合酋长国、卡塔尔等国，对那些想去阿富汗的年轻人的态度是'想去就去吧，在那里尽情地打仗，如果有去无回，那正合我意'。"

无论是国王制，还是酋长制，抑或君主制，在这些国家采取的政治体制下，权力只掌握在极少数人手中。对于这些国家的掌权者来说，信奉宗教激进主义的年轻人是危险分子。他们认为

"伟大的真主胜于一切，所有人都应该拜倒在真主面前"。这样的人去了阿富汗，战死在那里是值得庆幸的事。据说有的国家甚至教唆那些年轻人去阿富汗，给他们发放廉价机票，几乎等于白送。当然，给的是单程票。他们把阿富汗当成了抛弃危险青年的地方。

这些国家自然应该知道，前往阿富汗的年轻人将会加入基地组织，成为本·拉登的手下。

但是，拉弗朗斯说："各国政府也没预料到，那些年轻人会以美国乃至全世界为目标发动革命。他们'万万没想到'，本·拉登竟然变得那样无法无天。他们以为顶多只是利用这些年轻人在阿富汗跟北方联盟打内战。"

在极端缺乏秩序的情况下，阿富汗发生了出乎所有人意料的事态。

这些都是造成悲剧的原因。

那么，应该怎么做呢？

我们很难找出这个问题的答案。

有人说，国际社会应该更加"温柔地"对待塔利班，向其伸出援手。

巴基斯坦的内政部部长海德尔就持这种意见。

"如果全世界多倾听阿富汗人的主张，多给他们提供经济上的援助，在阿富汗的复兴与发展方面取得显著成果的话，塔利班的内心也会更加从容吧。我觉得那样才有可能说服奥马尔。奥马尔老师总是说，'国际社会不肯为我们做任何事，光是命令我们这样做、那样做'。这就是他的心声。"

海德尔的看法是，在奥马尔的内心偏向"来世"之前，如果能让他感觉到"国际社会也曾为我们做过这样的事"，那结局可能完全不同。也就是说，制裁措施百害而无一利。

不过，也有人说，此言差矣。

田中浩一郎说："有人主张应该更加重视塔利班的存在，我不这么认为。我反倒觉得，那些支援过塔利班的机构和国家，包括基地组织，都曾源源不断地将人力、财力和物力输送到阿富汗，而我们没有严加管控，最终导致大佛被毁和'9·11'事件的发生。我们应该采取更加坚决的态度，加强监管。"

田中曾经在联合国工作，措辞比较谨慎，没有具体说出那些国家的名字。总之，他的意思是，巴基斯坦从物质和精神两方面支援塔利班，阿拉伯国家则采取甩掉包袱的态度，结果把伊斯兰战士拱手送给了本·拉登，如果我们提高警惕，不让他们的各种援助送达的话，塔利班也不会那么迅速地成长起来，本·拉登也无法从家乡筹措资金和物资，应该也没办法召集那些基地组织士兵充当他的手下。

是阳光还是寒风？很难作出抉择。

然而，在现实中，全世界并没有采取其中任意一种手段，而是选择用漠不关心和恣意利用这种最糟糕的方式对待阿富汗。

对于应该怎么做这个问题，我自己也无法给出完美的答案。不过，我可以说出以下观点：

阳光政策也好，寒风政策也罢，两者肯定都需要。根据时间和状况，在需要帮助的地方就雪中送炭，需要态度坚决的时候则雷厉风行。为此，我们需要明确把握阿富汗的什么地方发生了什么事。无论如何，我们都需要更加积极地面对阿富汗。我认为这种机会至少出现过三次。

第一次是在一九九七年到一九九八年之间，大佛迎来"第一次危机"，奥马尔下令保护文化遗产时。此时本·拉登羽翼未丰，如果全世界竭尽全力解决阿富汗问题的话，应该还有无数次成功的机会。

第二次是在二〇〇〇年夏天，霍塔克等人积极推出"开明政策"时。此时虽然"不归路"近在眼前，奥马尔却还没有迈出去那一步。塔利班逐渐"变得开明"，如果国际社会也通过各种形式努力与之建立密切的关联，那么后来劝善惩恶部开始打压"开明派"时，我们应该能够更早拿出对策来。媒体应该也能起到更大的作用。现实是，当时我们听说"阿富汗很危险"，只好对外宣称很难到当地采访。但是，事实上，只要行动时充分注意场所和方法，当时的阿富汗并没有那么危险。很多人用亲身经历证明了这一点。

最后一次机会是在大佛被毁时。

此时国际社会确实站出来了。代表各种民族、宗教或机构的人们从世界各地赶来游说。甚至联合国秘书长也来了。为了阿富汗，人们倾注了前所未有的精力与关心。塔利班以前说会守护大佛，为何突然强行毁掉大佛呢？很遗憾，国际社会并没有认真关注真正的原因是什么，只是将视点集中在一处文化遗产遭到破坏这件事上。当确认大佛已经被毁之后，越发对阿富汗失去了兴趣。

其实，大佛被毁说明塔利班及其最高领袖奥马尔踏上了"不归路",其背后是本·拉登的意志和策略在作祟,他们正虎视眈眈地盯着下一个目标,准备进行更大规模的破坏。

征兆以如此巨大的形态出现了,全世界(包括我们媒体人)却都忽视了。

跟前一年的"开明政策"时期相比,此时处理起来恐怕难得多。本·拉登已经彻底渗入塔利班的思想和指挥命令系统之中。如果介入的话,也许会造成流血牺牲。即便如此,跟"9·11"事件以及之后全面讨伐塔利班的战争相比,牺牲应该会少很多。

田中和本多雷尔、拉弗朗斯曾近距离观察过阿富汗,他们模模糊糊地意识到了大佛被毁真正意味着什么。而且他们都站在各自的立场上发出过警告,也曾努力避免逐渐逼近的危险。我们不能责备他们。

各国政府及国际社会没有认真倾听他们的声音,毫无作为,可谓责任重大。

另外,不得不说美国政府太缺乏对策。

当时布什政权对于阻止毁佛一事基本持漠不关心的态度。美国国务院只是发布了一条简短的声明加以谴责。皮埃尔·拉弗朗斯也说:"美国根本没有什么存在感。我和其他国家的外交官都在议论,美国的外交官到底去哪里了?是不是消失了?"难道说他们认为远在亚洲的佛教遗迹是否被毁跟美国人无关吗?恐怕并非如此。南希·杜普利也是美国人,她为了保护阿富汗的文化遗产奉献了自己的一生;纽约的大都会艺术博物馆曾接待过霍塔克,也曾提议"收购"大佛,姑且不论这个方案是否具有现实意义。问题在于当时美国政府的外交姿态。

二〇〇一年一月，美国政权更迭，由民主党的克林顿转为共和党的布什。这件事无疑带来了一定影响。至少，克林顿政权中负责对阿富汗政策的历任助理国务卿鲁宾·拉斐尔和卡尔·因达法斯都对阿富汗有很深的见地与渊博的知识，用心程度虽然比不上苏联侵略时期，却也能看出来努力过的痕迹。

如果往好的方面想，估计是因为随着总统换届，国务院的高官和白宫的外交人员也都换了一遍。二、三月份的时候新的政权尚不稳定，针对阿富汗的政策也还处于观望阶段。

反过来，如果充满恶意地发挥想象，似乎也可以推演出这种假说：布什政权野心勃勃，想要攻打伊拉克，却缺少一个由头，如果本·拉登惹出事来，就出兵报复，趁势攻打伊拉克，这都是他们设计好的剧本。却没想到，对方竟然开着民用飞机冲击纽约和华盛顿，算是打错了算盘。有人持这种看法。

我本人认为没有充足的证据，不赞成这种说法。不过，考虑到美国是国际社会中唯一的超级大国，其存在不容小觑，"大佛被毁"时美国的行动迟钝，即便是因为"新政权的引擎正在预热"，还是给后来的历史造成了巨大的影响。

然后是日本。老实说，在此次对于大佛被毁及其前后的阿富汗进行采访的过程中，我基本没感觉到日本外交当局的存在。无论田中浩一郎，还是川端清隆，都是在联合国这个机构中积极发挥作用的日本人，值得大书特书。跟其他国家的人相比，他们个人的信息收集能力都很强。然而，他们收集的信息和作出的分析，并没有被应用于日本的外交行动。

举一个例子，大佛被毁之后，"9·11"事件发生之前，田中从塔利班手里获得一盒"基地组织的征兵录像带",他非常谨慎,只给我看了一部分影像内容。由此,我们就开始企划节目和这本书。

但是,当时外务省是否看过这盒满载极为重要信息的录像带呢?我觉得,田中一定认为,即使给他们看也没用。

※　　　※　　　※

六年时间一晃而过。

本·拉登的思想已经散播到全世界。

本·拉登的媒体制作公司"阿萨哈布"在伊拉克、沙特阿拉伯、巴基斯坦等地拍摄了一些以"基地组织"为名进行战斗的人,和本·拉登的话编辑在一起,通过网络或者录像带、CD播放给世界各地的穆斯林看。不只是西南亚和中东,即使在坚持反恐斗争的英国甚至美国,都有很多人目不转睛地盯着那些影像看。

"世界各地的穆斯林正惨遭杀害。我们正在追赶那些杀人凶手,坚持打圣战。"

美国军队及与其相关的部队在各地夺走了穆斯林的生命,似乎故意要提高这段话的说服力。

如今已经形成一种体系,本·拉登成了活在影像中的传说,那些追随他的人被他的话打动,按照各自的意志和判断实施新的作战计划,与本·拉登个人的生死和下落无关。无论逮捕本·拉登,还是将其杀掉,都为时晚矣。

二十一世纪初，我们的世界面临的最大的危机就是他们的下一次大规模袭击。他们很可能使用以核武器为首的大规模杀伤性武器，这是非常现实的危险，联合国、美国以及其他各种机构和国家毫不掩饰他们的担心。

我敢确信，现在，在世界的某个角落，有些人正处心积虑地准备实施这种计划。即使他们被发现，该计划落空了，还会有别人继续下一个计划。我们无法完全预防恐怖事件。

我从心底希望自己猜的不对。但是，不幸的是，由于几年前阿富汗的大佛被毁时，没有人关心其背后真正的用意，当下一次"大事件"发生之时，我们都会付出代价。我担心的正是这一点。

大佛被毁后，田中弄到的"基地组织的征兵录像带"中还有一个场面给我留下了深刻的印象。大佛被炸毁的瞬间，那些影像中间巧妙地插入了一个很多人在拜佛的镜头，很明显是日本的寺庙。

那就是浅草寺。基地组织的录像带中，出现了东京的浅草寺。

制作录像带的"阿萨哈布"的导演有什么意图？也许他在剪辑影像时，作为全体佛教徒的视觉象征，浅草寺和聚集在那里的人群的画面首先浮现在了他的脑海中，纯属偶然。估计是这样。

不过，说不定他们认为日本和日本人如同巴米扬大佛一样，必须从这个世界上消失呢。也不是不能这样解释。如今本·拉登及其副官艾曼·扎瓦希里在声明中指名要把日本列为攻击对象，也不足为奇了。如果说这份敌意早在"9·11"事件之前的这个时间点就产生了，那么事态远比我们现在所感受到的程度严重。

在采访完大佛被毁事件之后，我有机会到约旦和阿拉伯联合酋长国等伊拉克周边国家以及马来西亚和印度尼西亚等东南亚的伊斯兰教国家采访，还采访了生活在欧洲的一些人，他们的想法与宗教激进主义者比较接近。基于这些经历，如果说存在唯一的解决办法，那就是尽一切努力，消除盘踞在全世界穆斯林心间的不信任和怨恨。当然了，他们之中有暴力倾向的人只占极少一部分。

我相信，至少日本人在精神领域既不属于伊斯兰世界，也不属于欧美社会，勉强还能为解决世界背负的难题作出一定贡献。

最后，在本书的结尾部分，我想介绍一下，那些跟"大佛被毁"事件相关的人后来的情况。

联合国阿富汗特派团的田中浩一郎按照原定计划，于二〇〇一年九月辞职回国。现在他担任日本能源经济研究所中东研究中心的主任，在指挥研究的同时，亲自往返于日本和中东之间，过着忙碌的生活。

皮埃尔·拉弗朗斯曾作为联合国教科文组织的特使东奔西走，后来回到巴黎过上了退休生活。他在照顾生病的夫人的同时，担任法国外交部的顾问，根据自己的知识和经验就伊斯兰世界出现的状况提供建议。

卡尔·因达法斯曾担任美国国务院的助理国务卿，多次与塔利班正面交锋，布什掌权后，他辞去公职，如今在位于华盛顿哥伦比亚特区的乔治·华盛顿大学执教国际政治学。

塔利班政府的信息与文化部副部长霍塔克一直为保护大佛尽心尽力，被解除职务后，外交部部长穆塔瓦基尔见他没有工作，就邀请他到外交部担任领事科科长。不久后发生了"9·11"事件，他就逃往邻国巴基斯坦的白沙瓦，过起了隐居生活。不过他还无法完全放下过去的一切，希望有朝一日可以重回阿富汗参与政治活动，作为铺路石，他和同在巴基斯坦的阿富汗人组建了政治结社。但是，至今仍不知道何时才能回到阿富汗。

曾任外交部部长的穆塔瓦基尔原本是奥马尔的亲信，"9·11"事件之后，媒体报道说他可能会逃亡到欧美的某个国家，估计聪明的他不会陪奥马尔送命。实际上，美军开始攻击之后，他曾突然出现在巴基斯坦，人们以为他终于要逃亡了，结果他又回到了阿富汗。然后被攻打进来的美军逮捕，被关押两年后获得释放。后来他回到阿富汗，在二〇〇五年举行的议会选举中参加了竞选。但是，由于生命安全受到胁迫，他甚至不敢出门，自然无法参加选举活动，也就落选了。

即便如此，也比前内政部副部长哈克萨的下场好一些。哈克萨同样参加了选举，落选后在路上遭遇袭击，被人暗杀了。他明知有危险，还是坚持外出。一名极为重要的历史见证人就这样因为暴力丧失了性命。

穆塔瓦基尔是塔利班与欧美社会沟通的"窗口"，哈克萨在最后阶段投身到敌对方北方联盟的阵营，在塔利班的强硬派看来，他们应该算是"叛徒"吧。透过他们的命运，我们发现，如今阿富汗已经不存在制止这种暴力的力量。

　　巴米扬大佛被毁之后，现场至今仍然一片狼藉。周围有来自各国（包括日本）的研究人员，有人在回收被炸得七零八落的碎片，有人在修复石窟里的壁画。有人提议重新雕刻巨大的佛像，但是没有任何进展。也许人们已经意识到，即使新建两座佛像，也不可能取代历经一千几百年沧桑的大佛，还不如大佛雕像被炸毁后在天然山崖上空余一个巨洞，让人们永远反思："大佛为何被毁？""为什么没能防患于未然？""毁佛的真正用意是什么？"从这个意义上说，保持原样更有价值。

　　生活在巴米扬的人们，经历了十数年的内战，重新与庄稼和牛羊为伴，回归了和平宁静的乡村生活。

　　至于毁掉大佛的两名罪魁祸首，奥马尔潜藏了一段时间，一般认为他病死于二〇一三年的春天；稍早的二〇一一年，本·拉登躲藏在巴基斯坦中部的住宅中时，死于奥巴马时期的美军特种部队的突袭，此事广为人知。①

---

　　① 作者执笔本书时，奥马尔与本·拉登仍下落不明。简体中文版出版之时，作者亲自对本段做了修订。

专访："阿富汗变了吗?"

田中浩一郎先生（日本能源经济研究所）

高木：正如本书中描述的那样，您在联合国阿富汗特派团任职时为了阿富汗的和平竭尽全力，当时您拿到手的基地组织的录像带成了我一系列作品的起点。说起来，您是本书得以写成的最关键人物。听说"9·11"事件前后，您辞去原来的职务，现在在日本能源经济研究所中东研究中心担任主任是吗？

田中：是的，现在我把主要精力放在对伊朗形势的分析上。

高木：两年前出版发行的单行本《大佛被毁》即将改版为文库本，今天想跟您了解一下书中没有讲述的最新形势。

田中：明白了，我现在99％的精力都倾注到了伊朗这个国家上，因此我所了解的范围有限，这一点请您谅解。

▶ 阿富汗变了吗?

高木：首先从整体上说，"9·11"事件引发了战争，现在阿富汗处于什么状态？

田中：回首过去的六年，用一句话概括就是"一切如故"。

高木：果然是这样啊……我时不时地听到当地传来的消息，大多都是说形势在恶化……

田中：从大佛被毁到"9·11"事件，再到阿富汗战争，在这个过程中，国际社会甚至不惜动用军事力量，打破旧的体制，让国民尝到经济复兴的甜头，在征得他们同意的基础上，建立一个与以往不同的民主安定的国家。这就是国际社会描绘的蓝图。

但是，您也知道，实际上形势根本不稳定。二〇〇七年初，驻留阿富汗的外国军队达到了二〇〇一年九月以来的最大规模。我们完全看不到稳定的兆头。一旦外国军队撤走，或者国际社会的援助力度减弱了，很可能又会陷入混沌的内战状态——中央政府顷刻间倒台，军阀像过去一样群雄割据，或者基地组织以及塔利班从邻国侵入。这种状况可以说和五六年前如出一辙。

高木：的确如此。在民主化的过程中，到底遇到了什么障碍呢？从形式上看，他们也选举了总统，也成立了议会。

田中：是啊。他们确实按照事先决定的政治日程执行了。先是进行选举，然后从临时政权到过渡政权，再到正式政权，按照这个步骤组建了政府。但是，形式和内容是否统一、治安是否恢复又另当别论。按照本来的目标，无论国家的议会选举还是省市的评议会选举，都应该先解除军阀及非法武装势力的武装，或者令其解散。政治团体自然不能拥有民兵或私人军队，在此基础上才能组成议会，发挥其职能。然而，我们了解内情后才发现，除了政治领域的权威人物和地方上传统部落的长老等人，一些穷途末路的武装势力或军阀的头目也当选了，他们作为内战时代的残渣，至今仍拥有一定的影响力。他们保留了民兵组织等武力，合法进入议会当中，开展议员活动。我们甚至可以这样说，原本打算撤除的武装势力，反倒合法化了。

高木：等于给了他们官方的认可。

田中：是的，从这些方面来看，选举根本没有按计划进行。顺便给您讲一个选举时的小插曲，您就会发现他们多么不理解民主主义价值观。二〇〇五年九月，议会进行选举时，我到距离喀布尔一百公里左右的村庄担任监督委员。一名老人来到某个投票站点，听了一遍讲解后完成了投票。投票结束后，他对着我们念念有词。我一问才知道，他在说："选举这玩意儿是外国带来的吧。我是为了你们外国人投的票，所以你们得施舍点儿东西给我。"这真是令我感到意外。我们解释说："不，投票是为了你们好，并不是为了我们呀。"可是他久久不肯离去。于是，一名年轻的选举运营委员不慌不忙地从口袋里掏出一包绿色粉末递给了他。那竟然是印度大麻。老人吸了一口印度大麻，脸上带着"这还差不多"的表情回去了。这就是距离首都喀布尔仅有一百公里的地方的实际情况。虽说产生了议会，但我们设想的那种民主主义也不可能轻易扎根，会花费相当长的时间。而且，我深切地感觉到，即使花了很长时间，也不可能和我们的民主主义的形式变得一样，也算是上了一课。

高木：布什总统经常说的"民主主义"或者我们通过"选举"这个词想象的那种制度似乎并没有真正渗透进去啊。

田中：是的。这种民间层面的问题根本没有得到解决。再加上更麻烦的是，无论二〇〇一年以前还是以后，一直存在的阿富汗周边的问题。以难民为首的各种问题，单靠阿富汗国内无法解决。尤其是恐怖活动和恐怖组织的问题，有时候是从邻国带进来的，有时候反过来又会给邻国带去影响。因此，要么彻底封闭国门，如果做不到的话，要么就需要在国境两侧分别处理。不过，实际情况是无论在阿富汗怎样打击恐怖分子，他们都会逃往邻国，在那里接受物质和精神两方面的补给，然后卷土重来。这种情况已经持续了很多年。这一点也可以说是毫无改观。

▶"邻国"与恐怖组织的问题

高木：确实如此。所谓邻国，实际上就是指巴基斯坦吧？

田中：嗯，确切地说就是巴基斯坦。而且，最近几年恐怖组织的往来情况变得更加复杂了。原来的基本模式是，经历过武装斗争的人到巴基斯坦应征，在那边接受训练，然后进入阿富汗以塔利班或基地组织的名义作战。然而，最近两三年，阿富汗国内也出现了征兵的动向。由于国内基本没有以前那种基地组织训练营了，所以他们只经过初步指导就被送往巴基斯坦的根据地，在那里接受外国人指导的高难度战斗训练，然后重返国内。那些参与恐怖行动的人的动向，越发变得难以追踪了。

高木：您所说的外国人，不只是巴基斯坦人吧？

田中：对啊。我不清楚规模有多大，听说有相当数量的所谓阿拉伯人、中亚人涌进了巴基斯坦。而且，从好几个国家的知情人士那里传来消息，最近两年，海湾各国给他们提供的资金好像又增多了。这笔钱支撑了基地组织和塔利班最近的攻势。

高木：我觉得美国自从"9·11"事件之后，开始拼命阻止外国给他们提供金钱援助，这股势头已经过去了吗？

田中：确实，美国一举捣毁了被称为哈瓦拉的民间地下支付系统。但是，不知道是这个系统还在苟延残喘，还是说有漏网之鱼重建了新的支付系统，老实说这个问题我也很难说清。资金流动增多了这个消息到底有几分真实性，我们也很难验证。现实中塔利班的攻击活动在升级，使用的武器性能也在提高。另外，阿富汗过去没有过自杀式恐怖袭击，如今却时有发生。通过这些旁证判断，我们只能认为阿富汗境外或者说南亚地区以外的影响和支援升级了。

高木：这本书里写到塔利班经过阿富汗战争而垮台之前的情况，后来不知不觉间，我们的关注度减弱了，塔利班和基地组织趁机复活了，升级了行动水平，加强了攻击。其间具体发生了什么事呢？

田中：首先，武装势力对于驻留在阿富汗国内的 ISAF（国际安全援助部队）的攻击逐渐加剧。通过他们的攻势可以发现，塔利班或者基地组织的武装势力逐渐恢复了自信。

高木：请问具体是指什么？

田中：具体看一下他们的行动就会发现，二〇〇三、二〇〇四年以前，塔利班及巴基斯坦的新塔利班的主要行动模式是，每次只有少数人组成的小集团突然出现，袭击某个地方后迅速离去。感觉他们只能三五成群地聚集在一起打游击战。

然而到了二〇〇五年到二〇〇六年之间，他们开始了集体行动。而且，他们可以占据某个据点，在那里维持下去。也就是说出现了新的模式，以前他们攻击某个据点之后马上就逃回藏身之处，如今却公然出面占领，以武力进行统治。如果他们没有人力、物力、武器以及自信的话，无法做出这些行动。

当时发生的一些事给了他们自信，我举一个例子。二〇〇六年五月，美军的军用车在喀布尔引发了交通事故，愤怒的喀布尔市民举行了示威运动，结果酿成了流血牺牲的惨案。此事发展成了暴动，ANA（阿富汗国民军）和 ISAF 都无法收拾这个局面。以前喀布尔被认为是阿富汗境内唯一一个像气囊一样安全的地区。即使很难在阿富汗全境维持治安，至少喀布尔是外国军队和ANA 最集中的地方，应该能够发挥他们的作用。然而，虽说事发突然，但就连喀布尔偶然发生的暴动，军队都无法镇压。打那以后，塔利班的攻击一下子变得大胆起来，占据一个地方后就开始控制那里。我估计他们是增强了自信，觉得军队不足为惧。

▶ 现在塔利班的举动和阿拉伯势力的关系

高木： 那么，现在塔利班的自信逐渐增强了，他们的核心人物是谁啊？前外交部部长穆塔瓦基尔曾经是"开明派"的代表性人物，他参加议会竞选，结果落选了。前内政部副部长哈克萨是这本书中的重要证人，结果遭遇了更大的悲剧。在这种状况下，二〇〇一年以前的塔利班成员如今还在活跃吗？

田中： 我现在还能和他们中的部分人取得联系。但是，很难说他们现在是否还把自己当成塔利班的一员。正如您说的那样，穆塔瓦基尔几乎没能参加选举活动就落选了，哈克萨不仅落选了，还遭遇暴力死于非命。脱离了塔利班主义、追求不同目标的人基本都没有获得成功。比起这些人，那些在大佛被毁之前就和我们没有任何接触的人，也就是所谓的武斗派成员才是大问题。实际上，这些武斗派的人基本没有被美军抓捕或击毙。

一个叫奥斯玛尼的司令官是坎大哈的舒拉（最高决策会议）的主要成员，也是知名的武斗派，据说到了二〇〇七年以后，他是那些成员中第一个被击毙的人物。但是，这个过程用了整整五年。以奥马尔为首的其他主要成员至今仍杳无音信，躲在某个地方偷偷行动。当然了，地位低微的小喽啰中，有很多人在轰炸中或战场上死掉了，或者被随便找个理由送去了关塔那摩监狱。不过，那些相当于在中央司令部任职的人却没有被捕，我不清楚具体情况，可能是越过了边境或者躲到了山里。他们依然是个问题。

高木：如今在阿富汗引发骚乱的塔利班也是由他们统率的吗？

田中：现在那些塔利班又抱成了团，我估计核心成员还是由他们统率。以前打游击战的散兵游勇主要是级别较低的成员，或者是二〇〇一年遭到美国攻击后新站起来反抗的人。我觉得现在的问题是，他们胆子变大了，打算以从前的武斗派为中心组建一个大的集团，他们不再觉得有危险了。

高木：原来如此……我认为这本书中描述的二〇〇一年之前的问题在于，阿拉伯势力与塔利班沆瀣一气，阿富汗变成了国际性恐怖活动的温床。但是，如今虽然有在阿富汗境内作乱的巴基斯坦塔利班势力，至少他们没有能力给国际社会造成不良影响。这是包括我在内的一般人的印象。不过，现在的塔利班既然自信心增强了，会不会再次与阿拉伯势力合为一体呢？一想到这一点，我也很好奇本·拉登在干什么。

田中：如果是说阿富汗境内的话，估计阿拉伯势力的据点极为有限。但是，美国在阿富汗战争中摧毁的基本上只是基地组织的训练基地等基础设施，有些人物和据点仍然是美国鞭长莫及的。

例如，我听很多人说起，阿富汗国内的库纳尔省这个地方完全被阿拉伯人控制了，不清楚这些传言有几分属实。如果真的ISAF、阿富汗国民军和美军都无法靠近某个省的话，这是非常令人惊愕的状态。我不清楚实际情况，难道说整个省或者重要位置都被外国的武装势力完全占领了，居民全都被赶出来了？还是说只是治安极为混乱，到处都是威胁安全的外国人，尤其是阿拉伯士兵？不过，我向住在附近的人打听阿富汗最近的形势时，他们一定会提到库纳尔省的阿拉伯人。

至于本·拉登，我没有特意观察，所以没有丝毫消息……基地组织的思想方面主要由副官扎瓦希里指导，所以只要他还活着，不论本·拉登是生是死，他的思想都会被继承下去。不过，本·拉登作为基地组织的"招牌"，他的个人资产再加上以他的影响力筹集来的钱，在资金能力方面，估计他至今仍然是分量相当重的存在。

高木：您觉得他现在是不是还活着呢？

田中：最近他也没有发表声明，好像都是扎瓦希里抛头露面，所以也有可能是死了。但是，即使现在本·拉登的死讯被公开了，也不会给基地组织本身造成毁灭性打击，更不至于瓦解。

扎瓦希里担任本·拉登思想代言人的角色，具体的攻击作战应该也有相应的负责人，所以他的角色终究只是招牌和煽动者。整个组织已经不太具备实体形态，我已经给他的支配力打上了一个大大的问号。

▶ 是否存在"9·11"悲剧重演的危险

田中：这里有一点必须注意，比起阿富汗境内，在巴基斯坦某些部族掌权的地区，还有很多基地组织的训练营，尚未有人涉足，或者无人可以触及。阿富汗方面也在收集相关情报，不过单凭他们和巴基斯坦两个国家，很难解决这个问题。因为巴基斯坦方面的主张是，"我们不知道有这回事啊，反倒是从阿富汗那边老是过来一些来历不明的家伙，真是令人头痛"。双方各持己见，争论不休。因此，只能由美国牵头，让国际社会介入，或者施加压力，以某种形式来应对。如果任由阿富汗和巴基斯坦两个国家来处理，恐怕这个问题永远都得不到解决。但是很遗憾，阿富汗战争已经过去五年多了，如今对这个地区整体施压的动向已不复存在。

"9·11"事件爆发之后，巴基斯坦遭遇了国家危机。是站在反恐战争一方，还是站在恐怖组织一方？面对这个终极选择，一步走错就会成为被攻击的对象。最终巴基斯坦选择与美国共进退，但是其行动力如今逐渐变弱了。虽然它还是反恐战争同盟国中的一员，实际情况却很可疑。

高木：说得极端点儿，如今巴基斯坦的某些部族统治地区的情况，是不是逐渐变得类似二〇〇一年以前的阿富汗？

田中：当然巴基斯坦以前也有基地组织的训练营，不过比重进一步转移过来了。

高木：您认为现在制定对策时不能光考虑阿富汗，还得包含周边国家？

田中：但是，国际社会似乎没有搞清楚问题的核心。

高木：既然阿富汗及其周边的情况如此紧迫，人们难免会担心恐怖事件的发生。日本的普通民众都觉得，二〇〇一年以后，源自阿富汗的大规模国际恐怖事件的危险已经消失了，国际社会对于危险的认知情况如何呢？

田中：反正据点基本都没了，至少不会来源于阿富汗了。但是，这并不等于说邻国不会制造危险。对于恐怖事件的警惕度从整体上有所提高。虽然在日本可能感觉不大出来，欧美那边全国上下都充满了紧张感。这样正好也牵制住了那些企图实施恐怖行动的人。

高木：您觉得有没有可能爆发类似"9·11"的那种大规模恐怖事件？

田中：这个嘛，我觉得短期内很难爆发吧。但是，谁也无法保证这种状态会一直持续下去……虽然源自阿富汗的危险程度降低了，但是巴基斯坦或者其他地区的基地组织"分部"也有可能制造恐怖事件。基本上，想要实施恐怖行动的意图是一直存在的，接下来就看各国在边境的防御能力了。从这个意义上说，以巴基斯坦和阿富汗为中心的南亚就成了某种黑箱，或者说是禁地。在那些地方发生或者筹划的事件会在外部世界引爆，这种模式至今仍然存在。如果不挨个摧毁据点、努力阻止资金流动的话，我觉得这种模式会永远持续下去。如果下真功夫，还能进一步封锁住他们的行动，我本来寄予了更多期望呢……

高木：您是指对美国吗？

田中：我是指美国亲自动手或者让巴基斯坦出面。如何对待巴基斯坦一直是个问题，巴基斯坦离塔利班最近，有很大的影响力，这一点一直没变。但是，美国想让巴基斯坦改变塔利班的行动，却从未成功。我认为有两方面的原因，一方面是因为巴基斯坦不听美国的话，另一方面是因为塔利班连巴基斯坦的话也不听。总之，只有巴基斯坦鼓起干劲，这个局面才有希望得到改善。

高木：您觉得期望落空了吗？

田中：反正很难说如愿以偿吧。过去很长时间以后，如果人们对阿富汗或者巴基斯坦的关注度降低了，防御水平逐渐下降，塔利班的势力不断壮大的话，我觉得早晚有可能爆发大规模的恐怖事件。如果不顾现在的危险形势还在持续，NATO（北大西洋公约组织）撤走的话，发生什么危险事件的可能性会增大吧。

高木：确实是这样。最后想问一下，您在负责相关工作时，亲眼见证了被世界遗忘的阿富汗发展到今天的过程，有什么感想分享一下吗？

田中：没有被忘记，就说明还有救。可是，这么多国家做了各种努力却无法解决问题。我觉得阿富汗人心中的绝望依然如故。以前绝望是因为被遗忘了。如今这么多人介入却束手无策，即使不能称之为绝望，也会感到失望吧。

有些住在美国的前塔利班成员，没有出现在这本书中，我和他们还保持着联系。在二〇〇五年之前，他们有一种倾向，尽量掩饰自己的身份，不想让别人知道自己过去是塔利班。然而，当阿富汗的形势恶化以后，也许是受到了刺激，或者说在意识方面出现了返祖现象，他们逐渐回到了过去塔利班执政时的状态。我不明白这是出于一种爱国之心，还是作为塔利班的热血沸腾起来了。也许是回归初心，想要拯救这种混乱的状态吧。在阿富汗境内或者其周边国家应该有很多人产生了同样的想法。在离阿富汗最远的地方生活的前塔利班都这么想，那么处在旋涡之中的人们估计有更强烈的意识。这是我现在最担心的事。

作为我个人来讲，当时跟阿富汗打交道的人不多，觉得这是一段非常宝贵的经历。我当时的目标是找机会改变阿富汗，但是，老实说，如今一点儿都没有接近那个目标。我自己中途变成了旁观者或者说研究人员，我看到很多人为了那个目标赌上了自己的人生，他们的努力和心血全都白费了……虽然我不想这么说，但是从现实来看，我觉得将来的形势非常严峻。

高木：原来是这样啊……我们能做些什么呢？今后会变成什么样呢？虽然有很多问题我们都不明白，但是今后还得继续关注那个地区呀。

（二〇〇七年二月，于东京都）

主要参考文献

『正体 オサマ・ビンラディンの半生と聖戦』保坂修司著 朝日新聞社

『ウサーマ・ビン・ラーディン その思想と半生』石野肇著 成甲書房

『アルカイダ ビンラディンと国際テロ・ネットワーク』ジェイソン・バーク著 講談社

『オサマ・ビンラディン』エレーン・ランドー著 竹書房

『アフガニスタン 国連和平活動と地域紛争』川端清隆著 みすず書房

『誰がタリバンを育てたか』マイケル・グリフィン著 大月書店

『タリバン イスラム原理主義の戦士たち』アハメド・ラシッド著 講談社

『アフガニスタン 南西アジア情勢を読み解く』広瀬崇子・

堀本武功編著 明石書店

　『アフガニスタンの仏教遺跡バーミヤン』前田耕作著 晶文社

　『アフガニスタン 再建と復興への挑戦』総合研究開発機構・武者小路公秀・遠藤義雄編著 日本経済評論社

　『アラブ政治の今を読む』池内恵著 中央公論新社

　『アフガン25年戦争』遠藤義雄著 平凡社新書

　『アフガニスタン史』前田耕作・山根聡著 河出書房新社

　『パキスタンを知るための60章』広瀬崇子・山根聡・小田尚也編著 明石書店

　『イスラーム世界事典』編集代表・片倉もとこ 明石書店

　『岩波イスラーム辞典』編集代表・大塚和夫 岩波書店

　"The Unholy Nexus" Imtiaz Gul, Vanguard

　"The 9/11 Commission Report" Final Report of The National Commission on Terrorist Attacks upon The United States, W. W. Norton

　横浜ユーラシア文化館企画展

　『バーミヤン大仏——カメラがとらえた爆破直前の姿——』（二〇〇六年二月〜四月）

　除此之外，还参考了日本国内外的主要报纸、杂志、通讯社的报道及学术论文等。

　另外，正文中出现的人物一律省略了敬称，敬请谅解。

谢　辞

　　我最初将本书的主题写成节目企划书的形式，是二○○一年春天的事。然后我们制作并播出了两档电视纪录片——BS黄金时段节目《大佛为何被毁——塔利班变化的内幕》（二○○二年六月七日播出）和NHK特别节目《巴米扬——大佛为何被毁》（二○○三年九月六日播出），这两档节目都是我当时任职的NHK福冈广电局制作的。我们还制作了国际版，现在本书作为最后一个作品问世，在这个过程中，我得到了很多人的帮助。

　　同意接受采访的各位、给我提供宝贵的信息及资料或建议的各位、费心费力帮助节目企划通过的各位、为了前往当地采访跑前跑后的各位、不辞辛劳陪我采访的各位、废寝忘食编辑制作节目的各位、为了本书的出版东奔西走的各位，我要向你们献上衷心的感谢。

　　各位编辑老师把我引入了铅字的世界，给我一方舞台，陪我一路走来，我发自内心地感谢你们。

谢谢！多亏了诸位，本书才得以完成。

还有收看节目的各位观众、拿起这本书的各位读者，谢谢你们！

最后，我要把感谢的话送给我的朋友们。每当我在节目采访或本书执笔过程中碰壁时，是你们给了我力量。

高木彻

二〇〇四年十二月

写在文库本出版之际

现在，"9·11"事件才过去五年多，人们似乎已经不太关注那些宗教极端分子了，或者更确切地说是不太关心基地组织的恐怖行为了，至少在日本是这样。

但是，在关注他们动向的人看来，其危险性基本属于常识。具体说来，比如袭击伦敦地铁以及马德里通勤电车的恐怖事件，这种程度的危险自不必说，超过"9·11"事件规模的大型破坏也有可能发生。令世界战栗的日子会再次来临，虽然我们不知道是在明天，还是在下一个五年间，抑或相隔更长的时间。

世界之所以变成这样，很大一部分原因在于，"9·11"事件爆发之前，二十世纪的最后几年里，奥萨马·本·拉登藏身的阿富汗变成了"黑箱"，世人看不到内部的情况，却没有人去管这种状态。另一方面，本·拉登和基地组织不断蓄力为"9·11"恐怖袭击做准备，他们巧妙地利用急速发展的信息全球化带来的恩惠，将自己的信息发给全球的伙伴。在"9·11"事件爆发的半年前，他们实施了另一场破坏，摧毁了两座巨大的建筑物——巴米扬大佛。其实这属于那些"信息宣传战略"的一个环节，是所谓的"9·11"事件的"前奏曲"。追踪这件事的来龙去脉，就是本书的主题。

单行本出版以后，已经过去了两年多，本·拉登和塔利班的最高领袖奥马尔都还没有被捕。阿富汗的治安反倒恶化了，详情请看我对田中浩一郎先生的最新采访，他很熟悉当地的情况。阿富汗的周边，甚至其内部即将再次形成"黑箱"。不仅如此，在非洲、英国等国家本该属于我们的世界中，那些"小黑箱"却在不断扩散，他们跨越国界，通过信息技术彼此联系起来，结成了一个巨大的网络。这便是当今的世界。

本书中描述的围绕"大佛被毁"的意志与策略的冲突，为如今世界各地发生的这一类事态开了先河。了解这件事，才能够把握"现在"和"未来"。

在将单行本改版为文库本之际，我对照后来发生的事态以及得到的信息进行了更新，还修改了细微的表达，总共修订了近一千处。无论信息性，还是可读性，两方面都有了改善。

另外，为了制作文库版，我采访了本书的主人公之一田中浩一郎先生，他给我提供了最新消息。还有很多人为了本书的出版煞费苦心，再次向各位表达衷心的感谢，谢谢你们！

高木彻
二〇〇七年二月

DAIBUTSU HAKAI Bin Laden，9. 11 e no prelude by TAKAGI Toru of NIPPON HOSO
KYOKAI（NHK）

Copyright ©️ 2004 NIPPON HOSO KYOKAI（NHK）.

All rights reserved.

Original Japanese edition published by Bungeishunju Ltd.，in 2004.

Chinese（in simplified character only）translation rights in PRC reserved by Shanghai Translation
Publishing House under the license granted by NIPPON HOSO KYOKAI（NHK），Japan
arranged with Bungeishunju Ltd.，Japan through BARDON CHINESE CREATIVE AGENCY
LIMITED，Hong Kong.

图字：09 - 2021 - 593 号

图书在版编目(CIP)数据

巴米扬大佛之劫/(日)高木彻著；孙逢明译. —
上海：上海译文出版社,2023.5（2024.11重印）

（译文纪实）

ISBN 978 - 7 - 5327 - 9190 - 3

Ⅰ.①巴⋯ Ⅱ.①高⋯ ②孙⋯ Ⅲ.①纪实文学—日
本—现代 Ⅳ.①I313.55

中国国家版本馆 CIP 数据核字(2023)第 079063 号

巴米扬大佛之劫

[日]高木彻/著 孙逢明/译

责任编辑/常剑心 装帧设计/邵旻 观止堂_未氓

上海译文出版社有限公司出版、发行

网址：www.yiwen.com.cn

201101 上海市闵行区号景路 159 弄 B 座

山东韵杰文化科技有限公司印刷

开本 890×1240 1/32 印张 10 插页 2 字数 146,000
2023 年 6 月第 1 版 2024 年 11 月第 2 次印刷
印数：8,001—10,000 册

ISBN 978 - 7 - 5327 - 9190 - 3
定价：55.00 元